I0734686

EIN UNBEQUEMER PLAN

KYLIE GILMORE

Urheberrecht

Dies ist ein Werk der Fiktion. Namen, Charaktere, Orte und Ereignisse sind entweder das Produkt der Fantasie der Autorin oder fiktiv verwendet, und jede Ähnlichkeit mit realen Personen, lebend oder tot, Geschäften, Veranstaltungen oder Örtlichkeiten ist rein zufällig

Ein unbequemer Plan: © 2018 by Kylie Gilmore

First Edition February 2019

Coverdesign von Kim Killion

Publiziert durch: Extra Fancy Books

Übersetzung: Anna Drago

Alle Rechte vorbehalten. Kein Teil dieses Buches darf kopiert, gescannt oder in gedruckter oder elektronischer Form ohne Genehmigung weitergegeben werden, abgesehen von kurzen Zitaten in Kritiken und begrenzte nichtkommerzielle Nutzungen, die das Urheberrecht zuläßt.

ISBN-10: 1-942238-76-2

ISBN-13: 978-1-942238-76-8

1

———

Die Nacht, die furchtbar schief lief ...

Als Josh Campbell eine seltsam stille Hailey Adams zu seiner Wohnung fuhr, hing die Anspannung greifbar in der Luft. Okay, es hatte über die Jahre ein bisschen böses Blut zwischen ihnen gegeben, doch meistens war es Spaß gewesen. Zumindest hatte er das so gesehen. Doch heute Abend im Garner's war Hailey von der Neuigkeit, dass ihre Eltern – sein Dad und ihre Mom – nach fünf Wochen Daten zusammenzogen, erschüttert gewesen. Er hatte seinen Dad nie zuvor verliebt gesehen, doch es stand überdeutlich in sein liebeskrankes Gesicht geschrieben. Haileys Mom, Brandy, sah genauso aus, darum schien für die beiden alles perfekt zu sein.

Auf jeden Fall hatte er seine üblichen Wortgefechte mit Hailey genossen, als sie plötzlich explodiert und in Tränen ausgebrochen war. Ihre Freunde hatten ihm klargemacht, dass er ihre Gefühle verletzt hatte und es wiedergutmachen musste. Es war Ladies Night und sie waren deutlich in der Überzahl gewesen. Doch es war nicht nur das. Jetzt, da es zwischen ihren Eltern ernst war, hatte er das Gefühl, über seinen Schatten springen und sich entschuldigen zu müssen. Nicht, dass sie unschuldig an ihrem Gezanke war. Egal. Er hatte sich entschuldigt und angeboten, das Problem aus der Welt zu schaffen – das Problem, mit dem alles begonnen hatte: dass er das Geld, das sie ihm für seinen Job als ihr Begleiter bezahlt hatte, behalten hatte. Er hätte nie ihr Geld annehmen sollen, und das wusste er. Teil ihrer verdrehten Geschichte. Jetzt fuhr sie zwar mit ihm zu seiner Wohnung, um das Geld zu holen, doch mit der Begeisterung eines Gefangenen im Todestrakt.

Jupp, der Heilige Josh hier, der den rechten Weg beschritt, um Haileys Willen und um ihrer Familien Willen. Wenn er und Hailey sich weiter stritten, könnte das einen Keil zwischen ihre Eltern treiben. Sein Dad hatte keine ernsthafte Beziehung mehr gehabt, seit Joshs Mutter – ihres Zeichens Schönheitskönigin – ihn und ihre sechs gemeinsamen Kinder vor mehr als zwanzig Jahren verlassen hatte. Keine Besuche, keine Anrufe, nicht einmal eine Karte. Sein Vater hatte sein Glück mit Brandy verdient.

Darum muss die Fehde enden.

Ihr Revanche-Spielchen war ein bisschen ausgeartet. Er übernahm die volle Verantwortung für seine Rolle darin – dass er sie Prinzessin nannte, weil sie sich so versnobt benahm, dass er ihr Bhut-Jolokia Chillies in ihre Nachos gemischt hatte, die ihre Geschmacksknospen für eine Woche außer Gefecht gesetzt hatten, oder dass er sich monatelang geweigert hatte, ihr ihren geliebten Mojito zu servieren. Es war so leicht, sie auf die Palme zu bringen, dass es ihm schwerfiel, der Versuchung zu widerstehen.

Haileys Rolle in ihrer Fehde war jedoch viel schlimmer als seine. Sie hatte das Gerücht in die Welt gesetzt, dass er impotent war, was sein Sexleben auf Eis gelegt hatte und ihm das Mitleid der Frauen, die die Bar besuchten, einge-bracht hatte. Und dann hatte sie dieses furchtbare Gerücht „aus der Welt geschafft", indem sie impliziert hatte, dass das wahre Problem ein Mikropenis sei. Diese verschlagen-brillante Frau wusste genau, wo sie ihn treffen konnte. Er konnte ja unmöglich das Gegenteil beweisen, indem er in aller Öffentlichkeit blankzog. Sie war eine würdige Gegnerin, das musste er ihr lassen.

Er parkte vor dem alten viktorianischen Haus in Clover Park, seinem Zuhause. Seine Wohnung lag im Erdgeschoss auf der rechten Seite. Hailey saß wie angewurzelt auf dem Beifahrersitz seines Miata Cabriolets und starrte geradeaus. Er stieg aus, ging um den Wagen herum und öffnete die Tür für sie. Sein Dad hatte ihm Gentleman-Manieren eingebläut. Die meisten Frauen waren begeistert von seinen Manieren, als wären sie ausgehungert nach einer freundlichen Geste eines Vertreters des anderen Geschlechts. Er war gerne derjenige, der ihnen zeigte, dass nicht alle Männer Arschlöcher waren.

Hailey stieg wortlos aus, und er schloss die Tür hinter ihr. Sie warf ihm einen Seitenblick zu, gerade so, als wäre sie nervös. Dabei war es keine große Sache, nur eine simple Übergabe. Sicher, er hätte ihr den dummen Schuhkarton mit dem Geld bringen können, doch für ihn war es Prinzipsache. Wenn sie ihre ursprüngliche Vereinbarung brechen wollte, dann konnte sie auch zu seiner Wohnung kommen und das Geld abholen. Das hatte er ihr zahllose Male angeboten – zugegebenermaßen nur, um sie angesichts des Gedankens, allein mit ihm in seiner Wohnung zu sein, explodieren zu sehen. Sie bezeichnete seine Wohnung als „Lasterhöhle". Besser noch, sie nannte ihn Scheusal oder Flegel oder sein persönlicher Favorit *Halunke*. Ihre altmodische Ausdrucksweise war einfach zum Schießen.

Er ging vor ihr her zum Hauseingang und hielt ihr die Tür auf. Sie ließ sich Zeit, ihn einzuholen. Sobald sie im Hausflur waren, schloss er seine Wohnungstür auf und lud sie mit einer Geste ein, einzutreten. Vorsichtig trat sie ein und sah sich um. Vielleicht hielt sie nach Peitschen und Ketten Ausschau in seiner sogenannten Lasterhöhle. Das beigefarbene Sofa und der Couchtisch aus Holz waren wahrscheinlich ein Schock für sie.

Sie zog ihren weißen Wollmantel aus und legte ihn

über die Armlehne des Sofas. Sie trug ein blaues Kleid, das ihre verführerischen Kurven perfekt umspielte. Wenn man dazu ihre seidigen, langen rotblonden Haare, ihre blassblauen Augen und ihre makellose Haut betrachtete, war es leicht nachvollziehbar, warum sie so viele Schönheitswettbewerbe gewonnen hatte. Er erinnerte sich an den Grund, warum er nichts mit ihr anfangen sollte – sie stritten sich ununterbrochen, ihre Eltern waren ein Paar, seine Abneigung gegenüber Schönheitsköniginnen – und wandte sich von der Versuchung ab. Seine Mutter war Schönheitskönigin gewesen und auch seine Ex. Er hatte genug von dieser Sorte.

Er ging in sein Schlafzimmer, wo er den Schuhkarton in einer Ecke seines Kleiderschranks aufbewahrte. Sie folgte ihm, ihr blumiger Duft stark, ihre Absätze klappernd auf dem Parkettboden, ihr beschleunigter Atem hörbar. Er wollte ihr sagen, dass sie sich verdammt nochmal beruhigen sollte, weil er nicht vorhatte, ihr irgendetwas anzutun – doch er wusste, dass seine gereizte Reaktion daherkam, dass es ihn nervös machte, wenn jemand so dicht hinter ihm war. Ein Trauma aus seinem alten Leben als Fallschirmjäger in der Army, in dem er über feindlichem Gebiet abgesprungen war, oft mitten in der Nacht, und oft in Nahkämpfe verwickelt worden war.

Er erkannte die Anspannung als das, was sie war, erinnerte sich daran, wo er war und warum, und ging weiter. Sein Posttraumatisches Stresssyndrom hatte er nach zehn Jahren überwunden – weitestgehend, doch ganz würde es nie verschwinden. Es gab immer Erinnerungen – seine Reflexe, die einsetzten, wenn jemand ihn von hinten berührte, gelegentliche Schlaflosigkeit und Alpträume. Er mochte es, den Bartresen zwischen sich und der Menge zu haben und bevorzugte es, mit dem Rücken zur Wand zu stehen. Er ließ eine Frau an sich heran, wenn es ihm passte, doch selbst dann war es ihm lieber, die Kontrolle zu haben. Keine plötzlichen Bewegungen, nichts hinter seinem Rücken, und niemand lief Gefahr, verletzt zu werden.

Er ging schneller, um ein wenig Abstand zu gewinnen. Er musste ihr nur ihr Geld geben und wieder hier raus gehen, bevor einer von ihnen etwas tat, was er oder sie bereute – wie einen neuen Streit anzufangen oder gar etwas Körperliches. Er hatte das Gefühl, dass sie ihn wollte, ihn jedoch nicht wollen wollte. Er spürte es, weil er genau dasselbe Problem hatte. Warum sonst würde sie immer wieder wie ein Bumerang zurückkommen? Wenn er ihr wirklich so auf die Nerven ginge, würde sie ihn ignorieren. Doch beides – Streit oder Ficken – wäre ein Desaster. Es war Zeit, sich zu vertragen.

„Ich weiß, was du willst", sagte sie hinter ihm. Nicht zu nah, doch ihr blumiger Duft hing in der Luft.

Er öffnete die Schranktür. *Mission Schuhkarton, bring's hinter dich.*

„Du willst eine klare Bestätigung von Verlangen und Einwilligung", sagte sie.

Er hielt inne. Seine Nackenhaare richteten sich auf. *Alarm! Gefahr. Gefahr.* Ihre seltsame Formulierung änderte nichts an ihrer Absicht, etwas zu tun, das nicht passieren durfte. *Bring die Mission zum Abschluss!* Er bewegte sich schnell und schob irgendwelchen Kram auf dem obersten Regal aus dem Weg, um an den Schuhkarton heranzukommen.

Ihre Stimme war rauchig und so verdammt sexy. „Das hast du mir mal erzählt."

Er erinnerte sich nicht daran, das gesagt zu haben. Und wenn, hatte er sie damit aufgezogen. Er zog den Schuhkarton aus dem Regal und drehte sich zu ihr um.

Ihr Kleid fiel zu Boden. Sein Mund wurde trocken. O Gott. Sie war atemberaubend, wie sie in ihrem hellblauen Spitzen-BH, passendem Höschen und schwarzen Pumps dastand. Volle Brüste, straffer Körper mit glatter, weicher Haut, der süße Schwung ihrer Hüfte, das Spitzenhöschen, das nicht viel verbarg. Besser als jede Fotostrecke im Play-boy. *Kann mich bitte jemand erschießen?*

„Ich begehre", sagte sie. „Und ich willige ein. Also lass es uns tun. Wir beide wissen, dass es sich seit dem ersten Tag in diese Richtung entwickelt hat."

„Das war nicht der Plan", krächzte er. Er riss den Blick von ihr los und zwang seinen Verstand, sich auf die Mission zu konzentrieren – den rechten Weg zu gehen, die Fehde beizulegen. Keine Versuchung war den unaus-weichlichen Absturz wert, und dann müssten sie nach wie vor Umgang pflegen wegen ihrer Eltern, den Turteltauben.

Er sah ihr in die Augen, verzweifelt bemüht, ihr ausschließlich ins Gesicht zu blicken. „Prinzessin, das ist nicht, wie der Abend enden wird." Er gratulierte sich zu seiner ritterlichen Reaktion. Er zeigte Taktgefühl und Zurückhaltung.

Hailey blinzelte ein paarmal, als verstünde sie nicht.

Er wartete darauf, dass sie begriff.

Schließlich sagte sie: „Du hast jahrelang mit mir geflir-tet. War das nicht deine Art von Flirt? Dich mit mir zu streiten? Warum sonst wärst du so überrascht gewesen, dass du meine Gefühle verletzt hast?"

„Das war kein Flirt. Ich habe mit dir gespielt. Wenn ich flirte–" Er beugte sich vor, um es zu demonstrieren, und klemmte dabei den Schuhkarton unter seinen Arm. „–ist es viel näher."

Ihr Atem wärmte seine Lippen. „So etwa?"

Er biss die Zähne aufeinander. „Ja." Er hob ihr Kleid auf und reichte es ihr zusammen mit dem Schuhkarton mit dem Geld. „Du solltest gehen."

„Du weist mich ab?", fragte sie kleinlaut.

Er strich ihr mit der Hand übers Haar, um die Zurückweisung zu lindern, überrascht, wie weich es war. Er hatte gedacht, dass sie es mit Haarspray zur Perfektion zementierte. „Ich tue, was richtig ist, um unserer Familie Willen. Ich wollte nur, dass du herkommst, dein Geld mitnimmst und, ja – das Kriegsbeil begräbst."

Sie trat ihm vors Schienbein, und er sprang zurück. „Fahr zur Hölle!", schrie sie und schleuderte ihm den Schuhkarton entgegen.

Er riss den Arm hoch, um zu verhindern, dass der Schuhkarton ihn am Kopf traf. Der Deckel flog davon, und Geld flatterte um sie herum – Zwanziger, Zehner, Fünfer, sogar Eindollarnoten – ein fünfhundert Dollar Geldregen. Sie hatte jedes Mal ihren Geldbeutel geleert, wenn er zu einer Hochzeit gekommen war. Das war alles Teil ihres Businessplans als Hochzeitsplanerin gewesen. Seine Rolle in der Transaktion war weniger kommerziell gewesen – er hatte sich nicht von ihr fernhalten können. Entweder musste er sich in die Klapse einliefern lassen oder eine Beziehung eingehen. Heilige Scheiße. War er bereit für eine Beziehung? Mit ihr? Er schluckte schwer. Nein, das konnte nicht sein. Er konnte unmöglich *wollen*, sich weiter auf die schwierigste Frau mit den höchsten Ansprüchen auf diesem Planeten einzulassen. Zum Scheitern verurteilt, ermahnte er sich. Für immer aneinander geschmiedet durch ihre Eltern. Ob sie es wollten oder nicht.

Hailey, die Schönheitskönigin, war tabu.

Sie stieg in ihr Kleid und zog es ruckartig an.

„Hailey–"

„Nein, nenn mich Prinzessin. Und vergiss nicht, blöde zu grinsen." Ihre köstlichen Brüste verschwanden unter dem ärmellosen Kleid, dann griff sie hinter ihren Rücken und zog den Reißverschluss zu. „Und ich bezeichne dich als das, was du wirklich bist – ein blöder Esel!" Das war viel schlimmer als der übliche *Flegel*, *Scheusal* oder *Halunke*.

Sie marschierte zur Tür.

Er folgte ihr. Ihr Reißverschluss war nur halb hochgezogen, so sehr war sie in Eile. „Komm schon. Ich versuche, das Richtige zu tun." Sie legte die Hand auf den Türgriff, und er holte sie ein und hielt sie an der Hüfte fest. „Warte."

Sie erstarrte. „Was?"

„Reißverschluss." Er schob ihre langen Haare über ihre Schulter und konnte kaum der Versuchung widerstehen, in ihre makellose Haut am Halsansatz zu beißen. *Nein, nein, nein.* Er zog den Reißverschluss hoch. Dafür sollte er wirklich heiliggesprochen werden, doch dagegen sprach, dass er gierig den Blick schweifen ließ. Ihr runder Po, ihre schlanke Taille, die gerade Linie ihrer Wirbelsäule, all die nackte Haut. Schließlich hörte er auf, sich zu martern und klopfte ihr sanft auf die Schulter. Definitiv der Heilige Josh hier.

Sie drehte sich um. In ihren blassblauen Augen funkelten Verlangen, Wut und Schmerz.

Seine Stimme klang schroff. „Sauberer Schnitt. Morgen Neuanfang."

Sie hob ihr Kinn, herablassend wie immer. Es gelang ihm nicht, sich darüber aufzuregen – nicht mit der Erinnerung an ihren fast nackten Körper, die sich in sein Gehirn gebrannt hatte. „Vielleicht will ich keinen Neuanfang."

„Dann werde ich mir extra Mühe geben, dich zu überzeugen. Wir werden wahrscheinlich bald eine Familie sein."

Sie machte auf dem Absatz kehrt, stürmte aus der Wohnung und schlug die Tür hinter sich zu.

Er rieb sich den Nacken, drehte sich um und sah ihren Mantel, der über seinem Sofa hing. Er hob ihn auf und folgte ihr hinaus, doch sie war bereits verschwunden.

Du meine Güte war sie schnell.

Er holte sie ein Stück weit die Straße runter ein. Sie rieb sich die Arme, um sich zu wärmen. Es war Mitte Februar in Connecticut, tiefster Winter. „Du hast deinen Mantel vergessen."

Sie nahm ihn und zog ihn an, ohne auch nur einen Moment stehenzubleiben. „Danke."

Er lief weiter neben ihr her. „Willst du etwa zurück

zum Garner's laufen? Das sind gut zwanzig Minuten zu Fuß – und das in der Kälte. Ich fahre dich."

„Nein."

„Komm schon, du bist so stur, dass du dir selbst schadest."

Plötzlich blieb sie stehen. „Ist dir vielleicht in den Sinn gekommen, dass ich keine Lust habe, auch nur eine Minute mehr mit dir zu verbringen? Mein Stolz liegt in Scherben, und ich will nicht eine weitere dumme Bemerkung aus deinem Mund hören."

„Würde es helfen, wenn auch ich mein Verlangen und meine Einwilligung kundtun würde?" Nicht, dass er seinem Verlangen nachgeben würde. Er wollte nur ihr angekratztes Ego streicheln. *Mein Stolz liegt in Scherben.* Wieder so eine altmodische Bemerkung, über die er gelacht hätte, wenn sie nicht lieber in der Eiseskälte zu Fuß nach Hause gegangen wäre, als sich von ihm fahren zu lassen. *Mission gescheitert.*

Sie stieß ihm ihren Finger in die Brust. „Genau deswegen will ich nicht mit dir reden. Du glaubst, alles sei ein Spiel, dass ich keine Gefühle habe."

„Das glaube ich nicht. Ich wollte nur deinen Stolz kitten."

„Zu spät."

„Ich hole mein Auto. Ich fahre dich."

„Tu, was du willst, ich kann dich nicht aufhalten."

Er joggte zurück, holte seinen Wagen und fuhr neben ihr her. „Ich zahle dir fünfhundert Dollar, wenn du einsteigst." Das war das Geld aus dem Schuhkarton.

Sie blieb stehen.

Er hielt an.

Sie ging um den Wagen herum zur Beifahrertür und trat dagegen. „Hey!", protestierte er im selben Moment, als ihr ein „Autsch!" entfuhr.

„Hör auf, mein Auto zu treten, und steig ein", blaffte er.

Sie hinkte weiter, das Kinn hoch erhoben. Er wollte sie

packen und ins Auto werfen, doch er wusste, dass sie sich mit Klauen und Zähnen dagegen wehren würde. Verdammt, diese Frau war eine harte Nuss. Sie trieb ihn in den Wahnsinn, und er würde sie nur noch öfter sehen als ohnehin schon, jetzt da ihre Eltern zusammenlebten.

Mission gescheitert, und jetzt werden wir auch noch eine Familie sein! Warum hatte er geglaubt, dass es leicht sein würde, sich mit ihr zu vertragen? Nichts, was mit dieser Frau zu tun hatte, war leicht.

Ihr Hinken war jetzt stärker, doch sie ging nicht langsamer. Er musste ihre Entschlossenheit bewundern. Sie war eine Kämpfernatur mit echtem Kampfgeist, wenn er auch nicht sonderlich rational war.

„Hast du dir einen Zeh gebrochen?", fragte er, während er im Schneckentempo neben ihr her fuhr.

„Nein."

„Was kann ich sagen, um es wiedergutzumachen?"

Sie würdigte ihn keines Blickes. „Nichts."

„Es tut mir leid."

Sie hob abweisend die Hand.

„Hailey, komm schon."

„Angenehmen Abend noch, Sir." Sie ging schneller.

Er unterdrückte ein Lachen. Bei Gott, wie kam sie nur auf diesen Mist? Er folgte ihr bis zu ihrer Wohnung, die in einem alten Haus im Kolonialstil in Clover Park in der Nähe des Garner's lag. Er war schon oft hier vorbeigefahren, hatte jedoch nicht gewusst, dass sie hier wohnte. Trotz all ihrer Streiterei, die meist im Garner's, der Bar, die er managte, passierte, kannte er sie nicht sonderlich gut. Was er über sie wusste, hatte er von seiner Schwester Mad erfahren. Sie war eng mit Hailey befreundet. Er blickte ihr nach, als sie um das Haus herum ging, wahrscheinlich, um durch den Hintereingang zu verschwinden.

Er fuhr weiter, parkte hinter dem Garner's und blieb ein paar Minuten sitzen, um sich zu überlegen, was er zu Haileys Freundinnen sagen sollte, wenn er allein zurückkam. Es würde Fragen geben. Sie waren zusammen gegangen, und alle wussten, dass sie irgendeinen Streit um Geld hatten beilegen wollen. Schließlich entschloss er sich, nichts zu sagen. Er würde Hailey die Geschichte erzählen lassen, wie sie wollte, selbst wenn sie es darstellen würde, als wäre er im Unrecht. Er war nicht derjenige, der sich ausgezogen hatte ... *denk nicht daran.*

Er ging hinein und machte sich sofort hinter der Bar an die Arbeit. Es dauerte nicht lange, bis ihre Freundinnen ihn wissen ließen, dass sie wütend auf ihn waren – seine eigene Schwester eingeschlossen.

Und Haileys Schuhkarton mit dem Geld hatte er immer noch.

Er weigerte sich, etwas zur Situation zu sagen, ganz gleich, wie sehr ihre Freundinnen ihn bedrängten. Eines war klar – es war richtig gewesen, der Versuchung zu widerstehen. Zusammen waren sie eine Katastrophe; selbst, wenn er versuchte, sich mit ihr zu vertragen, stritten sie. Da waren einfach zu viele Leute – Familie *und* Freunde – die nur zu gerne bereit waren, sich in ihre seltsame Beziehung einzumischen.

Er würde abwarten, bis sie sich beruhigte, und dann würden sie die Sache hinter sich lassen. Hoffentlich bald. Sonst würde Hailey ihn für immer als Teil seiner Familie heimsuchen.

2

———

Sechs Wochen später ...

Als Fallschirmjäger hatte Josh dem Tod mehr als einmal in die Augen geblickt, doch nichts hatte ihn auf das hier vorbereitet – Hailey als heulendes Häuflein Elend in seinem Büro. Ihre langen rotblonden Haare hingen ihr ins Gesicht und klebten an ihrer fleckig-geröteten Haut.

Es war, als wäre ihr Kampfgeist einfach gebrochen und an seine Stelle Tränen und Rotz getreten. Verdammt, es war kein schöner Anblick. Er musste sie hier in seinem Büro im Garner's verstecken, bevor sie noch die Verlobungsfeier ihrer Eltern ruinierte.

Er bot ihr eine Schachtel Taschentücher an. Sie nahm eines, schnäuzte sich und schluchzte weiter, während sie das zerknüllte Taschentuch zu den vielen anderen auf ihrem Schoß fallen ließ.

Das war nicht die Hailey, die er kannte. Er war sich nicht einmal sicher, warum sie weinte. Er wusste nur, dass er der Tropfen gewesen war, der das Fass zum Überlaufen gebracht hatte. Er hatte hinter der Bar gearbeitet, und sie hatte auf ihren Drink gewartet, als er ihr erklärt hatte, dass er der Trauzeuge seines Vaters sein würde und er mit ihr (sie war die Trauzeugin ihrer Mutter) zum Altar gehen würde.

Sie hatte ihn einen Moment lang entsetzt angestarrt, dann war sie in Tränen ausgebrochen.

Er hatte sie nie zuvor weinen sehen. Normalerweise neigte sie eher zu Wutausbrüchen als zu Tränen. Sie tat ihm so leid, dass er am liebsten mit ihr geheult hätte, doch das konnte er nicht. Er hatte seit seinem achten Lebensjahr nicht mehr geweint, seit seine Mutter gegangen war. In gewisser Weise war er an diesem Tag erwachsen geworden. Als Ältester hatte er sich mit seinem eineiigen Zwilling Jake um seine jüngeren Geschwister gekümmert und tat es immer noch. Und jetzt, da Hailey bald seine „kleine Schwester" sein würde, fühlte er sich verantwortlich dafür, sich auch um sie zu kümmern.

Hailey wedelte mit einem zerknüllten Taschentuch in der Luft. „Ich weiß nicht, was mit mir los ist. Ich kann nicht aufhören zu heulen. Was ist nur los mit mir?"

Wenn er das nur wüsste, doch er wagte es nicht, bei ihrem labilen Zustand zu raten. Er blickte in ihre geröteten und geschwollenen blassblauen Augen und wusste nicht, wie er sie trösten sollte.

Sie schniefte, und die Tränen liefen weiter. Wie ein Kätzchen, das jemand im Regen ausgesetzt hatte.

Seine Schultern spannten sich an, und er zog den Nacken ein, als könnte er den furchtbaren Klang ihres Schluchzens ausblenden.

„Ich will nicht, dass jemand mich so sieht", flüsterte sie. Die Verlobungsfeier war noch immer in vollem Gange, und alle ihre Freunde und ihre Familie amüsierten sich prächtig ohne sie. Wahrscheinlich fragten sie sich, was sie so lange hier trieben.

Wieder schnäuzte sie sich. „Ich sollte zurück zur Party gehen."

Das Spiel hatten sie bereits durch. Hailey: *Ich sollte zurück zur Party gehen.* Er: *Okay, lass uns gehen.* Hailey: *Aber ich kann doch nicht. Meine Mom wird glauben, dass ich mich nicht für sie freue, aber ich freue mich für sie! Schluchz!*

„Wie wäre es mit einem Spaziergang?", schlug er vor, um eine Wiederholung der Szene zu vermeiden. „Die kalte Luft wird dir helfen, einen klaren Kopf zu bekommen. Und vielleicht können wir unterwegs bei mir Halt machen, um dein Geld zu holen." Er wollte es loswerden und damit wissen, dass dieses Kapitel abgeschlossen war.

Die Tränen versiegten abrupt. Seine Schultern lockerten sich, als das Feuer in ihre Augen zurückkehrte.

„Hast du sie nicht mehr alle?", fauchte sie.

Er entspannte sich. Sich mit ihr zu streiten, war so viel besser, als zuzusehen, wie sie sich in Tränen auflöste. „Scheint so."

Sie schnaubte empört. „Und ob. Glaubst du, ich will wiederholen, was letztes Mal passiert ist?"

Er unterdrückte ein Lächeln. Nicht, weil das, was beim letzten Mal passiert war, so toll gewesen war, sondern weil sie wieder in Kampfform war.

Sie zeigte mit dem Finger auf ihn. „Grins mich nicht so an, du Halunke!"

Und da war sie wieder.

~

Hailey drückte die kalten Kompressen aus gefalteten Servietten auf ihre Augen. „Danke."

„Kein Problem."

Josh war so nett zu ihr gewesen, ihr kalte Kompressen zu bringen und ihr zu erlauben, ihre peinlichen Tränen in der Abgeschiedenheit seines Büros zu verstecken, doch sie schaffte es nicht zu lächeln. Normalerweise konnte sie immer lächeln. Das hatte sie bei den vielen Schönheitswettbewerben gelernt, an denen sie teilgenommen hatte. Doch irgendetwas war heute in ihr zerbrochen. Ihre Mutter hatte ihre große Liebe gefunden, alle ihre Freunde hatten ihre Liebe gefunden, und sie, eine eingefleischte

Romantikerin – eine verdammte Hochzeitsplanerin! – hatte nichts.

Okay, vielleicht war sie zu beschäftigt damit gewesen, ihr Hochzeitsplanungsbüro aufzubauen, um großen Aufwand zu betreiben, eine Beziehung zu finden, doch sie *hatte* es wenigstens versucht. Sie hatte jahrelang Notizen darüber gemacht, was eine Beziehung funktionieren ließ, indem sie ihre Freundinnen, ihre Kunden, Liebesfilme und Romane studiert hatte. Und sie hatte ein Freunde-mit-gewissen-Vorzügen-Arrangement beendet und alle wissen lassen, dass sie bereit für eine Beziehung war. Doch was hatte ihr das gebracht? Nichts.

So erniedrigend. Sie liebte die Liebe und hatte sogar „Liebesjunkie" auf ihre Visitenkarten drucken lassen, damit ihre Kunden wussten, wie sehr sie sie beim ultimativen Ausdruck ihrer Liebe, ihrer Hochzeit, unterstützen würde. Jetzt schaffte sie es nicht einmal, sich dazu zu bewegen, ihr Online-Datingprofil zu checken. Es war, als wäre ihre ganze Identität kaputt. Nein, sie war *gestorben*. All die Zeit hatte sie sich für einen Liebesjunkie gehalten, dabei war sie wirklich ein Liebesloser. Sie wusste nicht, wie es weitergehen sollte. Alles, was sie in ihrer Zukunft sah, war ein Leben, in dem sie das Happy End anderer bezeugen durfte. Und sie war auch noch die Gründerin des Happy End Buchclubs, eines Romantik-Buchclubs, den sie als Singlebuchclub ins Leben gerufen hatte. Jetzt war sie der einzige Single, der noch übrig war. Gott, was für eine Ironie. Sie hätte die erste sein sollen, die ihr Happy End fand.

Wieder stiegen Tränen in ihre Augen und sie tupfte sie mit den kalten Kompressen ab.

Josh starrte sie von der anderen Seite des Schreibtischs an. Ihre Nemesis und bald ihr Stiefbruder. Kotz. In der *Nacht, die furchtbar schiefgelaufen war,* hatte er ihre Gefühle verletzt. Seitdem waren sechs Wochen vergangen, und sie hatte eine vollkommen vernünftige Erklärung dafür gefunden, warum sie so schiefgelaufen war. Bei der Ladies

Night hatte sie auf leeren Magen einen Cranberry-Wodka getrunken, dessen Hauptzutat Wodka gewesen war, und war dann zu Joshs Wohnung gegangen. Normalerweise trank sie Wein. Der Alkohol hatte sie notgeil gemacht – hallo, sechs Monate „Trockenzeit" – und in Joshs Wohnung war es viel zu heiß gewesen. So heiß, dass sie das Bedürfnis verspürt hatte, kühle Luft auf ihrer Haut zu spüren. Dazu kam, dass sie in ihrem benebelten Zustand die Anspannung zwischen sich und Josh als sexuell interpretiert hatte, dabei waren es die üblichen gereizten Funken gewesen.

Notgeil plus heiß plus Anspannung hatten zu einer Kleiderpanne geführt. Peinlich, ja, aber vollkommen verständlich. Unter diesen oder ähnlichen Umständen hätte das jedem passieren können. Wenn Josh es je wieder ansprechen würde, würde sie es genau so erklären. Kleiderpanne, ausgelöst durch zu viel Wodka, fasste es schön zusammen. Dabei gab es nur ein Problem –

Es war eine Lüge.

Trotz ihrer verdrehten Geschichte von Sticheleien und Revanche, trotz ihrer Streitereien waren sie und Josh aus demselben Holz geschnitzt. Beide liebten Herausforderungen, beide waren leidenschaftlich, was ihre jeweiligen Berufe anging (er sparte schon seit Jahren, um seine Traumbar zu eröffnen), und beide waren ausgeglichen und stark. Diese Stabilität war etwas, wofür sie als Erwachsene nach einer chaotischen Kindheit hart gearbeitet hatte. Darum hatte sie an jenem Abend mit ihren Freunden in der Bar gesessen, vollkommen aus dem Gleichgewicht gebracht von der Nachricht, dass ihre Mom und Joshs Vater Joe nach nur fünf Wochen Beziehung zusammenzogen. Welten kollidierten! Ihre hart erarbeitete Stabilität ging in der Angst ihrer Kindheit unter, dass ihre unzuverlässige Mutter alles ruinieren würde. Hailey war sich sicher, dass ihre Mom Joe verlassen würde, und dass sich die Campbells deswegen auch von Hailey abwenden würden. Mad Campbell war ihre beste Freundin, sie war eng mit vielen der Campbell-Brüder befreundet, und Joe hatte sie immer wie ein Familienmitglied behandelt. Der arme Joe hatte schon eine Frau gehabt, die ihn und seine sechs Kinder verlassen hatte. Ihre Mutter würde nur alte Wunden aufreißen und alle wütend machen.

Und Josh hinter der Bar war wie immer ganz entspannt und ausgeglichen gewesen. In diesem emotional geladenen Moment war ihr bewusst geworden, dass Josh *genau* der Typ Mann war, den sie in ihrem Leben brauchte. Vielleicht war er sogar der einzige, der sie wirklich verstand (da sie sich dort, wo es darauf ankam, ähnlich waren), der einzige, der ihr Trost spenden konnte, indem er einfach stark und ausgeglichen war wie immer. So lange hatte sie all ihre Gefühle, was Josh anging, unterdrückt. Er regte sie auf, brachte sie zur Weißglut, unterhielt sie, und, ja, sie konnte zugeben, dass er sie mit seinem sexy Selbstbewusstsein, das ihr sagte, dass sie in guten Händen war, scharf machte.

Und trotz allem hatte sie darauf vertraut, dass er sie auffangen würde, wenn sie in seine Arme fiel.

Nur, dass sie eine Bauchlandung hingelegt hatte. Mit dem Gesicht voraus. Absolute Erniedrigung. Er war nicht im Geringsten versucht gewesen. Sie hatte mehr oder weniger nackt vor ihm gestanden, und er hatte ihr eine Abfuhr erteilt.

Sie hatte sich bemüht, auf jede erdenkliche Weise Abstand zwischen ihnen zu schaffen. Zugbrücke hoch, Fronten klar und deutlich abgesteckt. Eine alkoholbedingte Kleiderpanne war der einzige Weg, ihr Gesicht zu wahren.

„Komm schon, Hailey. Lass uns frische Luft schnappen gehen. Wir holen dein Geld–" „Nein." Sie versuchte, ihm einen bösen Blick zuzuwerfen, doch ihre Augen waren zu verquollen, um überzeugend zu wirken. Zumindest hatte er sie bei ihrem Namen und nicht Prinzessin genannt. Wahrscheinlich, weil sie ihm leidtat. Sie war hässlich, wenn sie weinte, deswegen tat sie es nicht oft. Sie bevor-

zugte Wut, denn die motivierte sie, oder einen Augen-zu-
und-durch-Ansatz. Das letzte Mal hatte sie geweint, als sie
ihr   Freunde-mit-gewissen-Vorzügen-Arrangement
beendet hatte. Davor? Vor langer Zeit, als sie als Kind zum
zweiten Mal obdachlos geworden war, weil ihre unzuverlässige alleinerziehende Mutter die Miete nicht bezahlt
hatte. Das erste Mal war sie zu geschockt gewesen, um zu
weinen. Nur eines von vielen Beispielen, was die Unzu-
verlässigkeit ihrer Mutter anging. Sie hatte regelmäßig die
Arbeit geschwänzt und war dafür gefeuert worden – was
der Grund war, weswegen sie die Miete nicht hatte zahlen
können und sie zweimal auf der Straße gelandet waren.
Wenn man miteinbezog, dass sich ihre Mom leicht ver-
und entliebte und dass keine ihrer Beziehungen je von
Dauer gewesen war, war nachvollziehbar, warum Hailey
sich nach einem stabilen Fundament sehnte. Nichts und
niemand war je von Dauer gewesen. Selbst jetzt wartete
sie darauf, dass sich ihr Leben in Wohlgefallen auflöste.

„Lass uns gehen, Prinzessin."

Ah, da war es wieder. „Hör zu, du Flegel. Ich werde nie
wieder einen Fuß in deine Wohnung setzen." Und er
wusste verdammt gut warum.

Seine Lippen zuckten. „Nie wieder?"

Sie kochte. Er konnte einfach nicht aufhören. Als hätte
sie keine Gefühle, als wäre sie zu seiner persönlichen
Bespaßung da oder so etwas. Hier anstoßen und sehen,
was passiert. Da sticheln und sehen, wie sie ausflippt.
Wenn es ihr gerade nicht so beschissen gegangen wäre,
wäre sie glatt aus seinem Büro marschiert.

Josh beugte sich vor. „Kannst du ein Geheimnis für
dich behalten?"

Sie sah ihn argwöhnisch an. Bei ihm musste sie
immer zwischen den Zeilen lesen. Es gab subtile Anspie-
lungen und Sticheleien, die nur darauf warteten, heraus-
zukommen und zuzuschlagen. Andererseits hatte Josh
nie mit ihr über irgendetwas Privates gesprochen, darum
war ihre Neugier geweckt. Nein. Er versuchte nur, sie

einzuwickeln und dann *Peng!* Irgendein kranker Witz auf ihre Kosten. Sie weigerte sich, den Köder zu schlucken.

Sie verschränkte die Arme und spielte die Desinteressierte.

Er senkte seine Stimme zu einem kaum hörbaren Flüstern, sodass sie sich zu ihm vorbeugen musste.

„Was?" Verdammt! Wieder hatte sie angebissen!

Anders als erwartet, grinste er nicht. Stattdessen wiederholte er ein bisschen lauter: „Dieser Schuhkarton mit dem Geld hat nichts als Ärger gebracht. Nicht nur zwischen dir und mir. Clarissa und ich hatten auch einen Riesenstreit deswegen."

Clarissa war seine Exfreundin, eine schöne Yogalehrerin, die ihr eine Weile andauernd und überall über den Weg gelaufen war. Es war schwer, es nicht persönlich zu nehmen, dass Josh sich ausgerechnet in dem Moment, in dem sie der Welt verkündet hatte, dass sie Single und offen für Beziehungen war, eine feste Freundin zugelegt hatte. Als hätte er ihr eine lange Nase zeigen wollen. *Ich habe, was du willst, und du hast nichts.* Nicht, dass sie zu der Zeit eine Beziehung mit Josh gewollt hätte. Damals war sie sich sicher gewesen, dass sie einander umbringen würden. Sie hatte nicht an dem Gezanke vorbeiblicken und den Mann sehen können, der er war. Sie wünschte sich beinahe, nicht zu wissen, wie Josh wirklich war, denn hier war er und half ihr auf seine irritierende und doch unterstützende Art und Weise durch eine persönliche Krise, während ihr Selbsterhaltungstrieb sie dazu zwang, ihre Schutzwälle aufrechtzuerhalten. Sie musste ihr Leben weiterleben. Sie durfte nicht zulassen, dass Josh sie immer wieder anzog. Er hatte eine klare Nachricht gesendet – nicht interessiert.

Josh ging nicht weiter auf den Streit mit Clarissa ein, sondern saß da, als wäre es nicht nötig, mehr zu sagen. Aber sie brauchte Details!

Sie presste die Lippen aufeinander und schaffte es,

zehn Sekunden lang zu schweigen, bevor sie herausplatzte: „Warum habt ihr euch gestritten?"

Josch zuckte mit seinen breiten, muskulösen Schultern. Er war extrem fit, als trainierte er immer noch wie ein Soldat – ausgesprochen attraktiv, denn sowohl die harte Arbeit als auch die Ergebnisse sprachen für sich, doch das würde sie ihm gegenüber nur mit einem Messer am Hals zugeben. „Sie hat den Schuhkarton mit dem Geld gefunden und dachte, dass ich auf Stripclubs oder so was stehe. Ich habe ihr die Wahrheit gesagt und ihr erklärt, dass es dir gehöre und ich es dir eines Tages zurückgeben werde."

„Das hast du ihr erzählt?" Sie konnte ihre Überraschung nicht verbergen. Bis vor Kurzem hatte sie gedacht, dass er sie damit ewig foppen würde. Aber wenn sie ehrlich war, hatte er das Geld ehrlich verdient, indem er sie gegen Bezahlung auf einige Hochzeiten, die sie geplant hatte, begleitet hatte. Sie konnte ja kaum allein bei einer Hochzeit auftauchen, nicht, wenn sie angeblich ein Liebesjunkie war. Damals, als sie ihm das Arrangement vorgeschlagen hatte, war sie ein bisschen verzweifelt gewesen. Die Typen in ihrem Alter hatten sich als unzuverlässig erwiesen und waren, wenn überhaupt, spät bei den Hochzeiten aufgetaucht. Josh lebte und arbeitete im Ort und war immer verlässlich und pünktlich gewesen. Es war ein Businessdeal gewesen – sie bekam jemanden, der sie auf die vielen Hochzeiten begleitete, und er bekam Geld, das er für seine Traumbar sparen konnte. Doch nachdem sie sich zerstritten hatten, hatte er jedes Anrecht auf das Geld verloren. Sie hatte es zurückgefordert. Er hatte sie jahrelang damit aufgezogen, dass sie es in seiner Wohnung abholen sollte – in einem Ton, der eindeutig zweideutig nur so schrie. Rückblickend war es gar nicht so weit hergeholt gewesen, sich auszuziehen. Er hatte immer genau darauf angespielt, falls sie je den Mut aufbringen sollte, in seine Wohnung zu kommen. Offensichtlich hatte er es nicht ernst gemeint, denn er hatte sie nicht einmal anfassen wollen, als sie halbnackt vor ihm gestanden hatte. Dieser Hund.

Josh warf ihr einen Blick zu, den sie nicht interpretieren konnte, dabei war sie normalerweise sehr gut darin, Menschen zu lesen. Er lag irgendwo zwischen *du bist ein Idiot* und eingeschnappt. „Ich hätte das Geld überhaupt nie annehmen sollen. Du hast es gebraucht, um eine stabile Grundlage für dein Geschäft aufzubauen. Seelenfrieden, Sicherheit und so weiter."

Sie holte scharf Luft. Sie hatte sich nicht in ihm getäuscht. Er verstand tatsächlich den Wert eines stabilen Fundaments und sah, wie wichtig ihr das war.

Josh fuhr fort. „Nach unserem Streit war sie fertig mit mir. Sie hat sich sogar einen neuen Job gesucht und ist in eine andere Stadt gezogen." Was für eine extreme Reaktion. Hailey würde wegen eines Mannes nie ihre Sachen packen und wegziehen.

Das erklärte allerdings, warum sie Clarissa nicht mehr überall über den Weg lief. Sie hatten sich wegen ihres Geldes getrennt? Wie seltsam. Und wunderbar. Verdammt, Josh hatte sie zu einem ziemlich kleinkarierten Menschen gemacht. Nur er brachte diese Seite in ihr zum Vorschein.

Sie bemühte sich, ihre Freude nicht zu zeigen. „Das war unbesonnen von ihr. Hört sich ziemlich idiotisch an."

Josh sah sie ernst an. „Sie hat mich zu einem besseren Mann gemacht."

Sie spannte sich an, wieder einmal irritiert von Clarissas entspannter, sanfter, la-la-la-Lebenseinstellung. Wenn alle diese Einstellung hätten, würde niemand irgendetwas gebacken bekommen. „Ich kann nicht fassen, dass ihr euch wegen eines Schuhkartons getrennt habt." So dumm. Was für ein dummes Paar.

„Sie hat gesagt, dass ich mich an dich festklammere."

Sie richtete sich abrupt auf. „Was? Das ist lächerlich. Wir sind wie Hund und Katze." War es wahr? Hatte Josh zu dieser Zeit Gefühle für sie gehabt? Was war passiert?

War ihre Streiterei derart aus dem Ruder gelaufen, dass sie jede Chance, eine Verbindung herzustellen, vernichtet hatten?

Er nickte. Er hatte sich zur Feier des Tages rasiert, was sein kantiges Kinn betonte. Seine dunkelbraunen Haare waren zerzaust wie immer, doch er trug einmal nicht sein übliches Karohemd, ausgewaschene Jeans und Sneakers. Er trug ein hellblaues Hemd, dessen hochgekrempelte Ärmel den Blick auf muskulöse Unterarme freigaben, dazu eine dunkelblaue Stoffhose, einen braunen Gürtel und braune Lederschuhe. Schick, aber immer noch Josh. Sie riss den Blick von ihm los und starrte auf seinen Schreibtisch. Er sah gut aus, wenn er sich schick machte.

„Das habe ich ihr auch gesagt", nickte Josh. „Wie soll ich mich an dir festklammern, wenn wir keine gemeinsame Vergangenheit haben?"

Sie hob den Kopf. „Naja, wir sind zusammen zu ein paar Hochzeiten gegangen."

„Begleitdienstleistung. Du hast mich dafür bezahlt. Beweisstück A, ein Schuhkarton voller Geld."

„Und wir hatten ein langweiliges Abendessen in einem edlen Restaurant in der Stadt." Nicht, dass er sie eingeladen hatte. Es hatte ein Geschäftsessen mit seinem eineiigen Zwillingsbruder Jake sein sollen, doch Josh hatte ihn dazu überredet, die Rollen zu tauschen, um ihr eine Lektion zu erteilen. Halunke. Sie wusste immer noch nicht, welche Lektion sie hätte lernen sollen.

„Langweilig!", lachte er. „Ich dachte, du lebst für diesen Kram. Limousine, Edelrestaurant, Jakes Yacht bewundern …"

„Als Jake warst du ein langweiliger Angeber. Und die Portionen in diesem Restaurant …"

„Waren eindeutig zu klein."

„Ja." Sie wurde einen Moment lang still und dachte an diesen Abend vor zweieinhalb Jahren. Sie und Josh verband eine seltsame, lange Vergangenheit. „Und ich fand es so ziemlich unterste Kommodenschublade, dass du versucht hast, mir mit diesem Rollentausch eine Lektion zu erteilen. Was ich daraus gelernt habe, war, dass ich dir nicht trauen kann."

Er seufzte. „Das war wohl wirklich dumm. Tut mir leid."

„Klingt nicht so, als täte es dir sonderlich leid."

Er stöhnte lange und laut wie ein Tier.

Sie schnaubte. „Offensichtlich haben wir eine Vergangenheit. Wir streiten uns seit Jahren. Und tun es immer noch."

Er zog einen Mundwinkel zu einem typischen Josh-Grinsen nach oben. „Ich würde es einander aufziehen nennen."

Sie presste ihre Lippen aufeinander. „Mich hat es immer ganz schön genervt."

„Bah. Ich habe dir doch schon gesagt, dass ich nur gespielt habe."

Sie bezweifelte das. Es hatte einige ziemlich erhitzte Wortgefechte gegeben. „Ich habe deinetwegen angefangen, Yoga zu machen … für eine kurze Zeit zumindest." Das war, bevor Clarissa, die Yogaspinnerin, in den Ort geschwebt war. Nicht, dass Hailey Geld für Yogakurse herausgeworfen hätte. Sie hatte YouTube-Videos angesehen. Alles, was sie verdiente, sparte sie oder investierte sie in ihr Geschäft. Ihr Ziel war es, immer ein stabiles finanzielles Fundament zu haben.

Joshs Augen glitzerten amüsiert. „Klingt hart."

„Ich habe es nicht lange ausgehalten", gab sie zu. „Ich kann einfach nicht lange genug stillhalten."

„Es ist furchtbar langweilig."

Sie starrte ihn an, überrascht, dass er ihrer Meinung war. Sie hatte gehört, dass er wegen Clarissa mit Yoga angefangen hatte. „Und wie!"

Lachfältchen tanzten um seine braunen Augen. Ein echtes Lächeln. „Schau, wie wir uns vertragen."

Vielleicht sollte sie den Schuhkarton mit dem Geld nehmen und die Vergangenheit ruhen lassen. Dann erinnerte sie sich an das desaströse letzte Mal, als sie mit ihm in seine Wohnung gegangen war, und entschied, es anders zu versuchen.

„Weißt du was, Josh? Behalte das Geld. Leg es für deine Bar beiseite. Es interessiert mich nicht mehr."

„Und ob es das tut."

Und schon wieder stritt er mit ihr! Alles war ein Kampf mit diesem Mann, selbst, wenn sie versuchte, das Richtige zu tun. Und immer wieder ließ sie es zu. Er schaffte es einfach immer wieder, sie zu provozieren.

„Es ist okay", versicherte sie ihm mit zusammengebissenen Zähnen. „Wirklich."

Er schmunzelte. „Du hast nur Angst, nochmal mit mir in meine Wohnung zu kommen."

„Ich habe keine Angst."

„Ich gebe zu, das letzte Mal war ein Desaster."

Sie wandte den Blick ab. „Ich will nicht darüber reden."

„Ich auch nicht. Diesmal wird es anders. Behalt diesmal dein Kleid an, und alles wird gut."

Ihre Lungen zogen sich zusammen. Die Zeit schien stillzustehen. Die Worte hingen zwischen ihnen in der Luft. *Behalt diesmal dein Kleid an.* Seine beiläufige Bemerkung traf sie tief. Nachdem sie heute heulend zusammengebrochen war, war die Erinnerung an seine brennende Abfuhr, als sie nackt und verletzlich vor ihm gestanden hatte, zu viel. Wie konnte er es wagen, über diesen peinlichen Abend zu reden, als bedeutete es nichts!

Sie sprang auf. „Du Rohling!"

„Was habe ich denn dieses Mal Falsches gesagt?"

3

Nach einer anstrengenden Verlobungsparty für ihre Mom und Joe, war Hailey am Montag erleichtert, wieder in ihrem Büro im Ludbury House zu sein. Sie machte sich Notizen und aktualisierte ihren Onlinekalender, dann lehnte sie sich zurück. Die Arbeit lief gut. Es war Ende März, und sie war von Mai bis August jedes Wochenende für Hochzeiten gebucht, einschließlich der Hochzeiten ihrer Mutter und der ihrer Freundinnen Carrie und Mad. Carries Hochzeit im Mai war besonders wichtig, da ein Artikel darüber im nationalen Brautmagazin *Bride Special* erscheinen würde, zusammen mit einem Profil über Hailey als Hochzeitsplanerin. Es würde ein großer Artikel werden, da sie über Carries Hochzeit vom Heiratsantrag, über die Planung bis hin zur Zeremonie und der anschließenden Feier berichten wollten. Zach hatte Carrie einen Antrag gemacht, während Hailey mit den Leuten von *Bride Special* im Garner's war. Sie hatte das Get-Together für die Redakteurin veranstaltet, um ihr zu zeigen, wie einladend Clover Park für Einheimische und Gäste war. Die Redakteurin war begeistert gewesen und hatte um Erlaubnis gebeten, den Antrag im Artikel benutzen zu dürfen.

Sie rechnete damit, dass sie nach Erscheinen des Artikels in der August-Ausgabe das ganze Jahr über ausgebucht sein würde. Dann würde sie ihre Freundin Ally, die
sie zur Zeit Teilzeit beschäftigte, ganztags einstellen.
Damit würde ihr Traum in Erfüllung gehen – für sich und
ihre geliebte Heimat Clover Park – wenn auch ohne ihr
eigenes Happy End. Vielleicht sollte es einfach so sein.
Vielleicht musste sie all ihre Liebe und Energie für das
Happy End anderer aufsparen. Sie war gut darin. Sie hatte
vielen Paaren auf die Sprünge geholfen – auch unter ihren
Freunden — und hatte anderen verlobten Paaren geholfen, die stressige Zeit der Hochzeitsplanungen zu
überstehen.

Ihr Fellbaby Rose, ein weißer Terrier-Chihuahua-
Mischling, knurrte im Schlaf, und ihre kleinen Beinchen
strampelten auf ihrem rosa Plüschbettchen. Musste wohl
einer ihrer Jagdträume sein. Rose war ihr großer Trost, seit
ihre Freunde ihr das süße kleine Ding vor drei Monaten
am Silvesterabend geschenkt hatten. Sie hatte gesehen,
dass sie neben der Spur gewesen war, nachdem sie sich
von Liam, ihrem Freund mit gewissen Vorzügen, verab-
schiedet hatte. Zu dumm, dass sie Rose gestern nicht zur
Verlobungsparty hatte mitbringen können, da ihre Mutter
allergisch war. Sie hatte es geschafft, nach ihrem Heulkrampf wieder zur Party zurückzukehren, wo alle ihre
Freunde ihre Sorge und Unterstützung gezeigt hatten. Ihre
Mutter hatte nicht einmal bemerkt, dass sie geweint hatte.
Sie hatte gedacht, dass sie so lange weggewesen war, weil
sie und Josh irgendetwas für die Hochzeit geplant hatten,
da sie ja die Trauzeugen waren.

Sie seufzte. Sie fürchtete sich vor der Hochzeit ihrer
Mutter. Sie war sich sicher, dass sie Joe sitzenlassen
würde. Die Tatsache, dass ihre Mutter sich so schnell mit
Joe verlobt hatte, war in diesem Zusammenhang nicht
gerade ermutigend.

Sie klickte durch ihre E-Mails. Oh! Etwas von Judith
Mayer, der Reporterin von *Bride Special*. Sie hatte gehofft,

bald von ihr zu hören. Der Artikel würde in weniger als vier Monaten erscheinen, und sie hatten gesagt, dass sie ihr eine Vorab-Kopie des Profils über sie zukommen lassen würden. Schnell las sie die E-Mail und schluckte. Sie hatten sich entschlossen, das Profil über sie in der Aprilausgabe zu bringen, die heute in Print ging. Eine Ausgabe war schon unterwegs zu ihr und online war der Artikel vor einer Woche erschienen. Carries Hochzeit würde wie geplant in der Augustausgabe abgedruckt werden. Eine Hochzeit, die für die Aprilausgabe geplant worden war, war ausgefallen, und sie hatten den Platz schnell füllen müssen. Sie klickte auf den Link zu dem Artikel und schlug sich die Hand vor den Mund. O mein Gott – die Überschrift war der Wahnsinn – *Die Königin der Märchenhochzeiten*.

Das Foto von ihr in einem zartvioletten Cocktailkleid am Eingang von Ludbury House war spektakulär. Sie hatte gehofft, dass sie viel von dem historischen Herrenhaus zeigen würden, da es eines der Hauptargumente für Bräute war, die Hochzeit hier auszurichten. Ludbury House war ein atemberaubend schönes, zweieinhalbstöckiges, strahlend weiß getünchtes Herrenhaus mit Säulen und einer umlaufenden Veranda. Das Haus und der manikürte Garten drum herum waren im neunzehnten Jahrhundert das Sommerhaus einer reichen New Yorker Familie gewesen.

Heute befand sich Ludbury House im Besitz der Gemeinde Clover Park, und Hailey zahlte Miete für ihr Büro und die Nutzungsrechte für das Anwesen an Wochenenden. Ab und zu musste sie das Anwesen für besondere Events mit der Gemeinde teilen. Die ortsansässigen Geschäftsleute liebten es, dass sie sie für alle möglichen Dienstleistungen rund um die Hochzeiten, die sie plante, anheuerte. Es war ein für alle Seiten vorteilhaftes Arrangement, doch sie träumte davon, der Gemeinde das Anwesen eines Tages abzukaufen. Doch sie rechnete mit einem Kaufpreis in der Region von zwei Millionen

Dollar, darum war das ein Traum für eine ferne, ferne
Zukunft.

Sie begann, den Artikel zu lesen, und hoffte, dass sie
herzlich und freundlich wirkte und nicht wie das Nerven-
bündel, das sie beim Interview gewesen war. So weit, so
gut. Judith schwärmte in höchsten Tönen von Ludbury
House und beschrieb Clover Park als „pittoreskes Örtchen
in Neuengland mit einer Hauptstraße mit hübschen Läden
und Restaurants." Es folgten weitere Fotos der Gegend –
Baldwin Park, Kirchen, viktorianische Häuser, Häuser im
Kolonialstil und so weiter. Der Artikel beschrieb sie als
fröhliches Energiebündel mit einem angeborenen Händ-
chen für alles Romantische. Oh, wie schön!

Aber whoa! Oh je. Judith deutete an, dass ihre romantische Seite von der „spürbaren Liebe" zwischen ihr und
Josh herrührte. Sie schluckte. Hoffentlich würde Josh den
Artikel nicht sehen. Er würde ihr das ewig unter die Nase
reiben. Die Wahrheit war, dass sie vor etwas mehr als
sechs Monaten Joshs Bruder Logan gebeten hatte, für das
Interview ihren liebenden Freund zu spielen, weil sie
wollte, dass es so aussah, als wäre sie Teil einer eng
verbundenen Familie und nicht Single. Doch stattdessen
war Josh aufgetaucht und hatte vor der Reporterin ganz
dick aufgetragen. Und da kam es schon, ein Zitat
von Josh:

„Ich komme aus einer großen Familie – vier Brüder
und eine Schwester –, und sie hat unser aller Liebe gewonnen. Sie ist eine Frau, die Familie und Gemeinde versteht
und weiß, wie man Leute zusammenbringt. Jedes Paar,
das sich an sie wendet, um sich seine Hochzeit planen zu
lassen, kann sicher sein, dass Hailey Ihr Glück am Herzen
liegt. Sie ist die Königin der Märchenhochzeiten."

Mit pochendem Herzen starrte sie die Worte an und
wurde sich langsam ihrer Bedeutung bewusst. Mit seiner
Bemerkung hatte er die Vorlage zu dieser fantastischen
Überschrift gegeben, und er schien sie und ihre Arbeit
tatsächlich zu respektieren. Damals nach dem Interview

hatte sie geglaubt, dass sein Schmunzeln bedeutete, dass für ihn alles ein Spiel war, doch jetzt, ohne dieses Grinsen, klang es so aufrichtig. Hatte er es wirklich so gemeint?

Sie las weiter. Weitere unglaublich schöne Zitate von Josh beschrieben sie als „unermüdliche Macherin, die das Geschäft aus dem Nichts aufgebaut hatte", und als „intelligente, erfolgreiche Geschäftsfrau". Doch das beste Zitat war: „Clover Park kann sich glücklich schätzen, sie zu haben." In ihrem Hals wuchs ein dicker Kloß, und ihre Augen begannen zu brennen.

Sie klickte auf „Antworten" und dankte der Redakteurin für den wunderbaren Artikel, dann saß sie einfach da, vollkommen sprachlos. Sie sollte sich bei Josh bedanken. Es war Montagnachmittag. Er war wahrscheinlich im Garner's, nur einen kurzen Spaziergang entfernt. Er nahm sich nur selten frei. Wie sie. Sie waren beide auf ihre ganz eigene Weise Workaholics und arbeiteten beide hart an ihrem Traum. Er hatte seinen Traum, eine Bar zu besitzen, aufgeschoben, um die Studiengebühren seiner Schwester Mad zu bezahlen. Hailey hatte das erst vor Kurzem von Joshs Vater erfahren. Sie war überrascht gewesen, das zu hören, denn sein Zwillingsbruder, ein Selfmade-Milliardär, hätte das aus der Portokasse bezahlen können. Doch als sie das Josh gegenüber erwähnt hatte, war er wütend geworden und hatte sie stehen gelassen. Scheinbar hatte er Komplexe, was Geld anging, da sein Bruder ihm ganz früh angeboten hatte, in die Firma einzusteigen, doch stattdessen hatte er sich für eine viel weniger lukrative Karriere entschieden. Sie konnte ihn verstehen. Wenn sie einen Zwilling hätte, würde sie annehmen, dass beide ähnlich erfolgreich waren. Doch es war das Leben, für das Josh sich entschieden hatte, darum sollte er sich nicht so haben.

Eine weitere E-Mail tauchte in ihrem Postfach auf. Scheinbar ein potentieller neuer Kunde. Die E-Mail kam von „Phillyabroad". In der Betreffzeile stand *Planung einer Exklusiven Hochzeit*. Sie klickte sie an.

· · ·

Liebe Miss Adams,

meine Schwester Silvia Rourke hat mich gebeten (nein, angefleht), in ihrem Namen Kontakt mit Ihnen aufzunehmen bezüglich ihrer anstehenden Hochzeit. Sie hat über Sie auf der Webseite von **Bride Special** *gelesen und darauf bestanden, Sie als Hochzeitsplanerin zu engagieren. Sie studiert in Yale und steht kurz vor den letzten Prüfungen – und das, obwohl ihre Gedanken um ihre Hochzeit kreisen. Natürlich verwöhne ich meine kleine Schwester, indem ich ihrem Wunsch nach einer „schön romantischen" Hochzeit in den USA nachgebe, anstatt auf die ursprünglich geplante, kleine standesamtliche Hochzeit mit ihrem amerikanischen Verlobten zu bestehen. Eine traditionelle kirchliche Heirat wird diesen Sommer zu Hause sattfinden. Doch nun wird es auch eine Hochzeit in den USA geben. Sie muss vor dem 1. Juli und unter Ausschluss der Presse stattfinden. Ich bin für einen Monat aus geschäftlichen und familiären Gründen in New York. Falls Sie Zeit für ein Treffen haben, lassen Sie mich das bitte möglichst bald wissen.*

Herzliche Grüße
Phillip Rourke
Prinz von Villroy

Ahh! Hailey sprang auf. Träumte sie? Eine Prinzessin wollte, dass sie ihre Hochzeit plante? Vielleicht war es ein Witz. Ihre Freundinnen wussten, dass sie ein Superfan von Prinz Phillip war. Er hatte dunkelbraune, längere Haare, die immer ein wenig zerzaust wirkten, leuchtende aquamarinblaue Augen, immer einen Stoppelbart und ein unglaublich sexy verschmitztes Lächeln. Informationen über ihn gab es überall im Internet abzurufen. Er war achtundzwanzig Jahre alt, einsachtzig groß, norwegisch-irischer Abstammung. Er war köstlich, ein Adonis erster Güte und wurde oft fotografiert, wenn er im Dienst des königlichen Hofes von Villroy in Europa unterwegs war.

Villroy war ein kleines Inselkönigreich vor der Südwest-
küste Frankreichs, gesegnet mit wunderschöner Land-
schaft und dem königlichen Palast im Herzen der Insel,
umgeben von niedlichen, malerisch weißen Häusern,
Lavendelfeldern, dramatischen Klippen und dem dunkel-
blauen Meer. Angehörige eines Wikingerstammes, dessen
Name übersetzt so viel wie „die Wilden" bedeutete, waren
die ersten gewesen, die diese Insel bevölkert hatten. Sie
hatte sich Phillip immer als wilden Hengst vorgestellt.

Doppel-Ahh!!

Okay, eins nach dem anderen. Sie schrieb Mad eine
SMS – die wahrscheinlich den Streich eingefädelt hatte –
und fragte sie direkt, ob sie hinter dieser Email steckte.
Mad hatte jedoch nie etwas von Silvia gehört und versicherte Hailey, dass sie sich nie erlauben würde, ihr bei der
Arbeit Streiche zu spielen. Sie erschauerte vor Aufregung
und setzte sich schnell wieder an ihren Schreibtisch, um
online zu recherchieren, ob es wirklich eine Prinzessin
Silvia Rourke gab, die bald einen Amerikaner heiraten
würde. Sie hielt sich nicht über die ganze königliche
Familie auf dem Laufenden – normalerweise las sie nur
über Prinz Hottie. Einen Moment später holte sie scharf
Luft. Es war wahr! Es gab sogar eine offizielle Stellung-
nahme des Palasts. Sie blickte an die Decke und kreischte.
Rose schreckte aus dem Schlaf hoch und begann, bellend
durchs Zimmer zu rennen. Wahrscheinlich, um einen
vermeintlichen Einbrecher abzuschrecken. Hailey fing
ihren kleinen Fellball ein, der unglaublich süß aussah in
seinem Frühlingsoutfit – einem leuchtendgelben Schleifchen auf ihrem Kopf mit einem passenden Tupfenpull-
overchen.

„Alles ist gut, Rose. Ich bin nur glücklich." Sie drückte
den kleinen Hund an sich und kraulte ihn hinterm Ohr.
Rose wurde ruhig und schmiegte ihren Kopf an Haileys
Schulter.

Sie begann, mit Rose auf dem Arm zu tanzen. Jippieh!
Gut, dass sie an diesem Nachmittag keine Termine mehr

hatte. Sie setzte sich mit Rose auf dem Schoß wieder an den Schreitisch und schrieb zurück.

Königliche Hoheit,

es wäre mir eine Ehre, die Hochzeit Ihrer Schwester zu planen. Ich werde mir Zeit für ein Treffen nehmen, wann immer es in Ihren Zeitplan passt. Wird Ihre Schwester auch teilnehmen? Mein Büro ist in Clover Park, Connecticut, etwa eine Stunde außerhalb von New York. Lassen Sie mich einfach wissen, wann und wo Sie sich treffen möchten. Ich möchte Ihnen schon an dieser Stelle meine Diskretion zusichern. Ich habe vor nicht allzu langer Zeit mit Claire Jordan gearbeitet, und es ist uns gelungen, ihre Teilnahme an der Hochzeit mehrerer gemeinsamer Freunde vor der Presse geheim zu halten.
Mit besten Grüßen
Hailey

Claire Jordan war ein berühmter Filmstar und eine gute Freundin von Hailey. Am liebsten hätte sie ihrem Namen einen Titel nachgestellt – ganz wie Phillip. Oh, wie wäre es mit der Überschrift des Artikels? Hailey Adams, Königin der Märchenhochzeiten. Sie lachte in sich hinein und verzichtete darauf. Sie klickte „Senden", stand mit Rose in den Armen auf und tanzte durch den Raum. Rose winselte, was bedeutete, dass Hailey Gassi gehen musste.

Sie nahm die Leine aus ihrer Hundetragetasche, befestigte sie an Rose' Halsband und brachte sie hinaus in den Garten. Plötzlich fiel ihr ein, dass sie den ganzen Sommer über ausgebucht war und kein Zeitfenster für eine königliche Hochzeit hatte. Mist. Es war nicht so, als könnte sie eine Hochzeit verschieben, die schon ein Jahr geplant war. Egal. Sie würde es schon hinbekommen. Vielleicht konnte sie eine andere Location für die Zeremonie und den Empfang benutzen, oder vielleicht konnte sie die Hochzeit für einen Freitag oder Sonntagabend planen. Diese Tage waren nicht belegt, da sie sie in der Regel zum Vorbereiten oder zum Aufräumen für die üblichen Samstags- oder Sonntagshochzeiten verwendete. Sie würde Aushilfen einstellen, wenn es sein musste. Wie könnte sie sich eine solche Chance entgehen lassen?

Rose war fertig und attackierte ein vertrocknetes Blatt auf der Wiese. Hailey hob sie auf. „Braves Mädchen, und jetzt wieder an die Arbeit."

Sie ging zurück in ihr Büro. Da niemand sonst da war, schloss sie ihre Bürotür und ließ Rose frei laufen. Sie hatte Hundeleckerli in Rose' Spielzeug überall im Büro versteckt, um sie zu beschäftigen. Jeden Morgen legte sie sie woanders aus, bevor sie Rose hereinließ. Alles Teil ihrer Routine. Rose begann zu schnüffeln, und Hailey kehrte an ihren Schreibtisch zurück, in Gedanken bereits bei den Ideen für die königliche Hochzeit. Die Zeit verflog.

Sie wollte Feierabend machen und klickte noch ein letztes Mal auf ihr E-Mail-Postfach. O Gott! Der Prinz hatte geantwortet. Sie öffnete die Mail.

Liebe Miss Adams,

Sie können gerne auf die formelle Anrede verzichten. Das ist eher der Stil meines älteren Bruders. Ich bin einer der vielen „Ersatzerben" der Krone, der Zweite in der Thronfolge, was mir viel mehr Freiheiten erlaubt als der steife, mit Pflichten vollgestopfte Lebensstil meines Bruders. Ich komme am Freitag um siebzehn Uhr mit meiner Schwester zu Ihnen ins Ludbury House. Ich freue mich, Sie kennenzulernen.

Phillip

Ersatzerbe

Sie lachte. Er hatte einen Sinn für Humor und wirkte bodenständig für einen Prinzen. Oh wow, jetzt musste sie sich wirklich bei Josh bedanken. Wenn er nicht so nett über sie geredet und sie nicht Königin der Märchenhochzeiten genannt hätte, wäre das sicher nicht passiert.

Sie holte die Schachtel mit den Hundeleckerlis aus der Schreibtischschublade und schüttelte sie. Rose kam angerannt, setzte sich vor sie und hob beide Vorderpfoten, um zu betteln. Sie fütterte ihr ein Leckerli. „Braves Mädchen. Zeit für einen Spaziergang." Sie zog ihren beigen Frühlingsmantel an und band den Gürtel. Dann schwang sie die rosafarbene Hundetragetasche über ihre Schulter und setzte Rose hinein.

Sie schwebte geradezu den Gehsteig entlang und über die Straße zum Garner's Sports Bar & Grill. Das war ein fantastischer Tag gewesen. Unglaublich, dass das alles nur einen Tag nach ihrem Allzeittief bei der Verlobungsparty ihrer Mutter passiert war. Aber es konnte nur noch bergauf gehen, wenn man so weit unten angekommen war wie sie. Jetzt hatte sie wahrscheinlich eine fantastische neue Kundin. Und wenn alles gut lief, würde sie vielleicht mehr Hochzeiten für die königliche Familie planen. Ihre Onlinesuche hatte ergeben, dass es neben der Prinzessin noch sechs Geschwister gab – und alle waren ledig. Wie cool wäre das denn?

Sie schüttelte den Kopf. Sie würde wohl nie aufhören zu träumen, dabei war dieser Auftrag noch nicht einmal in trockenen Tüchern. Sie öffnete die Tür zum Garner's und trat ein, sofort eingehüllt von der Wärme der vertrauten Bar. Auf der rechten Seite war der Restaurantbereich mit Sitznischen und Tischen, an denen ein paar Familien ihr Abendessen einnahmen. Geradeaus war die dunkle Kirschholzbar, an der niemand saß. Josh stand dahinter und sah sich im Fernseher an der Wand die Nachrichten an.

„Hi Josh!"

Er drehte sich zu ihr um. „Du klingst, als wärst du gut gelaunt."

„Das bin ich auch." Sie ging zu ihm und Rose stieß ein warnendes Knurren aus. Rose hasste Josh. Hailey wusste nicht, warum. Josh hatte Rose noch nicht ein einziges Mal angefasst. Vielleicht war es, weil er zurückknurrte. „Still", sagte sie zu Rose, und sie gehorchte. Hailey hatte ein intensives Training mit Rose absolviert, die jetzt ein zertifizierter Therapiehund war.

„Was gibt's?" Er trug ein schwarzes T-Shirt zu zerrissenen Jeans, die seine muskulöse Figur betonten. Auch sein Stoppelbart war wieder da – dieser allabendliche Schatten auf seinem Gesicht, der ihn ein bisschen gefährlich aussehen und ahnen ließ, dass unter seinem scheinbar so charmanten, entspannten Charakter mehr lauerte. Er war ein ehemaliger Soldat, cool und kalkulierend. Sie hatte das bei ihrer ersten Begegnung in seinen Augen gesehen, doch als sie ihn über die Jahre besser kennengelernt hatte, hatte sie in diesen dunklen Augen mehr gesehen, manchmal hellwache Intelligenz, manchmal tiefe Beseeltheit, die an Traurigkeit grenzte, doch meistens gute Laune – auf ihre Kosten.

Sie holte ihr Handy heraus, rief den Artikel auf und zeigte ihn ihm. „Das."

Er nahm das Handy und las mit konzentriert gerunzelter Stirn den *Bride Special* Artikel. Ja, da war es schwarz auf weiß. Insgeheim respektierte Josh sie. Sie war mehr als nur das Ziel seiner kindischen Sticheleien. Sie war so verblüfft über das, was er getan hatte – sie Königin der Märchenhochzeiten zu nennen – und über die anschließenden E-Mails, dass sie herausplatzte: „Warum hast du mich nicht Queen des Happy End genannt? Ich habe schließlich den Happy End Buchclub gegründet, um Singlefrauen zu helfen, ihr Happy End zu finden."

Joshs dunkle Augen funkelten amüsiert, und er schmunzelte. „Ah, Prinzessin, ich bin ja nur ungern der Überbringer schlechter Neuigkeiten, aber du weißt schon, als was man Happy End interpretieren kann? Du siehst die eindeutige Zweideutigkeit, die den falschen Eindruck hinterlassen könnte?"

Sie presste die Lippen aufeinander. „Nur in deiner schmutzigen Fantasie."

„In jedermanns Fantasie."

Sie hob das Kinn. „Ich bestehe auf die glückliche Bedeutung."

Er schmunzelte erneut. „Sicher, es kann sehr glücklich sein."

Sie schnaubte. „Glücklich im Sinne von Freude." Rose begann wieder zu knurren.

Josh knurrte zurück und Rose fing an, wütend zu kläffen. Sie wandte sich von Josh ab und redete beruhigend auf Rose ein, während sie ihre Wange an Rose' Schnäuzchen rieb. Rose gab ihr einen Hundekuss und rollte sich in ihrer Tragetasche zu einem Nickerchen zusammen. Hailey setzte sich an die Bar und stellte die Tragetasche vorsichtig zu ihren Füßen ab, außer Sichtweite von Josh, um das Bellen und das Knurren auf ein Minimum zu reduzieren. Sie stellte sie nur selten am Boden ab, wenn viel los war, um zu vermeiden, dass jemand Rose versehentlich trat, doch um diese Zeit war die Bar noch leer.

Josh legte ihr Handy auf den Tresen. „Ich kann die Redakteurin bitten, eine Korrektur abzudrucken. Du kannst die Königin des Happy End sein, wenn du das willst."

Sie steckte das Handy weg. „Nein, schon gut. Ich wollte nur darauf hinweisen. Deine Bezeichnung ist auch okay."

„Danke, das ist so großzügig von dir, das zu sagen." Josh lächelte, ein echtes Lächeln, das sein attraktives Gesicht strahlen ließ.

Nein. Du bist immun. Er respektiert dich, doch er empfindet nichts für dich. Grenzen.

Sie warf ihre Haare über ihre Schulter. „Aber ist das nicht, was alle wollen? Ein Happy End? Großartiger Sex und die ewige Liebe?"

Er neigte den Kopf. „Manche Leute zumindest."

„Alle wollen das."

Er verschränkte die Arme, und sein schwarzes T-Shirt spannte über seinen breiten Schultern und seinen muskulösen Oberarmen. „Nein."

„Definitiv." Sie riss den Blick von seinem Bizeps los. Ob er im Schlafzimmer wohl so aggressiv war wie der Held ihrer erotischen Lieblingsromane, der Fierce-Trilogie? So etwas hatte sie bisher noch nicht erlebt. *Hör zu, was er sagt. Extrem unromantisch. Hör auf, dir was vorzumachen.* Sie war eine hoffnungslose Romantikerin (meistens zumindest) und er der kalte Realist. Sie waren nicht kompatibel, das hatte sie schon immer gewusst.

Er zuckte mit den Schultern, um zu demonstrieren, dass er der Theorie, dass alle tollen Sex und die ewige Liebe wollten, nicht zustimmte.

Sie verspannte sich, grenzenlos irritiert von seinem Schulterzucken. Romantik war wichtig. Es war die Grundlage ihrer Karriere, ihres Lebensstils, der Happy Ends aller ihrer Freundinnen. Vielleicht sollte er sich eine Scheibe von seinen Brüdern, seiner Schwester und sogar von seinem Vater abschneiden, die alle Liebe gefunden hatten! Wenn er sich nicht so vehement gegen alles Romantische aussprechen würde, würde er vielleicht auch Liebe finden. Natürlich war da Clarissa. Er musste irgendetwas richtig gemacht haben, denn sie hatte es schließlich ganze zwei Monate mit ihm ausgehalten.

Tief Luft holen. Josh wusste genau, wie man sie provozierte. Sie wusste nie, wie empfindlich sie war, was ein bestimmtes Thema anging, bis er anfing zu sticheln.

Er stützte sich auf dem Tresen ab und beugte sich in ihre Distanzzone vor. „Manche Leute wollen vielleicht einfach nur Sex", flüsterte er mit heiserer Stimme.

Ein heißes Pochen zwischen ihren Beinen beunruhigte sie. Es war genau das, was sie von ihm erwartet hatte, doch wie er *Sex* betont hatte ... klang es nach einem harten Fick. Einem von der Sorte, von der sie Fantasievorstellungen hatte. Sie begegnete seinem lodernden Blick und schluckte schwer. „Wie du zum Beispiel", krächzte sie.

Er richtete sich auf. „Da ist das letzte Wort noch nicht gesprochen."

Sie starrte ihn an, denn sie wollte wissen, was er damit meinte, doch sie wusste, dass er irgendeine dumme Bemerkung machen würde, wenn sie fragte. Sie war nicht gekommen, um sich mit ihm zu streiten. Sie musste aufhören, sich immer wieder darauf einzulassen. „Wie auch immer, danke, dass du im Interview so nette Dinge über mich gesagt hast. Wenn du nicht wärst, würde ich mich am Freitag sicher nicht mit einem Prinzen treffen, um die Hochzeit seiner Schwester zu planen."

„Einem Prinzen?"

Sie lachte glücklich. „Ja, einem echten Prinzen. Phillip kommt von Villroy Island. Er ist attraktiv und amüsant. Es ist der Traum so ziemlich jeder Frau, ihn kennenzulernen."

Josh schmunzelte. „Na, dann viel Spaß mit deinem Prinzen. Wenn er wirklich einer ist und kein Hochstapler. Ich meine, Villroy Island? Nie davon gehört."

„Es ist echt. Du kannst es googeln. Ich muss weiter. Tschüss und danke nochmal!" Sie hob Rose' Tragetasche auf und ging. Sie schwebte förmlich auf den Träumen einer Zukunft als königliche Hochzeitsplanerin. Nicht einmal Joshs gemurmeltes „Prinzessin trifft Prinz, großartig!" konnte ihre schöne königliche Fantasie zerstören.

4

———

Sobald Hailey gegangen war, holte Josh sein Handy hervor und googelte den Prinzen. Die Liste der Artikel war lang, doch die meisten bezeichneten Prinz Phillip als Prinz Hottie. Er scrollte durch die Fotos. Großartig. Der Typ sah aus wie ein Filmstar mit seinen lockigen dunklen Haaren und strahlend weißen Zähnen, und seine muskulöse Figur hatte er sich wahrscheinlich mit einem Personal Trainer erarbeitet. In der Hälfe der Fotos war er oben ohne am Strand mit irgendeinem Supermodel abgebildet. Playboy erster Güte. Und es sah aus, als datete er ausschließlich Models. Dummerweise konnte Hailey leicht mit jedem Model mithalten, was sie zu einer erstklassigen Beute machte. Hatte er sie nicht vor sieben Wochen erst fast nackt gesehen? Sie verfolgte ihn in seinen erotischen Träumen. Er hatte sogar Tagträume von ihr. *Fuck.* Warum ausgerechnet sie?

Er und Hailey waren aus zahllosen Gründen nicht gut füreinander, und er erinnerte sich regelmäßig daran – sie stritten andauernd, ihre Eltern, seine Abneigung gegenüber Schönheitsköniginnen. Doch das hieß nicht, dass er nicht ein Auge auf sie haben würde. Als Freund.

Er recherchierte weiter und suchte nach vernichtenden

Beweisen gegen den Playboy-Prinzen. Na toll, er war reich und engagierte sich sehr für eine Wohltätigkeitsorganisation, die Wasserfilteranlagen für Dritte-Welt-Länder finanzierte. *Unmöglich, dieser Typ.* Joshs Magen drehte sich, doch er ignorierte es, während er Villroy Island googelte. Übelkeitserregend schön. Eine Insel, umgeben von dunkelblauem Meer mit idyllischen geweißelten Häusern und einem Fischereihafen. Der königliche Palast mit seinen Türmen und Türmchen thronte auf einem Hügel im Herzen der Insel und alles sah aus wie etwas aus einem verdammten Märchen.

Dieser Prinz würde Hailey den Kopf verdrehen, wenn er ihr seinen glamourösen Lebensstil zeigte, der direkt aus einem von Haileys geliebten Liebesromanen stammen könnte. Hatte sie nicht einen Buchclub gegründet, der quasi auf dieser Art von Märchenleben basierte? Sie lebte für romantische Fantasien, doch diese hier könnte böse für sie enden. Es würde diesem Prinzen so leichtfallen, sie auszunutzen und wegzuwerfen, sobald er mit ihr fertig war. Hailey hatte Besseres verdient.

Er schloss die Augen und atmete tief durch. War er tatsächlich eifersüchtig auf einen Mann, dem er nie begegnet war? Oder war das sein Großer-Bruder-Beschützerinstinkt?

Er fuhr sich mit der Hand durchs Haar. Was zum Teufel war los mit ihm? Seit dieser Nacht, dieser verdammten Nacht, die ihm *nicht* aus dem Kopf gehen wollte, war er gereizt. Er verlor den Verstand – und das wegen einer Frau, die er nicht wollen wollte.

Tabu. Finger weg. Vergiss sie! Er steckte sein Handy in seine Hosentasche und machte sich wieder an die Arbeit.

~

Am Donnerstagabend tigerte Josh hinter der Bar auf und ab und wartete ungeduldig auf Hailey und ihre Freundinnen. Der Happy End Buchclub traf sich jeden zweiten

Donnerstag im Something's Brewing Café gegenüber, und danach kamen sie immer auf ein paar Drinks ins Garner's. Darauf konnte er zählen. Und heute Abend zählte er wirklich darauf. Er musste Hailey wegen dieses Prinzen warnen, den sie morgen treffen würde.

Er hatte diese Woche viel zu viel Zeit damit verbracht, sich zu überlegen, wie er sie vor diesem Playboy-Prinzen warnen konnte, ohne ihren Zorn zu riskieren, und war zu dem Schluss gekommen, dass der beste Zeitpunkt nach ein paar Drinks mit ihren Freundinnen war. Sie würde guter Laune haben und entspannt sein. Vielleicht würde es ihm sogar gelingen, sie davon zu überzeugen, ihm seine Zurückweisung zu verzeihen. Sie sollten Freunde sein. Er würde sie in seine Wohnung einladen und ihr einen Drink anbieten, sie würden über alles reden und dann würde er sie mit dem Schuhkarton mit dem Geld, das ihm nichts als Ärger eingebracht hatte, nach Hause schicken. Das war der einzige Weg, wie er je reinen Tisch machen und das böse Blut zwischen ihnen beseitigen konnte.

Er blieb stehen, als sie hereinkam, die Hand auf Mads Arm, tief ins Gespräch vertieft. Ihm wurde warm ums Herz bei diesem Anblick. Mad war die Jüngste und das einzige Mädchen in seiner Familie. Bevor Hailey sie unter ihre Fittiche genommen hatte, hatte sie nie Freundinnen gehabt. Jetzt hatte Mad eine ganze Clique von Freundinnen und war zu der selbstbewussten jungen Frau geworden, die er immer in ihr gesehen hatte.

Vor vier Jahren hatte er die Sackgasse gesehen, in der Mad gesteckt hatte. Damals hatte sie in einer Bar in einem schäbigen Teil der Stadt gearbeitet und in einem heruntergekommenen Apartment gelebt, in das regelmäßig eingebrochen worden war. Seine Schwester war intelligent, doch verloren gewesen. Er hatte ihr geholfen, wieder zurück nach Hause zu ziehen, ihr einen Teilzeitjob im Garner's gegeben und ihr bei der Bewerbung und der Finanzierung ihres Studiums am Community College geholfen. Später war sie an die University von Connecticut gegangen. Sie hatte gezahlt, was sie konnte, und er hatte den Rest übernommen. Im Januar hatte er die letzte Rate ihrer Studiengebühren gezahlt und sparte seitdem, um das Garner's zu kaufen. Er hatte schon einmal ein Angebot dafür abgegeben, doch es war nicht hoch genug gewesen, um Eigentümer Clive Garner zum Verkauf zu überreden. Er hoffte, ihm bald ein neues Angebot unterbreiten zu können, und betete, dass Clive bereit war, die Zügel abzugeben. Es war ja nicht so, als würden Clive und seine Frau Heather sich noch um das Tagesgeschäft kümmern. Sie vertrauten darauf, dass er alles im Griff hatte.

Sobald das Garner's ihm gehörte, wollte er auf der Rückseite anbauen. Er stellte sich eine Tanzfläche vor, eine altmodische Jukebox, Billardtische und Darts. Er wollte die Bar auch zum Partyfeiern attraktiv machen, nicht nur als Anlaufstelle für ein Bier hier und da. Er war zu dem Schluss gekommen, dass es einfacher war, diese Bar zu renovieren, als eine Neue zu bauen. Er hatte in der Army und danach genug von der Welt gesehen – Gutes wie Schlechtes – und war bereit, im verschlafenen Ort Clover Park Wurzeln zu schlagen. Alles, was er brauchte, war hier.

Mad kam an die Bar und setzte sich. Er war so verdammt stolz darauf, dass seine kleine Schwester bald ihr Studium abschließen würde. Er hatte seines abgebrochen, gelangweilt und rastlos, und hatte sich zum Militärdienst verpflichtet. Ihre Haare sahen lächerlich aus. Sie waren beinahe schulterlang, dunkelbraun bis zu den Ohren, feuerrot bis zu den Spitzen. Sie ließ die Haare wachsen und wollte für ihre Hochzeit im Juni zu ihrer Naturhaarfarbe zurückkehren. Er hatte ihr angeboten, den roten Teil ihrer Haare mit einer praktischen Küchenschere abzuschneiden, doch sie hatte abgelehnt.

Mad hob die Hand zum Gruß. „Hey Josh, kann ich ein Bier haben?"

„Solltest du nicht für deine Abschlussprüfung lernen?"

Sie verdrehte die Augen. „Die ist in vier Wochen. Ich lerne immer noch neues Zeug."

Er zapfte ihr Lieblingsbier und stellte das Glas vor ihr ab. „Lass am Ende nicht die Zügel schleifen. Ich brauche einen guten Marketingplan von dir." Sie studierte Marketing, und das war ihr Deal. Sie würde ihm mit tollen Marketingideen helfen, seinen Traum von seiner Bar umzusetzen.

Mad lächelte. „Den bekommst du."

Hailey erschien neben Mad, ihre rosa Hundetragetasche über einer Schulter. Zum Glück schlief Rose, sonst hätte sie ihn wieder angekläfft. „Ich werde auch einen Marketingplan bei dir in Auftrag geben", sagte sie zu Mad. „Vielleicht könntest du ja Marketingberaterin für die Geschäfte in Clover Park werden."

Hailey würdigte ihn keines Blickes. Normalerweise hätte ihm das nichts ausgemacht. Hailey hatte manchmal viel um die Ohren, doch an diesem Abend störte es ihn. Wahrscheinlich, weil er dringend mit ihr reden musste. Er wartete ungeduldig auf das Ende der Unterhaltung.

Mad trank einen Schluck Bier. „Vielleicht. Das könnte ich vielleicht nebenher machen, aber zuerst will ich in einer größeren Agentur Erfahrung sammeln." Sie wandte sich ihm zu. „Hast du von Haileys Prinzen gehört?"

Klugscheißer. *Haileys Prinz.* Er brummte und wandte sich dem Rest ihrer Freundinnen zu. „Was kann ich euch Ladys bringen?" Er nahm die Bestellungen auf und war sogar bereit, Hailey ihren Lieblingsdrink zu bringen – was bisher oft ein Streitpunkt zwischen ihnen gewesen war. Wenn sie einen Mojito bestellt hatte, hatte er behauptet, dass ihm irgendeine Zutat fehlte. Er war zwischenzeitlich ein besserer Mann geworden. Das war doch offensichtlich, oder? Er bemühte sich wirklich, sich mit ihr zu vertragen.

Wie üblich servierte er die Drinks, ohne viele Worte zu sagen, und hörte den Frauen zu. Diesmal drehte sich alles um Prinz Phillip. Die Frauen waren in eine hitzige Debatte über das angemessene Protokoll zum Flirten mit einem Prinzen vertieft – etwas, das er wirklich *nicht* hören wollte. Hailey war die einzige, die für einen Flirt zur Verfügung stand, und er sollte verdammt sein, wenn er zuließ, dass sie sich von einem Playboy auf der Suche nach seinem nächsten Fick einwickeln ließ. Was Hailey dann sagte, beunruhigte ihn sehr.

„Er ist sooo attraktiv. Ihr wisst ja, dass ich schon seit Ewigkeiten Fantasien von ihm habe. Immer, wenn ich einen Liebesroman lese, stelle ich mir ihn als Helden vor."

Mad knuffte sie. „Perfekte Fantasie für vibrierend gute Momente."

Die Frauen lachten, und Hailey wurde rot, also musste etwas Wahres dran sein. Fuck. Es war schlimmer, als er gedacht hatte. Sie würde den Liebhaber aus ihren Fantasien im wahren Leben treffen.

Er machte ihren Mojito, während er sich den Kopf zermarterte, wie er das Thema im Licht dieser neuen Information angehen sollte.

Hailey fächelte sich mit der Hand frische Luft zu. „Es wird mir so schwerfallen, cool zu bleiben, wenn er endlich vor mir steht. Und er hat so viel Wohltätigkeitsarbeit geleistet, sauberes Wasser für Dritte-Welt-Länder und so. Er ist wirklich ein Komplettpaket."

„Und du willst dieses Paket", bemerkte Mad, dann warf sie ihm einen provozierenden Blick zu.

Die Frauen kicherten.

„Ich würde ihn sicher nicht von der Bettkante stoßen", sagte Hailey.

Wieder lachten und feixten die Frauen.

Genug!

„Hailey, dein Drink." Er stellte den Mojito vor ihr ab, hielt jedoch das Glas fest, als sie es nehmen wollte.

Sie blitzte ihn aus ihren blassblauen Augen an. Sein Puls schlug schneller. Irgendetwas an ihrer Kampfeslust erregte ihn. Jetzt, wo er sie fast nackt gesehen hatte, war er sich der Wirkung, die sie auf ihn hatte, viel mehr bewusst.

Früher wäre er direkt zum Angriff übergegangen. Doch jetzt litt er für das Wohl der Familie. Warum folterte er sich, indem er die Finger von ihr ließ? All die wichtigen Gründe, warum er sich von ihr fernhalten sollte, gerieten ins Wanken, sobald er sie aus der Nähe sah. Er hatte keine Lust mehr, dagegen anzukämpfen.

Er wollte sie.

Die Anspannung in seinen Schultern löste sich. Es war eine Erleichterung, endlich zuzugeben, was ihm die ganze Zeit ins Gesicht gestarrt hatte. Und es war mehr als nur Konkurrenzdenken, weil ein anderer Mann in sein Revier eindrang. Sie war schön und sexy und smart, und es war seine Aufgabe, sie zu beschützen.

Und dieser Prinz, dieser verdammte Fantasieprinz, der sie ganz leicht in sein Bett locken würde, wenn er die Gelegenheit dazu bekäme. Verdammt. Er konnte nicht zulassen, dass sie einem solchen Playboy zum Opfer fiel.

„Danke, Josh", sagte sie und entblößte die Zähne mit einem aufgesetzten Lächeln. Dieses Lächeln kam immer dann zum Einsatz, wenn sie gereizt war, als hätte ihr jemand eingetrichtert, dass ein missbilligender Blick nicht attraktiv war oder so etwas.

Er beugte sich vor und flüsterte: „Ich mache um zehn Schluss. Komm danach vorbei. Dann können wir einen trinken und uns unterhalten."

„Ha!", stieß sie laut genug hervor, um die Aufmerksamkeit ihrer acht Freundinnen auf sich zu ziehen. „Wenn du glaubst, dass ich je wieder einen Fuß in deine Wohnung setzen werde, täuschst du dich aber gewaltig." Rose schob ihr Köpfchen aus Haileys Tasche, sah ihn und begann zu kläffen. Und hörte nicht wieder auf.

„Still!", befahl er.

Doch sie kläffte und kläffte.

Er beugte sich über den Tresen und sagte leise: „Ich will reinen Tisch zwischen uns machen, und ich muss über etwas Wichtiges mit dir reden. Gib mir eine Chance, das Richtige zu tun. Was letztes Mal passiert ist, tut mir leid.“

Hailey antwortete laut genug, um ihren dummen kläffenden Köter zu übertönen. „Das letzte Mal habe ich zu viel Wodka intus gehabt. Das wird nie wieder passieren.“

Er richtete sich zu seiner vollen Größe auf. Sie war nicht betrunken gewesen. Ihre Augen waren vollkommen klar gewesen in jener Nacht, und sie hatte nur einen einzigen Drink gehabt, auch wenn sie den schnell hinuntergestürzt hatte. Vielleicht hatte sie davor nichts gegessen. Scheiße. Er hatte wirklich geglaubt, dass sie ihn gewollt hatte. Er war mit sich selbst überaus zufrieden gewesen, dass er sich an den Freundeplan gehalten hatte, auch wenn das Verlangen offensichtlich auf Gegenseitigkeit beruhte. Ja, er hatte sie immer gewollt. Er hatte sich nur dagegen gewehrt, weil er geglaubt hatte, dass sie aus Gründen, die jetzt unbedeutend erschienen, nicht gut füreinander waren. *Fuck.* Er zog sich ans andere Ende der Bar zurück, um sich zu sammeln, und Rose verstummte sofort.

Er arbeitete, simmerte vor sich hin und war wütend auf seine Schwester und seine Schwägerinnen, die einfach nicht aufhören konnten, über das Treffen zwischen Hailey und ihrem Traumprinzen morgen zu tuscheln. Es war, als wollten sie es ihm unter die Nase reiben und versuchen, eine Reaktion aus ihm herauszukitzeln. Was war schon so toll daran, ein Prinz zu sein? Der Typ war mit diesem Titel zur Welt gekommen. Es war ja nicht so, als hätte er eine Wahl gehabt.

Schließlich fragte Mad Hailey, ob sie Rose Gassi führen konnte, bevor sie nach Hause gingen. Jetzt konnte er mit Hailey reden, ohne sich sofort wieder ankläffen lassen zu müssen. Er winkte sie mit dem Finger ans andere Ende der Bar.

Sie wandte den Blick ab und tat so, als hätte sie es nicht gesehen.

Er unterdrückte ein gereiztes Stöhnen und ging zu ihr.

Er würde flüstern müssen, sonst würden ihre Freundinnen sofort wieder ihren Senf dazugeben. Er wollte keine Szene machen. Das war viel zu wichtig.

„Schmeckt dir dein Mojito?", fragte er.

Sie sah ihn argwöhnisch an. „Ja. Warum? Hast du irgendwas damit gemacht?"

Sie nahm immer das Schlimmste an. Vielleicht hatte er das auch verdient. Er hatte es ihr bisher nicht leicht gemacht – hatte sich über sie lustig gemacht, sich an ihr gerächt und ihr sexy-betrunkenes Angebot abgelehnt. Sie hatte sogar gesagt, dass sie durch seinen Rollentausch mit Jake gelernt hatte, ihm nicht zu vertrauen. Josh hatte angenommen, dass ihr finanzielle Sicherheit wichtig war, weil sie so viel arbeitete und solches Interesse an seinem reichen Zwillingsbruder und seiner Firma gezeigt hatte. Es hatte an ihm genagt, denn das einzige, was Josh nicht hatte, war finanzielle Sicherheit, und da war Jake, der genauso aussah wie er und einer Frau bieten konnte, was Josh nicht hatte. Darum hatte er Joshs Platz eingenommen und sich wegen ihrer Begeisterung über jeden prahlerischen Luxusgegenstand, der ihm eingefallen war, gequält, bevor er das Date beendet hatte, da er ihr Interesse an seinem Zwilling nicht hatte ertragen können. Natürlich wusste er jetzt, dass sie seine Jake-Interpretation für einen langweiligen Angeber gehalten hatte, doch damals hatte seine Abneigung gegenüber Schönheitsköniginnen im Zwist mit seiner animalischen Lust gelegen und ihn wirklich dumme Dinge tun lassen. Doch er war es gewesen, den sie auf ihren Hochzeiten als ihr Date herumgezeigt hatte, darum musste er von Anfang an ihren Anforderungen genügt haben. Er biss die Zähne aufeinander. Alles, was er tun konnte, war, zu versuchen, ihr Vertrauen zurückzugewinnen.

„Es war ein ganz normaler Mojito." Er senkte die Stimme. „Vielleicht kannst du bleiben, wenn ich abschließe, damit wir uns unterhalten können."

„Wir können uns jetzt unterhalten", sagte sie in normaler Lautstärke.

Ihre Freundinnen hörten zu. Keine blickte in seine Richtung, doch sie hatten aufgehört, sich zu unterhalten.

„Unter vier Augen."

Wieder antwortete sie in normalem Ton: „Was auch immer du zu sagen hast, kannst du vor meinen Freundinnen sagen. Ich habe keine Geheimnisse."

Er wurde wütend. Sie machte es ihm verdammt schwer, von Vernunft keine Spur. Es sei denn … sie begriff nicht, worauf er hinauswollte. Er war sicher, ihr klargemacht zu haben, wie wichtig es war, dass sie sich unterhielten, dass sie eine bessere Grundlage brauchten. Warum begriff sie das nicht? Sie war smart und geradezu genial diabolisch, was ihre Kampftaktiken anging. Hatte sie etwa keinerlei Interesse mehr an ihm?

Er senkte die Stimme zu einem gutturalen Knurren, das eher Forderung als Bitte war. „Ich will dich *allein*. Heute Abend."

Ihre Wimpern flatterten, als sie den Blick senkte, und sie rieb sich den Hals. Ein gutes Zeichen, beinahe flirtend und definitiv weniger streitlustig als zuvor. „Oh."

Seine Finger prickelten unter dem Drang, sie zu berühren, ihr weiches Haar zu streicheln ihre Wange, ihren Hals. Er warf einen Blick in Richtung ihrer Freundinnen, die sich sofort abwandten. *Nichts ist besser als ein Publikum, wenn man versuchte, ernsthaft mit einer Frau zu reden.* „Und?"

Sie blickte ihm einen langen, angespannten Augenblick lang in die Augen und schien ihn abzuschätzen. Sollte sie ihm vertrauen oder nicht? Er blieb unbewegt stehen und erwiderte ruhig ihren Blick. Schließlich antwortete sie leise: „Ich will Vergangenes nicht immer wieder durchkauen, und ich habe viel zu tun, da morgen der Prinz kommt–"

„Ok." Er fing an, sauberzumachen, Gläser abzuräumen, und wich dabei den neugierigen Blicken der Frauen aus. Scheißsituation. Sie hatte die Schotten ihm gegenüber dichtgemacht. Der Prinz würde es sicher ausnutzen, wenn Hailey sich wie ein verknallter Fan benahm. Haileys Worte quälten ihn in einer Endlosschleife. *Ihr wisst ja, dass ich schon seit Ewigkeiten Fantasien von ihm habe. Er ist wirklich ein Komplettpaket. Ich würde ihn nicht von der Bettkante stoßen.*

Mad kehrte mit Rose zurück, und die Frauen verabschiedeten sich von ihm. Hailey nickte ihm kurz zu und lächelte, dann ging sie. Wenigstens war sie ein bisschen aufgetaut, seit der Artikel mit seinem Lob erschienen war. Er hatte ihr schon nach dem Interview gesagt, dass er es so gemeint hatte, doch sie hatte ihm nicht geglaubt. So sehr misstraute sie ihm. Wie sollte er je ihr Vertrauen zurückgewinnen, wenn sie keine Zeit mit ihm verbringen wollte?

Er schrubbte den Tresen. Seit seiner Beziehung mit Clarissa war er gewachsen. Sie hatte ihn selbstkritischer werden lassen und ihm gezeigt, wie sich sein Unterbewusstsein in seinen Entscheidungen manifestierte. Und sie hatte ihm ein paar Entspannungstechniken für seine gelegentlichen schlaflosen Nächte gezeigt. Leider war Clarissa auf lange Sicht nicht die Richtige für ihn gewesen. Sie war zu gut – geradezu engelsgleich. Er hatte versucht, sich ihrem Lebensstil anzupassen, ihrem erleuchteten Hippie-Lifestyle, doch er hatte die ganze Zeit gewusst, dass er das nicht war. Schlimmer noch, sein neu gefundenes Ich-Bewusstsein hatte ihn erkennen lassen, dass das, was er als Partnerin brauchte, keine engelshafte, erleuchtete Frau wie Clarissa war, sondern jemand mit scharfen Zähnen, der sich einen Bissen aus dem Leben nehmen konnte. Jemand mit Krallen, Feuer im Bauch und Kampfgeist.

Er brauchte sein Gegenstück.

Es traf ihn wie eine Ohrfeige. Er hatte gerade Hailey beschrieben. *Sie* war sein Gegenstück.

Das bedeutete, sie sollte mit ihm zusammen sein. Sie

gehörten zusammen. Verdammt. Wenn er nicht so lange so stur gewesen wäre, was Hailey anging, hätte er vielleicht gesehen, was die ganze Zeit direkt vor seiner Nase gelegen hatte. Und jetzt musste er einen Prinzen ausstechen und durch jede Menge böses Blut waten, um sie dazu zu bringen, ihn überhaupt in Erwägung zu ziehen. Es gab so viele Möglichkeiten, wie das zwischen ihm und Hailey schiefgehen konnte, doch der Gedanke, das Schlachtfeld kampflos aufzugeben, jetzt, da sich der Rauch gelegt hatte, war ein Ding der Unmöglichkeit.

Alles, was er brauchte, war ein strategischer Plan, um den Krieg zu gewinnen, was einen Sieg für sie beide bedeuten würde. Wenn er jedoch verlor, würde er sich selbst, Hailey, ihren Eltern und allen, die er als Familie betrachtete, schaden. Mehr hätte wirklich nicht auf dem Spiel stehen können. All seine Instinkte erwachten, bereit, sich in die Schlacht zu stürzen.

5

Hailey war außer sich, als sie sich auf den königlichen Besuch vorbereitete. Sie hatte zwei Morgentermine mit Kunden überstanden und wäre fast aus der Haut gefahren, als sie darauf warten musste, dass sie sich endlich für Besteck und Geschirr entschieden. Am liebsten hätte sie sie angeschrien *Raus hier! Ich muss Ludbury House polieren, bis es glänzt! Der Prinz kommt um fünf!* Sobald sie mit ihrem letzten Termin fertig war, schlang sie ihr Mittagessen hinunter und inspizierte jedes Zimmer von Ludbury House, sogar im Obergeschoss, wo sich die Umkleideräume für Braut und Bräutigam befanden. Sie kam sich vor wie ein Schmetterling, der gegen die Wände flatterte. Rose musste ihre nervöse Energie gespürt haben, denn auch sie war aufgeregt und bellte den ganzen Tag lang alles und jeden an.

Um halb fünf hörte sie auf, durch das alte Herrenhaus zu flattern, und eilte ins Badezimmer, um Haare und Make-up aufzufrischen. Sie trug ein neues, blassgrünes Seidenkleid mit weißen Trägern und einem weißen Band über dem weitgehend nackten Rücken. Das Kleid war ein Schnäppchen aus der Secondhand-Boutique in Greenport gewesen, wo ein Großteil ihrer Garderobe herstammte.

Das Kleid endete knapp unter ihren Knien und sie trug nudefarbene Riemchensandalen mit hohen Absätzen. Elegant und sexy zugleich.

Nicht, dass sie jemanden verführen wollte. Das einzige, das sie wollte, war dieser Auftrag. Eine Hochzeit für eine Prinzessin zu planen, war fantastisch. Ganz zu schweigen davon, wie wundervoll es wäre, in Zukunft Prinzessin Silvia Rourke gegenüber potentiellen Kunden erwähnen zu können. Außerdem war es ja nicht so, als würde sich ein Prinz für eine kleine Geschäftsfrau interessieren, die gerade so über die Runden kam. Dank der vielen Fotos, die es von ihm gab, war er vielleicht Stammgast in ihren Fantasien, doch sie gab sich keinen Illusionen hin, was sein mögliches Interesse anging.

Sie ging zurück in ihr Büro, setzte sich an ihre Replik eines antiken Mahagonischreibtischs und bewunderte die Fotos von Prinz Phillip auf ihrem Laptop. Dunkelbraune, zerzauste Haare, atemberaubende blaugrüne Augen, wie aus Stein gemeißelte Wangenknochen, Stoppelbart und ein fantastischer muskulöser Körper in einem weißen T-Shirt und schwarzen Jeans. Zum Dahinschmelzen!

Eine SMS blinkte auf dem Display ihres Handys auf. Die Nummer erkannte sie nicht. *Wir sind hier.* Ihr Herz machte einen Sprung. Der Prinz und die Prinzessin waren da!

Sie schrieb zurück: *Ich komme.*

Sie hatte dem blaublütigen Geschwisterpaar vorgeschlagen, durch die Hintertür außer Sicht von der Hauptstraße hereinzukommen. Der Parkplatz war auch hinter dem Haus. Sie eilte aus ihrem Büro und durch den Flur, der zum Hintereingang führte. Rose stürmte ihr voraus, und beinahe wäre sie über sie gestolpert. Rose kläffte und hechelte die Besucher durch die Tür an. Normalerweise bellte sie nur kurz, wenn Kunden durch den Haupteingang hereinkamen, doch ihr Fellbaby war schlau genug zu wissen, dass es nicht normal war, dass jemand durch die Hintertür kam.

Hailey kam in die Küche und erhaschte durch das Fenster der Hintertür den ersten Blick auf ihre Besucher. Sechs Leute standen da, vier massige Männer in schwarzen Anzügen, der Prinz und die Prinzessin. Sie erkannte die königlichen Geschwister von den Fotos online. Die dunklen Haare zu einem Pferdeschwanz gebunden, sah Prinzessin Silvia viel mehr wie das nette Mädchen von nebenan aus als ihre glamourösen Fotos online vermuten ließen. Sie spähte über die Schulter eines der Männer in Schwarz und lächelte sie herzlich an.

Hailey lächelte und winkte. Dann hob sie Rose hoch und öffnete die Tür. „Willkommen in Ludbury House! Freut mich, Sie kennenzulernen." Sie trat zurück, und einer der Männer in Schwarz trat ein.

„Personenschutz", sagte er. „Dürfen wir uns umsehen?"

„Natürlich. Nur Rose und ich sind hier." Sie hielt Rose kurz hoch. „Wir gehen in den Ballsaal."

Der Bodyguard und zwei weitere Männer schauten sich im Haus um.

Silvia ging direkt zu Rose. „Bist du eine Süße. Hallo Rose. Ich bin Silvia." Sie begegnete Haileys Blick mit warmen, haselnussbraunen Augen. „Freut mich auch, dich kennenzulernen, Hailey. Darf ich sie mal halten? Ich habe meine Hunde an der Uni so sehr vermisst." In ihrem Akzent hörte Hailey etwas Französisches und etwas, das sie nicht identifizieren konnte. Unverwechselbar und hübsch.

„Natürlich." Sie reichte ihr Rose. Und dann kam *er* herein. Prinz Phillip, leibhaftig noch viel umwerfender als auf den Fotos. Groß und fit, in einem weißen Hemd, das seinen gebräunten Teint betonte und über seinen breiten Schultern spannte. Dazu trug er eine graue Stoffhose und italienische Wildlederslipper. Seine dunkelbraunen Locken waren dick und sahen aus, als wäre er gerade mit den Fingern durchgefahren. Seine blaugrünen Augen glitzerten freundlich, und sein Lächeln war hinreißend sexy. Sie wurde von Kopf bis Fuß rot. O mein Gott. Was, wenn es zwischen ihnen funkte? Was, wenn sie ihn heiraten und eine echte Prinzessin werden würde? Eine echte Prinzessin ohne den sarkastischen Unterton, den sie sich von Josh immer gefallen lassen musste.

„Hailey." Er hatte denselben charmanten Akzent wie seine Schwester. „Wunderbar, die Königin der Märchenhochzeiten persönlich kennenzulernen."

Sie strahlte. „Oh, Sie sind auch wunderbar. Ich meine, es ist auch wunderbar, Sie kennenzulernen."

Sie bot ihm die Hand an, und er hob sie an seine Lippen, während er ihr in die Augen sah. Ihr Magen begab sich in Sturzflug. *Ahh!* Der Handkuss war so altmodisch, so ritterlich romantisch. Ihr geheimer Traum von einem Mann aus einem Liebesroman – gutaussehend und romantisch – stand vor ihr.

Langsam ließ er ihre Hand los, ohne dabei den Blickkontakt zu unterbrechen. Ihr Mund öffnete sich, ihr Puls donnerte in ihren Ohren.

„Lass die Romantik-Nummer, Philly", lachte Silvia. „Wir sind meinetwegen hier, nicht deinetwegen."

Die Realität holte sie ein und Hailey unterdrückte ein Seufzen. Es schien Phillips Standardnummer zu sein.

Phillip schüttelte den Kopf. „Wir sind hier, weil ich es organisiert habe, also mach mal halblang." Sie hörten sich an wie ganz normale Geschwister.

Der vierte Bodyguard kam herein und schloss die Tür hinter ihnen ab. „Ich begleite Sie zu Ihrem Treffen."

„Bitte entschuldige die Sicherheitsleute", sagte Silvia. „Mein Bruder hat einen etwas zu ausgeprägten Beschützerinstinkt. Zwei gehören zu mir, zwei zu ihm."

„Kein Problem", versicherte Hailey ihr. „Kein Problem" war ihre Standardantwort auf so ziemlich alles, was eine Braut sagen konnte. Manche Erwartungen waren leichter zu erfüllen als andere.

„Sie meint einen anderen großen Bruder – Gabriel,

nicht mich." Phillip warf Hailey ein charmantes, sexy Schmunzeln zu. „Ich sehe das alles nicht so eng."

Ihr Magen flatterte, als sie sein sexy Schmunzeln sah, das sie bisher nur von Fotos kannte. Sie konnte sehen, warum sich ihm die Frauen scharenweise an den Hals warfen. „Darf ich Ihnen etwas zu trinken oder einen Snack anbieten?"

„Nein, danke. Und es wäre mir recht, wenn wir auf das steife Gesieze verzichten könnten. So wichtig bin ich nun auch wieder nicht."

Silvia gab Rose an Hailey zurück. „Dem kann ich mich nur anschließen. Und ich gehe nach unserem Treffen hier mit meinem Verlobten und seiner Familie zum Essen."

Hailey zupfte schnell ein paar Hundehaare von Silvias blassrosa Kurzarmpullover. Zumindest war Silvias Hose weiß, wenigstens dort war Rose' Fell nicht zu sehen.

Silvia blickte an sich hinab und lachte. „Keine Sorge. Ist nicht schlimm." Sie klopfte die übrigen Hundehaare ab. „Mein Verlobter hat mir bei der Planung der Hochzeit freie Hand gelassen." Sie rümpfte die Nase. „Er ist ein typischer Mann, verstehst du?"

„Ein bisschen ungeschliffen", warf Phillip ein.

„Das sagt der Richtige", schoss Silvia zurück. „Cade interessiert sich eher für Bergsteigen und Kajaken als dafür, ein Farbthema für unsere Hochzeit auszusuchen. Wir sind ein klassisches Beispiel für Gegensätze, die sich anziehen."

Hailey war sich nicht sicher, was diese Art von Paaren anging. Sie war immer der Meinung gewesen, dass ähnliche Interessen und Perspektiven für eine viel ruhigere Beziehung sorgten. Auch wenn das nicht das Wichtigste war. Nachdem sie so viele erfolgreiche Beziehungen gesehen hatte, war sie zu dem Schluss gekommen, dass es am wichtigsten war, jemanden zu finden, der einen so akzeptierte, wie man war (und umgekehrt natürlich auch). Ein perfekter Partner war jemand, bei dem es wirklich Klick machte und mit dem es zu wenig Reibungen kam, weil man sich gegenseitig akzeptierte. Nur dass das für sie nicht funktioniert hatte. Ihr Freunde-mit-gewissen-Vorzügen-Arrangement mit Liam hatte all diese Anforderungen erfüllt – sie hatten nie gestritten, der Sex war grandios gewesen und sie hatten einander wirklich gemocht. Das Problem war nur, dass daraus nie Liebe geworden war. Was wusste sie schon über Beziehungen? Ihr Heulkrampf auf der Verlobungsparty ihrer Mutter vor fünf Tagen hatte sie wachgerüttelt.

Sie kommentierte Silvias Bemerkung nicht und wandte sich dem Geschäftlichen zu. „Ich denke, dass wir drei etwas ganz Wunderschönes zusammenstellen werden. Bitte hier entlang." Sie lud sie ein, ihr zu folgen und ging voraus in den großen leeren Ballsaal. Dort angekommen, setzte sie Rose ab, und die suchte sich ein Sonnenplätzchen, um dort ein Nickerchen zu machen. Hailey traf sich immer zum ersten Termin mit ihren Kunden hier, denn hier würde der Empfang stattfinden. Ein glänzend weiß emaillierter Tisch mit rot gepolsterten Stühlen stand in der Mitte des Saals unter einem aufwendigen Kristallkronleuchter. Auf dem Tisch stand eine Vase mit roten Tulpen (Silvias Lieblingsblumen), sie hatte drei weiße Ordner, einen Notizblock und einen Stift, ihre Visitenkarten und ein Anstecksträußchen für die Braut bereitgelegt.

„Bitte nehmt Platz", sagte Hailey.

Silvia setzte sich. „Phillip ist nur hier, um sicherzugehen, dass ich nichts zu Verrücktes mache."

Phillip lachte und setzte sich neben seine Schwester. „Man muss ja die Form wahren."

„Willkommen in der Neuzeit, *Dad*", sagte Silvia.

Hailey nahm das Anstecksträußchen aus einer Rosenblüte und Schleierkraut aus dem durchsichtigen Plastikbehälter und ging zu Silvia. „Für die Braut. Darf ich dir das anstecken?"

„Sicher, gerne!"

Hailey steckte ihr das Sträußchen an. Silvia strich mit dem Finger über ein Rosenblatt und lächelte wie jede

Braut, der Hailey eine Rose geschenkt hatte. Die meisten Bräute mochten es, sich von Anfang an besonders zu fühlen.

Sie ging um den Tisch herum und nahm ebenfalls Platz. Phillip war ihr unerwarteterweise gefolgt und rückte ihr in einer galanten Geste den Stuhl zurecht.

„Danke", sagte sie.

„Ist mir ein Vergnügen", sagte er mit heiserer Stimme.

Silvia verdrehte die Augen und klatschte ihm mit der Hand auf den Arm, als er an seinen Platz zurückkehrte.

Die Bodyguards kehrten zurück. Drei von ihnen bezogen an der Wand mit den raumhohen Fenstern Stellung, während der vierte an der Tür stehen blieb. Rose ging zu ihm und beschnupperte seine Schuhe.

Silvia sah sich um. „Umwerfend! Ich liebe diesen Parkettboden und die Stuckdecke." Sie blickte auf. „Und den Kronleuchter. So romantisch!"

Hailey strahlte. Sie liebte diesen Saal auch. „Er ist wirklich romantisch, besonders, wenn wir einen Abendempfang haben mit Kerzenlicht."

Silvia quietschte vergnügt, und Phillip schenkte ihr ein herzliches Lächeln. So süß, wie er seine kleine Schwester ansah!

Hailey reichte ihnen jeweils eine Visitenkarte und begann, ihre Standardrede abzuspulen. „Wir treffen uns heute in der Mitte des Ballsaals, damit du ein Gespür dafür bekommst, wie es sein wird, wenn du im Mittelpunkt der Aufmerksamkeit stehst." Sie schüttelte den Kopf. „Aber ich schätze, du weißt bereits, wie das ist, Silvia."

„Ja, aber ich hoffe, dass die Hochzeit eine romantisch-intime Atmosphäre haben wird."

„Absolut", nickte Hailey.

Phillip nahm ihre Visitenkarte, las sie und sah sie amüsiert an. Ihre Wangen wurden heiß. Auf der Karte waren silberne Glocken eingeprägt und darauf stand Hailey Adams, Liebesjunkie und Hochzeitsplanerin. Das nächste Mal, wenn sie Karten drucken ließ, sollte sie vielleicht auf den Liebesjunkie verzichten. Es passte nicht mehr wirklich zu ihrer Zukunftsperspektive.

Sie wandte sich Silvia zu. „Erzähl mir doch bitte, wie du dir deinen großen Tag vorstellst."

Phillip meldete sich zu Wort: „Ihr großer Tag ist die Hochzeit zu Hause. Das hier ist eine kleinere Sache, bei der es um die rechtliche Seite geht."

Silvia verdrehte die Augen. „So romantisch, Philly." Sie wandte sich Hailey zu. „Ich kann es nicht ertragen, dass meine erste Hochzeitszeremonie auf eine langweilige Rechtsangelegenheit in der Kammer eines Richters reduziert wird. Als ich dein Profil auf der Webseite von *Bride Special* gelesen habe, war ich mir sicher, dass du weißt, wie man etwas Besonderes daraus macht. Ein Kleid habe ich schon, ein wunderschönes, mit Perlen besticktes Seidenetuikleid, doch ich will, dass die Feier wirklich uns widerspiegelt. Cade und ich lieben Livemusik, besonders Jazz."

„Oh! Wir haben eine der besten Jazzsängerinnen der Welt hier in Clover Park. Zoë Reynolds. Sie hat kürzlich einen Grammy gewonnen."

„Ist das dein Ernst?", fragte Silvia begeistert. „Ich liebe sie! Glaubst du, sie würde für uns singen?"

Hailey machte sich eine Notiz. „Sie singt ab und zu im Ort. Sobald wir ein Datum festgelegt haben, frage ich sie."

„Das wäre wunderbar! Warte, bis ich das Cade erzähle."

Hailey lächelte. „Gibt es sonst noch etwas, das für dich zu einer Traumhochzeit dazu gehört?"

Silvia lächelte. „Ich hätte gerne Tulpen." Sie deutete auf den Strauß auf dem Tisch. „Die sind hübsch. Schöne Satinbänder und Schleifen, alles in sanften Pastelltönen, die im Kerzenlicht strahlen. Verträumt und romantisch."

Genau wie Hailey es sich für sich vorgestellt hatte, als sie geglaubt hatte, dass ihre Märchenhochzeit nicht mehr lange auf sich warten lassen würde. „Das kann ich mir gut vorstellen. Klingt schön. Drinnen oder draußen? Wir haben einen schönen Garten und eine große Terrasse."

„Es muss drinnen sein, der Privatsphäre wegen", sagte Phillip und zwinkerte ihr zu.

Hailey spürte, dass sie rot wurde. *Konzentrier dich!*

Silvia nickte. „Dieser Ballsaal ist wunderschön. Drinnen ist okay."

Hailey schrieb es auf. „Wir haben die Zeremonie selbst oft im Foyer. Die Braut lassen wir die geschwungene Treppe herunterkommen. Ihr Bräutigam wartet am Fuß der Treppe auf sie. Es ist Platz für ein paar Stuhlreihen im Foyer, und im Salon daneben ist auch Platz. Möchtest du es dir ansehen?"

„Absolut!" Silvia stand strahlend auf.

Von da an lief alles wie am Schnürchen, auch wenn Hailey ein bisschen nervös war. Sie hätte schwören können, dass Phillip ihr lodernde Blicke zuwarf, doch jedes Mal, wenn sie ihn ansah, wandte er sich seiner Schwester zu. Silvia war begeistert von allem, was Hailey ihr vorschlug. Es fiel Hailey nicht schwer, ihr die verträumt-romantischen Optionen für ihre Hochzeit zu beschreiben, denn all das hätte Hailey auch für sich selbst ausgesucht.

Zu guter Letzt arbeiteten sie sich durch die Ordner mit den verschiedenen Cateringoptionen, Blumenschmuck, der Hochzeitstorte, all die kleinen Details, die eine Hochzeit besonders machten. Dann kehrte Hailey zum wichtigsten und für sie wahrscheinlich schwierigsten Punkt zurück. „Jetzt brauchen wir nur noch ein Datum", sagte sie mit einem strahlenden Lächeln. „Phillip hat erwähnt, dass die Hochzeit vor dem ersten Juli stattfinden soll. Meine Samstags- und Sonntagvormittagshochzeiten sind den ganzen Sommer über ausgebucht. Was hältst du von einer Hochzeit am Freitag oder Sonntagabend?" Sie hielt den Atem an und hoffte, dass Silvia Ludbury House gut genug gefiel, um ihrem Vorschlag zuzustimmen.

„Freitagabend würde mir gefallen", sagte Silvia.

„Dann haben wir das Wochenende für einen Mini-Honeymoon."

Hailey hätte am liebsten gejubelt. „Wunderbar!"

„Aber nach der Abschlussprüfung", sagte ihr Bruder streng.

„Echt jetzt?", blaffte Silvia. „Du hörst dich langsam schon wie Gabriel an."

Phillip verzog das Gesicht. „Zur Kenntnis genommen."

Hailey und Silvia warfen einen Blick in ihre Kalender und fanden ein Datum, das passte – der letzte Freitag im Mai. Hailey war besonders glücklich, dass es nach Carries und Zachs Hochzeit war.

Silvia streckte Hailey die Hand entgegen, und sie schüttelte sie. „Danke, Hailey. Du hast jetzt schon all meine Erwartungen übertroffen. Meine Hochzeit in Villroy ist weitestgehend von Traditionen diktiert, aber diese hier ist nur für mich."

„Ich freue mich, dir dabei helfen zu dürfen. Oh, noch eine letzte Sache. Soll ich mich um einen Sicherheitsdienst kümmern oder reichen eure Leute?"

„Unsere Leute reichen", antwortete Phillip. „Insgesamt zwölf für drinnen und draußen. Und ich kann gar nicht genug betonen – keine Paparazzi, keine Bilder, die auf irgendwelchen Kanälen an die Presse durchsickern, und nichts, was vorher auf das Event hinweist."

„Kein Problem", sagte Hailey. „Als Claire Jordan hier als Hochzeitsgast zu Besuch war, hatten wir ähnliche Umstände zu beachten, und es hat nie Probleme gegeben."

Silvia stand auf, und die Bodyguards kamen auf sie zu. Hailey stand ebenfalls auf und rief Rose, die den Männern folgen wollte, zu sich.

Phillip erschien an ihrer Seite. „Wie wäre es mit einem Kaffee? Wir sind auf der Herfahrt an einem ganz nett aussehenden Café vorbeigekommen. Ich habe meinen eigenen Wagen hier, da ich wusste, dass Silvia sich mit ihrem Verlobten treffen würde."

Hailey holte tief Luft. „Sicher, das wäre schön." Sie krächzte ein bisschen und betete, dass er es nicht bemerkte.

Die zierliche Silvia richtete sich auf ihre Zehenspitzen und küsste Phillip auf die Wange. „Danke für deine Hilfe und dass du mir den Rücken vor du-weißt-schon-wem freigehalten hast. Du bist ein Heiliger, dass du all dieses Hochzeitsgerede über dich hast ergehen lassen."

Phillip zwinkerte. „Für meine kleine Schwester tue ich doch alles."

Silvia lächelte und tätschelte seine Wange, bevor sie, gefolgt von zwei Bodyguards, den Saal verließ.

Als Silvia den Raum verlassen hatte, beugte sich Phillip zu Hailey vor. „Die Hochzeit hier mit den Vorstellungen des Hofes in Einklang zu bringen, ist einer der Gründe, warum ich mitgekommen bin, aber sag ihr das bitte nicht. Sie hasst es, wenn sie das Gefühl hat, dass ich sie babysitte."

Hailey lächelte. „Ich glaube, sie kann sich glücklich schätzen, dass sie eine Familie hat, die ein Auge auf sie hat."

„Das stimmt." In einer weltmännischen Geste bot er ihr seinen Arm an. „Wollen wir?"

6

Josh lag im Schatten des Pfarrhauses gegenüber von Ludbury House für eine Aufklärungsmission auf der Lauer. Dank Mad wusste er, dass Hailey um fünf Uhr ein Meeting mit dem Playboy-Prinzen hatte. Er hatte Mad nichts von seiner neuen Strategie, was Hailey anging, erzählt, doch seine Schwester hatte immer gewollt, dass er es mit Hailey versuchte, und gab ihm reichlich Informationen, die genau das ermöglichten. Es war nicht so, dass er bei dem Treffen hereinplatzen würde. Er sammelte Erkenntnisse. Würde Hailey nach dem Meeting Ludbury House mit dem Prinzen verlassen, strahlend und mit flirtender Körpersprache? Würden sie in einer dieser schwarzen Mercedes-Limousinen mit getönten Scheiben einsteigen und zusammen wegfahren? War der Playboy-Prinz ein Rivale oder ein Blindgänger?

Die Antwort bekam er ein paar Minuten später, als ein massiger Mann im schwarzen Anzug aus dem Haus kam und sich umsah. Ein Sicherheitsmann. Josh wich in den Schatten zurück. Einen Moment später wagte er sich wieder vor. Der Sicherheitstyp stand vor dem Haus. Dann kam Hailey heraus. Sie trug ein hellgrünes Kleid mit weißen Trägern. Nackte Schultern. Das Kleid betonte ihre schlanke Taille, und natürlich trug sie High Heels dazu. Sie sah frisch aus, jung und so glamourös wie seine Schwägerin Claire Jordan. Offensichtlich legte Hailey es beim Prinzen darauf an. Ihre rosa Hundetragetasche hing über ihrer Schulter, und er hörte nicht einen Piep von Rose, als der Prinz neben ihr auftauchte. Ganz Gentleman nahm der Prinz Haileys Hand und legte sie in seine Ellenbeuge. Verdammt, der Typ kämpfte mit harten Bandagen. Ein weiterer Sicherheitsmann erschien, und sie verließen die Veranda und gingen die Straße entlang in Richtung Hauptstraße.

Er wartete. Sie gingen ins Something's Brewing Café. Okay, er hatte seine Informationen. Schlüssige Beweise, dass der Playboy-Prinz ein Rivale war. Hailey hatte ihn nicht nur nach dem Termin nach draußen gebracht, um ihn zu verabschieden, sie verbrachte Zeit mit ihm, was sie nie tun würde, wenn sie nicht interessiert wäre. Und jetzt? Er musste beweisen, dass er die bessere Option war als dieser verdammte Blaublüter.

Aber war er das?

Sicher, er konnte seine Gentleman-Manieren aus der Mottenkiste holen, doch die hatte der Prinz auch. Und Josh konnte ihr unmöglich dasselbe glamouröse Jetset-Leben bieten wie Prinz Phillip. Die Art von Leben, die Hailey wahrscheinlich lieben würde. Damals, bei seinem Rollentausch mit seinem Bruder, hatte sie ihm sogar erzählt, wie gerne sie exotische Orte besuchen würde. Alles, was er ihr bieten konnte, war ein Leben, fest verwurzelt in Clover Park, einer Vorstadtgemeinde, in der nicht viel Aufregendes geschah. Doch genau das mochte er an Clover Park. Es war stabil und sicher – voller Familien und der einen oder anderen schillernden Persönlichkeit wie die überkandidelte Großmutter Maggie O'Hare, die auf ihn und so ziemlich jeden im Ort ein Auge zu haben schien – doch glamourös war es sicher nicht.

Er ließ die Schultern hängen. Vielleicht hatte er seine Chance mit Hailey verpasst.

Er ging hinüber ins Garner's, auch wenn er sich heute für seine geheime Mission freigenommen hatte. Mad hatte die Schicht hinter der Bar für ihn übernommen. Er hatte geradezu lächerlich viele Urlaubstage angespart. Er nahm sich nie frei und war auch so gut wie nie krank. Er lebte ein sauberes Leben, ernährte sich gesund und gut und kam niemandem nahe genug, um Gefahr zu laufen, sich irgendeine Krankheit einzufangen. Nur sein Zwillingsbruder wagte es, in seine Distanzzone einzudringen, was ihn nicht störte, denn sie waren wie zwei Hälften eines Ganzen. Die anderen Jungs verstanden sein Bedürfnis nach Abstand nach seinen Auslandseinsätzen in Krisengebieten.

Kurz nach sechs Uhr betrat er das Garner's. Der Restaurantbereich war voll, und ein paar Leute warteten auf einen Tisch. Immer ein schöner Anblick an einem Freitagabend. Er begrüßte ein paar Stammkunden und ging in Richtung Bar. Ein paar Leute saßen am Tresen, und Mad war damit beschäftigt, Limetten zu schneiden.

„Bin wieder da", sagte er zu ihr und trat hinter die Bar.

Sie sah ihn überrascht an. „Ach, Mann, ich hatte gehofft, die Trinkgelder von heute Abend für meine Hochzeitsreise verwenden zu können."

„Mach das." Wofür brauchte er das Geld schon? Alle Trinkgelder der Welt zusammen würden keinen königlichen Betrag ergeben. Ha! Königlicher Humor. Er blickte aus dem Fenster des Restaurantbereichs hinüber zum Something's Brewing Café und sah Haileys vertraute rotblonde Haare. Sie stand für einen Kaffee an. Er hatte sie immer als Rothaarige gesehen, doch sie bestand auf rotblond.

Mad ging zu ihm. „Danke, Josh. Du bist der Beste."

Er brummte, den Blick immer noch auf die andere Straßenseite gerichtet.

„Hey, da ist ja Hailey. Wie es wohl mit dem Prinzen gelaufen ist?"

Er antwortete nicht.

„Wow! Sie hat mir gerade geschrieben, dass er sie auf einen Kaffee eingeladen hat. Ich sehe ihn nicht. Siehst du ihn?"

Er ignorierte sie. Und ob er ihn sehen konnte, im Profil, Hailey zugewandt. Einer der Sicherheitsmänner stand hinter ihm und einer an der Tür.

Mad knuffte ihn. „Denkst du, ein Kaffee zählt als erstes Date?"

„Kaffee ist Kaffee."

„Ich weiß nicht", sagte Mad und wandte sich wieder den Limetten zu. „Ich denke, die Reihenfolge ist Getränk, Dinner und dann das alte Rein-raus-Spiel."

Er warf ihr einen bösen Blick zu, doch sie bemerkte es nicht. Hailey gehörte nicht zu den Frauen, die sofort mit einem Mann ins Bett hüpften. Oder? Hm … sie hatte sich bis auf BH und Höschen ausgezogen und sich ihm angeboten – und das im ersten Moment, in dem sie jemals mit ihm allein gewesen war. Warum? Hatte sie nur Sex von ihm gewollt? Denn jetzt, da er wusste, dass sie zusammengehörten, war das alles andere als gut. Vielleicht betrachtete sie ihn nicht als Beziehungsmaterial. Sein Magen brodelte, ein allzu vertrautes säuerliches Gefühl, wenn er an Hailey dachte.

Vielleicht war sie vom Wodka angeheitert gewesen, wie sie es gesagt hatte. Dann war es gut, dass er sich wie ein Gentleman verhalten hatte, selbst wenn er sich im Moment besonders darüber ärgerte. Doch er war niemand, der eine Frau ausnutzen wollte. Er wollte, dass sie es wollte und darum bettelte. Ein Bild einer erhitzten Hailey in all ihrer nackten Pracht, stöhnend und darum flehend, dass er es ihr besorgte, blitzte vor seinem inneren Auge auf. Fuck. Er zwang seine Gedanken zurück zu diesem abscheulichen Prinzen, seiner neuen Nemesis. Die Fronten waren klar.

Mad war mit den Limetten fertig, wischte sich die Hände ab und warf einen Blick auf ihr Handy. „Macht es dir was aus, wenn ich kurz Pause mache? Hailey will,

dass ich kurz im Café vorbeikomme und mir den Prinzen
ansehe."

Er starrte sie an. Frauen taten so was? Ihren möglichen
Lover ihren Freundinnen vorführen? „Weswegen
das denn?"

Mad schmunzelte. „Ist eine Frauensache. Ich kreuze
ganz zufällig da auf nach dem Motto *oh, was für ein Zufall,
dich hier zu sehen*. Später sage ich ihr dann, was ich von
ihm halte und ob ich Beziehungspotential sehe." Sie sah
aus, als wäre sie stolz, über diese *Frauensache* Bescheid zu
wissen. Er war auch stolz. Es hatte eine Weile gedauert,
doch jetzt wusste Mad über die Feinheiten von Beziehungen unter Frauen Bescheid. Keine leichte Sache. Er
kannte keinen Mann, ihn selbst eingeschlossen, der diesen
Code geknackt hatte.

Doch er war noch nicht bereit, das Schlachtfeld
kampflos zu räumen. Er zupfte an einer Strähne ihrer halb
braunen, halb roten Haare. „Sorry, ich brauche dich hier.
Ich nehme mir den Abend doch frei."

Er trat hinter der Bar hervor und ging zur Tür.

„Grüß den Prinzen von mir!", rief Mad ihm lachend
hinterher.

Er zeigte ihr über die Schulter den Mittelfinger. Gör.

Er überquerte die Straße und entschloss sich, es genau
so zu machen, wie Mad geplant hatte, als wäre er ihnen
ganz zufällig begegnet. Als er das Café mit seinen tiefroten Wänden, goldenen Wandlampen und dunklen Holz-
tischen und Stühlen betrat, fiel sein Blick schnell auf den
Tisch, wo der Prinz saß, den Arm auf die Rückenlehne
von Haileys Stuhl gelegt, die Finger nur Millimeter von
ihrer nackten Schulter entfernt. Ein paar Minuten später
und seine Hand würde auf ihrer Schulter liegen, mit ihren
weichen Haaren spielen oder Schlimmeres.

Er ging auf sie zu und achtete darauf, nicht schneller
zu gehen als sonst, um den Bodyguard, der nur ein paar
Schritte entfernt stand, nicht zu alarmieren. „Hey Hailey,

was für ein Zufall, dich hier zu sehen." Geschmeidig war sein zweiter Vorname.

Sie straffte abrupt ihre Schultern. „Josh! Was machst du denn hier?" Rose steckte ihren Kopf aus der Tragetasche unter dem Tisch und knurrte.

Er zuckte mit der Schulter. „Wollte mir nur einen Kaffee holen. Macht es dir etwas aus, wenn ich mich zu dir und …"

„Phillip", sagte der Prinz und bot ihm die Hand an.

Josh schüttelte sie mit festem Griff. „Freut mich. Ich bin gleich wieder da, gebe nur schnell meine Bestellung auf."

„Nein." Hailey setzte ihr gekünsteltes Lächeln auf. „Tut mir leid. Phillip ist nur kurz im Ort. Wir sehen uns ein andermal. Genieß deinen Kaffee."

Er ignorierte die Abfuhr. Es stand viel zu viel auf dem Spiel. Stattdessen zog er einen Stuhl heran, schob ihn auf Haileys freie Seite und nahm Platz. Rose begann zu kläffen. Er sprach über den Lärm. „Wie lange bist du hier, Bill?"

„Er heißt Phillip", zischte Hailey durch die Zähne. Sie holte ein Hundeleckerli aus ihrer Handtasche und fütterte Rose unter dem Tisch. Sie verstummte, während sie kaute.

„Habe ich doch gesagt", antwortete Josh.

Phillip kratzte sich am Hals und musterte ihn und dann Hailey. „Wäre es euch lieber, wenn ich euch allein lasse?"

Smarter Mann. „Ja."

„Nein!" Hailey wandte sich Josh zu. Er lächelte liebenswürdig. Sie erwiderte sein Lächeln mit einem sehr gekünstelten Grinsen. „Kann ich einen Moment mit dir unter vier Augen sprechen?", flüsterte sie laut.

„Sicher." Er wandte sich dem Eindringling zu. „Könntest du auf Rose aufpassen? Danke."

Hailey ging zum Kinderspielbereich am hinteren Ende des Cafés. Ihr Rücken war nackt. Der Ausschnitt reichte bis zu den süßen Grübchen ihres unteren Rückens knapp oberhalb ihres kurvigen Pos. Nur ein schmales weißes Band in der Mitte hielt das Kleid zusammen. Er biss die Zähne aufeinander. So zog sie sich also für den Prinzen an?

Er lehnte sich lässig an die Wand, um die Intensität seiner Gefühle zu verbergen. Es war schlimmer, jetzt, da er den Prinzen aus der Nähe sah, attraktiv und gepflegt, die perfekte Ergänzung für Schönheitskönigin Hailey. Neid breitete sich aus über unbefriedigter Lust und dem Gefühl, seine Chance verpasst zu haben. „Was geht?"

Sie stand vor ihm, ihre blassblauen Augen lodernd wie Feuer. Was das in ihm auslöste, war mehr als Lust. Es war das Erkennen eines Kämpfergeists. Sie war fantastisch. „Was geht?", schrie sie ihn mit gedämpfter Stimme an. „Ich sage dir, was geht. Nur, weil unsere Eltern heiraten, gibt dir das noch lange nicht das Recht, hier aufzukreuzen und dich wie ein eifersüchtiger großer Bruder aufzuführen."

„Tut mir leid, kleine Schwester. Mad hat sich Sorgen gemacht, da musste ich doch was unternehmen."

Sie schnaubte. „Mad freut sich für mich. Du bist nur wegen deines verdrehten Ehrgefühls hergekommen. Aber ich sag dir was: Ich kann gut allein auf mich aufpassen."

Er straffte seine Haltung und antwortete leise: „Ich erkenne einen Playboy, der zum Todesstoß ansetzt, wenn ich einen sehe. Da kann ich nicht tatenlos zusehen."

Sie beugte sich vor und zischte ihn an. „Ich habe jede Menge Erfahrung im Umgang mit Männern, selbst mit Playboys, also halt dich raus! Ich will *keine* Szene hier wie mit Blake Grenier, verstanden? Phillip hat seine Bodyguards hier." Blake Grenier war der Co-Star seiner Schwägerin Claire in der Fierce-Trilogie gewesen.

„Blake war ein Arschloch. Du wusstest das und wolltest trotzdem mit ihm nach oben gehen." Das machte ihn immer noch wütend. Sie waren bei der Party zum Drehschluss des letzten Fierce-Trilogie Films gewesen. Josh wusste von Claire, was für ein Arsch Blake war, und er wusste auch, dass sie alle ihre Freundinnen – Hailey eingeschlossen – vor ihm gewarnt hatte. Als Hailey jedoch auf Joshs Bitte, nicht mit Blake nach oben zu gehen, nicht gehört hatte, hatte er Blake erklären müssen, dass er sich von Hailey fernzuhalten hatte. Als der Typ ihn daraufhin angefasst hatte, hatte er die Bedrohung neutralisiert.

Haileys Hals und Wangen waren rot, ihre Stimme laut. „Er hat mir zeigen wollen, wo sie gefilmt haben!"

Er ging Nase an Nase mit ihr. „Er wollte dein Höschen als verdammte Trophäe!"

Sie atmete schneller, öffnete den Mund und starrte ihn an. Die Luft flirrte zwischen ihnen einen angespannten, elektrisierenden Moment lang. Sein Blick fiel auf ihre köstlichen rosa Lippen, und der Drang, sein Revier abzustecken, war so stark, dass er wie angewurzelt stehenblieb, um nicht die Kontrolle zu verlieren.

Sie wich einen Schritt zurück. „Ich weiß, dass du einen ausgeprägten Beschützerinstinkt hast, aber ich brauche das nicht. Und jetzt geh, bevor ich dir Mad auf den Hals hetze."

Er verschränkte die Arme. „Mad würde mir recht geben. Sie würde genauso auf dich aufpassen wie ich."

Sie warf einen Blick in Richtung des Prinzen, der Rose auf seinem Schoß hielt. *Das Arschloch schleimt sich bei ihrem Köter ein.* Sie wandte sich ihm wieder zu. „Schönen Abend noch, Josh."

„Ich kenne diesen Typ Mann. Er benutzt Frauen und wirft sie weg. Googel ihn! Er datet Models auf der ganzen Welt."

Sie warf ihre langen Haare über eine Schulter. „Dann glaubst du, dass er kein Interesse an mir hat, weil ich kein Model bin?"

Er senkte die Stimme. „Nicht das Interesse, das du willst." *Nicht wie ich.*

Sie hob das Kinn, stolz, herablassend und schön. „Du hast keine Ahnung, was ich will."

„Finde es doch heraus", sagte er gedehnt.

Sie holte scharf Luft, hielt jedoch seinem Blick stand. Sie war zumindest neugierig auf das, was er vielleicht sagen würde.

„Gibt es ein Problem?"

Als sie sich umdrehten, stand Phillip vor ihnen.

„Wo ist Rose?", fragte Hailey.

„Wieder in ihrer Tasche", antwortete Phillip.

„Du hast sie allein gelassen?", quietschte Hailey. „Sie könnte weglaufen." Sie eilte zurück zu Rose.

„Ich werde dich im Auge behalten", knurrte Josh den Playboy-Prinzen an.

Phillip lachte. „Da mache ich mir keine allzu großen Sorgen. Wenn sie dich wollen würde, wärst du derjenige, der hier bei ihr sitzt, nicht ich. Ich habe so das Gefühl, dass ihr euch schon eine ganze Weile kennt."

Josh hätte ihm allzu gern die Visage poliert, doch er wusste, dass die Sicherheitsmänner in der Nähe waren und dass es eine Szene geben würde, da Josh die Bedrohung durch drei Männer würde ausschalten müssen. Hailey würde fuchsteufelswild reagieren, besonders, nachdem sie ihm gesagt hatte, dass sie keine Prügeleien mehr wollte.

„Arschloch", spie er und ging in Richtung Tür.

Rose kläffte ihn an, als er an Hailey vorbei ging. Was hatte er dieser kleinen Ratte je getan? Gott, musste er wirklich eine Schönheitskönigin/Möchtegern-Prinzessin *und* eine Möchtegern-Köter-Ratte für sich gewinnen? Warum hatte das Schicksal es ihm nicht leicht machen und ihn als Prinz zur Welt kommen lassen können?

Doch das Schicksal hatte ihm nie etwas in den Schoß geworfen. Er hatte sich immer alles hart erarbeiten müssen. Niemand hatte ihm je etwas geschenkt. Er öffnete die Tür und ging nach draußen, ohne sich einen Kaffee zu holen. Also gut. Er musste schlauer sein und wie immer härter für das arbeiten, was er wollte. Doch jetzt, da er klarsah, hatte er keine andere Wahl. Er würde mit dem Hund anfangen. Wenn er Rose nicht überzeugen konnte, ihn zu mögen, welche Chance hätte er da bei ihrer Besitzerin? Sicher war er dazu in der Lage, einen kleinen Köter für sich zu gewinnen. Alles, was er tun musste, war, Hundeleckerli in seinen Hosentaschen zu stecken.

Die Besitzerin jedoch erforderte mehr Finesse. Er ging über die Straße und kehrte ins Garner's zurück, wo seine Schwester ihm einen fragenden Blick zuwarf. Warum war ihm das nicht schon früher eingefallen? Seine Schwester hatte Insiderwissen über Hailey, und es machte ihm nichts aus, das zu benutzen. Er war auf eine Goldmiene gestoßen.

7

Hailey begrüßte ihre Mom und Joe Campbell am Mittwoch um fünf Uhr im Ludbury House und führte sie in den Ballsaal. Sie war die Brautjungfer und hatte sich bereit erklärt, die Hochzeit zu planen. Sie wartete immer noch darauf, dass irgendetwas passierte, wie immer bei ihrer Mom. Irgendwann würde ihre Mutter die Flucht ergreifen, und Hailey würde verzweifelt versuchen, die Scherben zusammenzukleben. Sie hatte nie ein stabiles Fundament gehabt – nicht in Bezug auf Familie oder einem Zuhause –, mit den Campbells war sie dieser Erfahrung am nächsten gekommen. Und ihre Freundinnen aus dem Happy End Buchclub waren durch Heirat oder Verlobung ebenfalls mit den Campbells verflochten. Alles in ihrem Leben stand im Zusammenhang mit ihnen, und sie wollte nicht, dass irgendetwas oder irgendjemand das für sie kaputt machte. *Mom.*

Hailey setzte sich, und das glückliche Paar nahm ihr gegenüber am Tisch Platz. Händchenhaltend. Sie musste zugeben, dass sie vollkommen verliebt aussahen. Ihre Mom war von der Arbeit hierhergekommen. Sie trug ein elegantes taubenblaues Kleid mit Spitzenbesatz. Joe trug ein schwarzes Baumwollhemd und verwaschene Jeans.

Sie waren eine seltsame Kombination von elegant und lässig, doch wenn man alt war (ihre Mom hatte letzte Woche ihren fünfzigsten Geburtstag gefeiert), war der Markt wahrscheinlich so klein, dass man jeden in Erwägung zog, der im selben Alter und zufällig Single war.

Du meine Güte, sie wurde geradezu zynisch, jetzt, da sie auf die Dreißig zuging. In drei Jahren würde es soweit sein. Doch da war sie, die große Drei-Null und schien sie zu verhöhnen wie eine Deadline für ein Happy End, das sich schnell zu einer Wahnfantasie entwickelte. Leider war Phillip am Freitag gegangen, sobald er seinen Kaffee ausgetrunken hatte – unter dem Vorwand, dass er wieder in die Stadt zurück musste. Offensichtlich war Phillip nicht an ihr interessiert. Er hatte sie wahrscheinlich nur aus Höflichkeit eingeladen.

Sie reichte ihrer Mutter das Anstecksträußchen. „Für die Braut. Du kannst es auch nur halten, wenn du es nicht an dein schönes Kleid stecken willst."

Ihre Mutter strahlte und holte die Rose aus dem Behälter. „Ich stecke es in meine Haare." Sie strich ihre langen, rotblonden Haare zurück – gefärbt, damit sie so aussahen wie Haileys Haare – und steckte das Sträußchen hinter ihr Ohr. Die natürliche Haarfarbe ihrer Mutter war blond und weiß. Sie war ein Exmodel und klammerte sich mit einem Todesgriff an ihrem Aussehen fest. Sie ließ sich auch regelmäßig Botox spritzen.

Ihre Mom wandte sich Joe zu. „Was denkst du?"

Joe lächelte, seine braunen Augen warm und zärtlich. „Schön. Und die Rose ist auch hübsch."

Ihre Mom seufzte verträumt. „Oh du, so süß."

Joe streichelte ihr die Wange, und sie schloss die Augen und schmiegte sich an ihn.

Haileys Magen rebellierte. Oh, welch Ironie! Ein Liebesjunkie angewidert von einer romantischen Geste. Es lag wahrscheinlich daran, dass ihre Mom sie eher wie eine Freundin als eine Tochter behandelte und ihr viel zu viel von ihrem Sexleben erzählte, weswegen Hailey viel mehr über Joe und seine animalischen Instinkte wusste, als ihr lieb war. Und über die Verwendung von Handschellen. Wie ihre Mom verliebt gekichert hatte: *Was erwartest du von einem pensionierten Cop?*

Hailey räusperte sich, in der Hoffnung, das Geturtel des übelkeitserregend glücklichen Paares zu unterbrechen. Schließlich wandten sie ihr ihre Aufmerksamkeit zu. „Wollen wir anfangen? Mom, erzähl mir bitte, wie du dir deine perfekte Hochzeit vorstellst.“

Ihre Mutter hatte Haileys Vater auf dem Standesamt geheiratet – da ihre Mutter mit Hailey schwanger gewesen war. Ihr Dad war ein Rockstar gewesen, der Leadsänger einer erfolgreichen Rockband. Er war gestorben, als er mit seiner Cessna durch schlechtes Wetter geflogen war, als Hailey gerade mal drei Jahre alt gewesen war. Sie hatte nur vage Erinnerungen an ihn, da sie so jung gewesen war, als er gestorben war, und ihre Mom sagte, dass er sowieso nie viel da war. Hailey mochte seine Musik nicht und hatte sich von ihrer Rockadel-Abstammung losgesagt. Sie hatte sogar die Einladung abgelehnt, an der Aufnahme der Band in die Rock & Roll Hall of Fame teilzunehmen. Was sie anging, war ihr Vater nicht mehr als der Samenspender und hatte die Ehre, als Vater bezeichnet zu werden, nicht verdient.

Joe Campbell jedoch war der Dad, den sie sich immer gewünscht hatte. Mad hatte keine Ahnung, was für ein Glück sie hatte, einen Vater wie ihn zu haben. Er war in eine Designerboutique gekommen, um seiner Tochter dabei zu helfen, Schuhe für ihre Hochzeit auszusuchen! Er war wahrscheinlich der einzige Mann, der je einen Fuß in die ultrafeminine Boutique gesetzt hatte. Dort hatte er ihre Mutter kennengelernt, die dort als Verkäuferin arbeitete. Schicksal oder Pech? Hailey hoffte, dass ihre Mutter es sich nicht anders überlegen und ihn sitzenlassen würde. Der arme Mann war schon von seiner ersten Frau verlassen worden.

Haileys Magen zog sich zusammen. Sie wollte so gerne

glauben, dass ihre Mutter sich verändert hatte und zu einer verantwortungsvollen Frau gereift war. Anders als die Mom, die sie als Kind gekannt hatte, die es nie geschafft hatte, einen Job lange zu behalten, weswegen sie obdachlos geworden waren, da sie die Miete nicht hatte zahlen können. Doch den Job in der Boutique hatte sie inzwischen schon seit Jahren. Es war nur, dass Hailey den engen Familienverband der Campbells mochte. Sie waren die Art von Familie, nach der sie sich immer gesehnt hatte. Sie standen einander sogar als Erwachsene noch nah und unterstützten einander. Josh Campbell war die irritierende Ausnahme in dieser wunderbaren Familie. Wie kam er darauf, den hyperprotektiven großen Bruder für sie zu spielen? Und das jetzt schon zum zweiten Mal! Ihr kam ein beunruhigender Gedanke. Betrachtete er sie etwa als kleine Schwester? Denn sie hatte geglaubt, dass es da eine gewisse Chemie zwischen ihnen gab. Es sei denn, es war vollkommen einseitig, was erklären würde, warum er ihr einen Korb gegeben hatte. Wie peinlich. *Leugnen, leugnen, leugnen. Ich bin eine Festung des Widerstandes gegen Josh.*

„Hailey?", fragte ihre Mom.

Sie zuckte zusammen, erschrocken, dass sie abgeschweift war. Das geschah ihr nie, wenn sie Kundentermine hatte. „Ja?"

Ihre Mom und Joe sahen einander besorgt an.

Hailey setzte ihr Schönheitsköniginnen-Lächeln auf. Es hatte ihr durch so manche schwierige Situation geholfen. Davon abgesehen wollte sie keine Sorgenfalten. „Tut mir leid, ich bin ein bisschen müde. Könntest du den letzten Teil nochmal wiederholen?"

„Sicher", sagte ihre Mom. „Wir möchten hier in Clover Park in St. Joseph heiraten und im Garner's feiern. Klein und intim."

„Und wir wollen Josh Geschäft bringen", fügte Joe hinzu. „Er hat ein Angebot fürs Garner's abgegeben, und der Eigentümer hat es heute angenommen."

Hailey blieb der Mund offenstehen. Josh konnte es sich leisten, das Garner's zu kaufen, nachdem er vier Jahre lang Mads Studiengebühren gezahlt hatte? Er lebte so bescheiden, dass sie das nie gedacht hätte. Er musste wirklich gut mit seinem Geld umgehen – ein Mann, dem bewusst war, wie wichtig Sparen war. Wie ihr. Ein stabiles Fundament war so wichtig. „Wow. Gut für ihn."

Joe lächelte stolz. „Ab dem 1. Mai gehört es ihm. Wir dachten, wir könnten am Sonntag danach heiraten." Das war in dreieinhalb Wochen.

Hailey warf einen Blick in ihren Kalender. Da sie Ludbury House nicht für die Hochzeit brauchten, war es leichter, ihre Wünsche zu erfüllen. Sie würde Ally, ihre Freundin und Teilzeitangestellte bitten, die Hochzeit, die an diesem Tag bereits für Ludbury House gebucht war, zu übernehmen, damit Hailey an der Hochzeit ihrer Mom teilnehmen konnte. „Wie wäre es mit einer Trauung am Nachmittag?" So konnte sie sich versichern, dass in Ludbury House alles glatt lief, bevor sie zu ihrer Hochzeit ging.

„Warum nicht?", sagte Joe.

„Ja, klingt gut", sagte ihre Mom, dann turtelten sie wieder miteinander. *Kotz.*

Hailey machte eine Notiz in ihrem Kalender. „Ich kümmere mich gleich morgen früh um die Kirche und buche das Garner's, auch wenn ich mir ziemlich sicher bin, dass die Kirche frei ist. Dann halten wir es so fest, es sei denn, irgendetwas klappt nicht. Jetzt habe ich noch ein paar Fragen an euch."

„Was immer die Braut will", sagte Joe.

„Intelligenter Mann", bemerkte ihre Mutter.

Hailey bekam Zahnschmerzen von so viel süßem Geturtel. Sie schlug einen Ordner auf und fing an, die Punkte durchzugehen. Eine halbe Stunde später waren sie fertig. Es würde eine kleine Hochzeit werden, zu der nur die unmittelbare Familie und die engsten Freunde eingeladen wurden. Nichts Ausgefallenes. Schlicht und einfach.

Joe streckte Hailey die Hand entgegen, und Hailey wollte sie schütteln, doch er drückte sie herzlich. „Ich freue mich so, dass du bald zu meiner Familie gehörst, Hailey. Eine bessere zweite Tochter könnte ich mir nicht wünschen. Du hast so viel für Mad getan. Ich meine, was all diesen Mädchenkram angeht, den sie in unserem Männerclub von einer Familie verpasst hat. Wir können uns glücklich schätzen, dich an Bord zu haben."

Haileys Augen begannen, unerwarteterweise zu brennen, und sie schluckte den Kloß, der sich plötzlich in ihrem Hals gebildet hatte, hinunter. „Danke. Ich freue mich, dass ich helfen kann. Mad ist–" Ihre Stimme versagte. *Nicht weinen.* Mad war die erste Freundin, die sie je gehabt hatte, die Hailey als den Menschen sah, der sie tief im Inneren war. Niemals stutenbissig oder voreingenommen hatte Mad – indem sie einfach so war, wie sie ist – Hailey geholfen, ihre eigene Stärke als Frau zu finden. Mad hatte ihr Selbstverteidigung beigebracht und sie dazu animiert, ihre Liebe am Basketball zu teilen, indem sie Hailey zu ihrem Samstagsspiel mit ihren Brüdern eingeladen hatte und ihr eine neue Welt eröffnet hatte – sich als Teil eines Teams zu fühlen. Nicht, dass sie gut in irgendeiner Sportart war, doch es war schön, mitmachen zu dürfen. Sie war es gewohnt, solo zu arbeiten. „Du hast eine wunderbare Familie", krächzte sie.

Sie schwor bei Gott, dass Hailey Rache üben würde, falls ihre Mutter einen Rückzieher machte und es mit Joe ruinierte.

Ihre Mutter lächelte strahlend. „Warum gehen wir nicht alle rüber ins Garner's, um Josh zu seiner neuen Bar zu gratulieren? Dann können wir gleich rausfinden, ob wir da feiern können."

Hailey erstarrte. Sie hatte Josh seit ihrer Auseinandersetzung im Café vor fünf Tagen nicht mehr gesehen. Sie war danach so aufgewühlt gewesen, dass es ihr schwergefallen war, sich auf die Unterhaltung mit Phillip zu konzentrieren. Vielleicht war das der Grund gewesen,

warum er so schnell wieder zurück in die Stadt gewollt
hatte. Sie hatte ihn zu Tode gelangweilt. „Geht ihr nur.
Rose braucht ihren Abendspaziergang."

Das glückliche Paar stand auf und sah sie erwartungsvoll an.

Es war nicht leicht, nein zu sagen. Es sei denn …

„Es ist wahrscheinlich voll im Garner's", sagte sie. „Ich
bin mir nicht sicher, ob sie einen Tisch für uns haben. Wie
wäre es mit einem größeren Restaurant?"

Ihre Mom runzelte die Stirn. „Es ist Mittwochabend.
Wie voll kann es da schon sein?"

„Einen Moment nur." Joe holte sein Handy aus der
Tasche und wählte eine Nummer. „Hey Josh, ich bin's,
Dad. Hast du einen Tisch für vier Personen frei? Prima.
Sind in fünf Minuten da." Er legte auf und sah Hailey
triumphierend an. Langsam sah sie, wo Josh seine schel-
mische Seite her hatte.

„Ich hole meine Handtasche", sagte sie.

Josh steckte sein Handy wieder in seine Jeanstasche. Ein
Tisch für vier. Wahrscheinlich sein Dad, Brandy und noch
ein Paar. Sein Dad war viel kontaktfreudiger geworden,
seit er mit Brandy zusammen war. Es war schön, das zu
sehen. Mit fünfundfünfzig Jahren genoss sein Vater eine
neue, unbeschwerte Phase in seinem Leben, nachdem er
jahrelang sechs Kinder als alleinerziehender Vater großge-
zogen und für so viele andere in der Police Athletic
League als Mentor fungiert hatte. Es war Charakterstärke
und ein riesiges Herz nötig, um der zupackende Dad zu
sein, der er für sie alle gewesen war. Josh hatte das als
Kind nicht zu schätzen gewusst. Er hatte es für selbstverständlich gehalten, doch jetzt, da er bei seinen Brüdern Ty
und Alex sah, wie schwer es war, Vater zu sein, verstand
er es endlich. So gesehen war das Ergebnis der Bemühungen seines Vaters ein wichtiger Bestandteil von Joshs

Leben. Obwohl alle erwachsen waren, stand sich die gesamte Familie, einschließlich seiner Brüder ehrenhalber von der Police Athletic League immer noch sehr nah.

Als erstes hörte er ihr glockenhelles Lachen. Mit allen Sinnen in Habachtstellung drehte er sich zur Tür um. Hailey kam mit Rose in ihrer Tasche herein und lachte über irgendetwas, das sein Vater gesagt hatte. Sie sah umwerfend aus in einem blassrosa Kleid, das ihre atemberaubende Figur umspielte. Brandy folgte direkt hinter ihnen. Das war der Tisch für vier? Glaubten sie, dass Rose wie ein Mensch auf einem Stuhl sitzen würde? Dann erinnerte er sich daran, dass er Rose für sich gewinnen musste. Er ging in die Hocke und holte ein Stück Butter aus dem Kühlschrank unter der Bar, rieb sich ein bisschen Butter auf die Innenseiten seiner Handgelenke und zur Sicherheit noch ein bisschen hinters Ohr. Man konnte es nicht sehen und kaum riechen, doch Rose würde darauf fliegen und es ablecken. Das hoffte er zumindest.

Er legte die Butter weg, richtete sich auf, nahm einen Lappen und begann, die Bar abzuwischen, als hätte er das sowieso vorgehabt.

„Josh!", rief sein Vater und kam auf ihn zu. „Herzlichen Glückwunsch zu deiner Bar."

Er lächelte über das ganze Gesicht. „Danke, Dad." Der Eigentümer, Clive Garner, hatte sein Angebot mit Begeisterung angenommen – dasselbe Angebot, das er vor etwas über einem Jahr abgegeben hatte. Josh hatte sich überlegt, damit anzufangen und das Angebot zu erhöhen, falls Clive sich nicht sicher war, selbst wenn er dafür ein großes Darlehen hätte aufnehmen müssen. So sehr hatte er *seine* Bar gebraucht. Es war alles Teil seines strategischen Plans. Er wollte Hailey zeigen, dass er ein stabiles Fundament hatte, sein eigenes Geschäft. Er wusste, dass sie das respektieren würde, da sie selbst hart arbeitete, um ihr Geschäft aufzubauen. Zum Glück hatte Clive sich zum Verkauf bereit erklärt, ohne ihn damit in den finanziellen Ruin zu treiben. Clive hatte gesagt, dass die Zeit reif war und dass er beruhigt in den Ruhestand gehen konnte, da er wusste, dass das Garner's in guten Händen war.

„Ja, Glückwunsch auch von mir!", sagte Brandy und kam strahlend auf die Bar zu.

Hailey ließ sich Zeit, zum Tresen zu kommen, ihre Miene vollkommen neutral. Er hatte gehofft, dass sie sich für ihn freuen würde. Doch er hatte keine Zeit, lange enttäuscht zu sein, denn sein Dad streckte sich über den Tresen und zog ihn in seine Arme.

Als er ihn wieder losließ, blickte er ihm in die Augen. „Ich bin verdammt stolz auf dich, Sohn."

Josh presste seine Lippen aufeinander, denn die Worte trafen direkt ins Schwarze. Natürlich wusste er, dass sein Dad stolz auf ihn war, auf sie alle, doch die Worte laut ausgesprochen zu hören, war noch einmal etwas ganz anderes. „Danke", war alles, was er herausbrachte.

Brandy strahlte ihn an. „Es wäre so schön, wenn du mit uns zu Abend essen würdest. Auf unsere Kosten, zur Feier des Tages. Und wir haben auch ein paar Sachen, die wir wegen der Hochzeit gerne mit dir besprechen würden."

Es war Mittwochabend, und es war nicht viel los, nur zwei Männer, die ein Bier an der Bar tranken und ein Spiel ansahen.

Er warf Hailey einen Blick zu. Sie stand sehr steif da und wirkte extrem unbehaglich. Ihre Auseinandersetzung vom Freitag war wohl noch zu frisch in ihrer Erinnerung. Er hatte sie seitdem nicht gesehen, weil er hart daran gearbeitet hatte, den Deal mit der Bar über die Bühne zu bekommen. Er hatte es ihr heute Abend erzählen wollen, doch ihre Eltern waren ihm zuvorgekommen. Plötzlich hatte er das Gefühl, dass seine Eltern ihn und Hailey zusammenbringen wollten. War es möglich, dass er versucht hatte, ihre Eltern vor einem möglichen Josh-Hailey-Fallout zu beschützen, wo sie für eine Beziehung zwischen ihnen waren?

Er sah seinen Dad an, der ihm mit einem Nicken zu sich rief und ein paar Schritte von den Frauen wegging.

Josh folgte ihm. „Ja?"

Sein Dad sprach leise. „Brandy und ich sind der Meinung, dass es an der Zeit ist, dass du und Hailey aufhört zu streiten. Wir wollen, dass ihr Freunde seid oder zumindest zivilisiert miteinander umgeht. Es wird eine Menge Familienfeiern geben – Geburtstage, Feiertage, Partys, jede Menge Spaß – und das Letzte, das wir wollen, ist, uns für eine Seite des Krieges entscheiden zu müssen."

„Der Krieg ist vorbei. Ich versuche, mich mit ihr zu vertragen. Ich mag sie."

Sein Dad warf Josh einen Blick zu, der ihm sagte, dass er *genau* wusste, was er damit meinte. „Fang bloß nicht damit an. Das ist ja noch schlimmer. Sei anständig, aber halte Abstand, okay? Um der Familie willen. Das Letzte, das ich mir für meine neue Ehe wünsche, ist Drama."

Josh biss die Zähne zusammen und wandte den Blick ab. Sein erster Instinkt war also richtig gewesen. Sich von Hailey um der Familie willen fernzuhalten. Wie war er nur auf die Idee gekommen, dass aus ihnen etwas werden konnte, wo sie sich so viel stritten? Nur, weil er sie wollte? Nur, weil er so eifersüchtig auf diesen dummen Prinzen geworden war?

„Okay?", hakte sein Dad nach.

„Ja, ich hab's verstanden. Anständig und zivilisiert." Er rief den Frauen zu. „Ich besorge mir nur schnell eine Vertretung, dann kann ich mit euch essen."

„Wunderbar", sagte Brandy mit einem herzlichen Lächeln.

Hailey setzte ihr Schönheitsköniginnenlächeln auf. Rose schob ihren kleinen weißen Kopf aus Haileys Tasche und knurrte ihn an. Auf dem Kopf war ihr Fell mit einem rosafarbenen Schleifchen, das zu ihrem ebenfalls rosafarbenen Hundepullover passte, zu einem Zöfchen gebunden. Die Farbe passte zu Haileys Kleid. *Wenn es ihr so gefiel*

…

Er ging in die Küche und überlegte, wen er bitten konnte, für ihn einzuspringen. Was für eine Scheißsituation. Zumindest Mad war auf seiner Seite gewesen und hatte ihm ein paar Insiderinformationen über Hailey zukommen lassen, die zu einem extrem peinlichen Kauf geführt hatten. Er war sich nicht sicher gewesen, ob er den Mut hatte, es ihr zu geben, doch jetzt würde es nie passieren.

Als er in den Restaurantbereich kam, saßen sein Dad und Brandy auf der einen Seite einer Sitznische. Hailey war in die Ecke der anderen Bank gerutscht, und Rose saß neben ihr. Diese Frau wusste ganz genau, wie sehr Rose ihn hasste. Doch das glaubte nur sie. Rose würde dank seines Buttertricks dahinschmelzen. Das sollte auf jeden Fall im Sinne seines Vaters sein, denn er wollte ja schließlich Familienfrieden, und er war sich sicher, dass Hailey Rose zu allen Familienfeiern mitschleifen würde.

Er hielt seine Hand vor Rose' Nase und ließ sie die Butter an seinem Handgelenk schnuppern, bevor er sich setzte. „Und, wie läuft die Hochzeitsplanung?", fragte er und bemühte sich, seine Miene so neutral wie möglich zu halten, während Rose mit ihrer rauen Zunge sein Handgelenk ableckte. Hailey hatte es noch nicht bemerkt, da sie angestrengt geradeaus starrte.

„Großartig!", sagte Brandy. „Hailey hat es uns wirklich leicht gemacht. Wir hoffen, dass wir unsere Party hier im Garner's feiern können – am Samstag, nachdem du die Bar offiziell übernommen hast."

„Am späten Nachmittag", fügte sein Dad hinzu.

„Sicher, kein Problem", sagte er und bemühte sich, nicht zu lachen. Rose hielt seine Hand mit den Vorderpfoten umklammert und leckte sein Handgelenk, als wäre es ein saftiger Knochen. „Baubeginn ist der darauffolgende Montag, das Timing passt also."

„Perfekt."

„Baubeginn?", fragte Hailey.

„Ja, ich baue an, damit wir Platz für eine Tanzfläche und ein paar Billardtische haben."

„Ehrgeizig", sagte Hailey leise.

Er zuckte mit den Schultern. „Das hatte ich schon immer vor. Meine Traumbar."

„Ich weiß", sagte sie. „Glückwunsch. Es muss schön sein, seinen Lebenstraum umzusetzen."

Er nickte. Das war es, und das war es nicht. Denn sein Traum war nicht vollständig ohne Hailey an Bord, und jetzt würde es nie passieren. Es war unmöglich, die Energie zwischen ihm und ihr zu verstecken – die gute wie die schlechte –, wenn sie etwas miteinander anfingen. Er musste sich in die zivilisierte Bekanntenecke zurückziehen. Er machte sich nichts vor, dass sie als Freunde Zeit miteinander verbringen konnten. Dazu wollte er sie zu sehr.

Brandy lächelte. „Hailey, vielleicht können du und Josh ja die Planung für die Feier besprechen."

„Ich kümmere mich um alles, Mom", sagte Hailey eintönig. „Genieß du es einfach, die Braut zu sein." Es war offensichtlich, dass Hailey nicht mit ihm planen wollte. Kein Problem. Er überließ gerne alles ihr.

Sein Dad und Brandy tauschten einen Blick aus, der sagte *zumindest haben wir es versucht* – als wären er und Hailey ein hoffnungsloser Fall.

Die Kellnerin, eine seiner neuen Angestellten, kam vorbei, um ihre Bestellungen aufzunehmen. Sie machte ihre Sache gut, doch er war ein bisschen abgelenkt von Rose, die auf seinen Schoß geklettert war und seine andere Hand beschnupperte. Sie machte es sich auf seinem Schoß gemütlich und leckte ausgiebig seine Hand.

„O mein Gott!", rief Hailey. „Rose sitzt auf deinem Schoß!"

Rose reagierte nicht einmal, sondern leckte fröhlich weiter. Er drehte seine Hand, damit es weniger offensichtlich war, und Rose rollte sich auf den Rücken, um ihren Kopf wieder unter seinen Arm zu bekommen.

„Ich schätze, sie mag mich", sagte er. Die Butter musste schon lange weg sein, doch Rose hörte nicht auf zu lecken.

Hailey starrte Rose an, die jetzt seinen Arm abschnupperte, wahrscheinlich auf der Suche nach mehr köstlicher Butter. *Nenn mich den Hundeflüsterer.* Er streichelte Rose hinter dem Ohr, und wieder leckte sie begeistert sein Handgelenk.

„Sie küsst dich", flüsterte Hailey erstaunt. „Sie muss dir vertrauen."

Rose ging auf ihre Hinterbeine, legte die Vorderpfoten auf seine Schulter und leckte die Butter hinter seinem Ohr ab.

„Sie umarmt dich, wie sie mich umarmt!", entfuhr es Hailey.

„Sie mag mich eben." Er wandte sich Hailey zu. „Vielleicht weiß sie, dass ich ihr ein Geschenk besorgt habe."

Hailey blieb der Mund offen stehen, und sie riss die Augen auf. „Das hast du?"

Er hielt Rose mit einer Hand fest und holte ein kleines Hundehalsband aus seiner Gesäßtasche. Es war zartrosa und mit funkelnden Kristallen besetzt. Genau die Art von kitschigem Hundekram, den Hailey Rose regelmäßig anzog. Er reichte Hailey das Halsband. „Wenn sie zu Hochzeiten geht."

Hailey nahm es. „Das ist ja so was von süß! Sie wird es lieben. Danke!"

„Kein Problem. Ich weiß ja, dass sie ein wichtiger Teil deines Geschäfts ist." Rose machte sich wieder daran, seinen Hals zu lecken. Zwischenzeitlich musste sie überall ihren Hundesabber verteilt haben. Er schob sie Hailey entgegen. „Hier. Leg es ihr um."

Sie nahm Rose und redete liebevoll auf sie ein, während sie das Halsband wechselte.

Sein Dad schmunzelte und warf ihm einen wissenden Blick zu.

*Ja, stimmt schon. Ich habe mich bei ihrem Hund einge-
schleimt. Verklag mich doch.*

Hailey hielt Rose stolz hoch und zeigte ihr neues
Halsband.

„Oh, schön", schwärmte Brandy.

„Sehr nett", bemerkte sein Dad.

Hailey wandte sich ihm zu und schenkte ihm ein
Lächeln, das ihn tief im Innersten traf. Es war echte, strahlende Freude, die sie zum ersten Mal in seine Richtung
scheinen ließ. Es nahm ihm den Atem. Warum war ihm
nicht viel früher eingefallen, sich bei dem kleinen Vieh
einzuschleimen?

Sie setzte Rose in ihre Hundetragetasche auf der Bank
zwischen ihnen. Rose kroch jedoch heraus und schlief
kurz darauf auf seinem Schoß ein. Wenn er Hailey doch
nur so schnell dahin bekommen könnte. Nicht für Sex, der
Zug war abgefahren. Jetzt wollte er hauptsächlich ihr
Vertrauen zurückgewinnen.

Das Abendessen war … interessant. Brandy hielt das
Gespräch am Laufen, sein Dad trug regelmäßig bei.
Hailey war still und warf regelmäßig verstohlene Blicke in
Richtung Rose, die zusammengerollt auf seinem Schoß
lag, als könnte sie es immer noch nicht fassen. Er hatte
eine Serviette über Rose ausgebreitet, um zu vermeiden,
irgendetwas auf sie fallen zu lassen. Es sah aus, als hätte
er sie mit einer kleinen Decke zugedeckt.

Als die Kellnerin die Rechnung brachte, schnappte
sein Vater sie sich. „Das geht auf mich, zur Feier deiner
Übernahme des Garner's. Willst du den Namen
behalten?"

„Danke, Dad. Ja, fürs erste schon, da alle ihn kennen."

„Danke für das Essen, Joe", sagte Hailey.

„Gerne", sagte sein Dad lächelnd.

„Ja, danke", schloss Brandy sich an.

Sein Dad strich Brandy eine Haarsträhne hinters Ohr.
„Was mein ist, ist dein, Sweetheart."

Brandy lächelte seinen Dad mit feuchten Augen an, dann küssten sie sich.

Er wandte den Blick auf Hailey und sah ihren Blick. Sie sah angewidert aus. Es *war* seltsam, seinen Vater verliebt und romantisch zu sehen. Er verdrehte die Augen und streckte Hailey die Zunge heraus. Sie kicherte.

Sein Dad legte die Rechnung auf den Tisch. „Ich glaube, wir bleiben noch ein bisschen und trinken noch einen Kaffee." Er wandte sich ihm zu. „Josh, könntest du mir einen Gefallen tun und ein Regal für mich zu Hailey bringen?"

Josh warf ihm einen Blick zu. Erst verlangte er von ihm, Distanz zu wahren, und dann schickte er ihn los, um allein mit Hailey in ihrer Wohnung zu sein? Was zum …? „Meinst du jetzt?"

Sein Dad sah ihn an und sagte in strengem Ton, der keine Widerrede duldete: „Es ist eine nette Geste, deiner neuen Stiefschwester zu helfen. Das Regal ist auf der Ladefläche meines Trucks auf dem Parkplatz."

Josh kochte innerlich, da ihm der schwerfällige Versuch seines Vaters, den Krieg zu beenden, nicht gefiel. Josh war mit seinem eigenen Plan, Frieden zu stiften und die Dinge mit Hailey voranzutreiben, gut klargekommen, bis sein Vater es für nötig gehalten hatte, sich einzumischen.

Brandy wedelte mit dem Finger in Haileys Richtung. „Du erinnerst dich an mein Bücherregal, das dir immer gefallen hat? Das blassblaue mit dem künstlich gealterten Holz?"

„Ich liebe dieses Bücherregal!", rief Hailey. „Du gibst es mir?"

Brandy lächelte und nickte. „Der Shabby Chic Look passt nicht in Joes Haus. Und ich weiß, dass es dir immer gefallen hat." Sie wandte sich ihm zu. „Josh, könntest du so nett sein und es in Haileys Wohnung bringen? Ich wäre dir wirklich dankbar."

Familie war so was von überbewertet …

8

Josh unterdrückte ein Seufzen, als Hailey sich erwartungsvoll zu ihm umdrehte. Es gab so viele Löcher in dieser plumpen „bring das Bücherregal für sie nach Hause"-Story, dass er nicht fassen konnte, dass Hailey sie nicht sah. Erstens war sein Dad genauso groß wie Josh und fit. Er konnte das Regal leicht alleine transportieren. Wie wäre das Regal sonst überhaupt auf die Ladefläche gekommen? Zweitens war das Regal ganz zufälligerweise auf der Ladefläche des Trucks auf dem Parkplatz hinter dem Garner's? Offensichtlich hatten Brandy und sein Dad diesen Plan schon ausgeheckt, bevor sie überhaupt hergekommen waren. Sie hatten den Truck hier geparkt und waren dann zu Fuß zu ihrem Termin mit Hailey gegangen. Sie hätten ganz leicht noch ein paar Blocks weiter fahren und das Regal bei Hailey abliefern können.

„Es ist zu schwer für uns", zwitscherte Brandy. „Dein Dad hat sich den Rücken verrenkt, als er es auf die Ladefläche gewuchtet hat."

Sein Dad warf ihm einen Blick zu, der sagte: *Schließ Frieden, Sohn. So wird's gemacht.*

Ganz toll. Er brauchte keine Hilfe, den Krieg zu beenden. Er konnte es auf seine Weise tun.

„Das wäre wirklich nett", sagte Hailey zu ihm. „Wenn du nicht zu beschäftigt bist."

„Sicher", als könnte er ihr irgendeine Bitte abschlagen. Okay, er *hatte* ihr eine Weile lang ihren Lieblingsdrink an der Bar verwehrt, doch davor hatte sie mit dem Impotenz-Gerücht sein Sexleben auf Eis gelegt, also war das nur fair. Sie waren quitt. In gewisser Weise zumindest. Auch wenn dieses teuflische Gerücht wahrscheinlich ein bisschen schwerer wog als ein verweigerter Mojito.

Hailey strahlte vor Begeisterung. „Es ist umwerfend. Es ist aus einem alten Bilderrahmen gemacht und hat all diese Schnörkel oben und an den Seiten. Ein wirklich einzigartiges Stück."

Er hielt seinem Dad die offene Hand entgegen, und er gab ihm die Schlüssel für den Truck. „Bin bald wieder da."

„Keine Eile", sagte Brandy. „Wir können uns Zeit lassen mit unserem Kaffee."

„Lasst Rose bei uns", sagte sein Dad. „Nach dem Kaffee können wir eine Runde mit ihr spazieren gehen."

„Seid ihr sicher?", fragte Hailey, die das Manöver ihrer Eltern gar nicht zu bemerken schien.

„Absolut", nickte sein Vater.

Josh stand auf und wartete, bis Hailey Rose seinem Dad übergeben hatte und ebenfalls aufgestanden war. Sie war so geübt, dass sie es schaffte, elegant aus der Nische zu gleiten, ohne dass ihr Kleid auch nur einen Zentimeter hochrutschte, um ihm einen Blick auf das Darunter zu gewähren. Wahrscheinlich ein Tanga. Nicht, dass er geschaut hätte oder an einen Tanga gedacht hätte. Nicht viel, zumindest.

Als er mit ihr zum Hinterausgang der Bar ging, klickten ihre Absätze neben ihm, und ihr blumiger Duft hüllte ihn ein.

„Ich kann nicht fassen, dass Rose auf deinem Schoß geschlafen hat", sagte Hailey.

„War schön warm da."

„Sonst schläft sie nur auf Leuten, denen sie vertraut."

Er sah ihr in die Augen. „Dann habe ich endlich ihr Vertrauen gewonnen. Wie wäre es mit deinem?", sagte er in leichtherzigem Ton, da er wusste, dass sie noch nicht so weit war, doch er wollte, dass sie wusste, dass er darauf hoffte.

Sie presste ihre Lippen aufeinander. „Ich bin kein Hund."

Er schmunzelte. Nein, sie war kein Hund. Er ging über den Parkplatz zum Truck und hielt ihr die Beifahrertür auf.

Sie blickte zu ihm auf, Feuer in den blassblauen Augen. „Lass mich raten, du lachst, weil du Rose rumgekriegt hast und glaubst, mich auch rumkriegen zu können."

„So argwöhnisch."

Sie schnupperte. „Hast du heute gebacken? Du riechst nach Keksen."

Ihm wurde heiß. „Nein. Steig ein."

Sie ging auf Zehenspitzen, um an ihm zu schnuppern, und er hielt still, hoffend, dass sie keinen Buttergeruch an ihm bemerken würde. „Hmm … Du riechst nach Rose. Ich dachte, ich hätte Kekse gerochen."

Er unterdrückte ein Grinsen. Sie musterte ihn einen Moment lang, dann stieg sie schließlich ein. Er schloss die Tür hinter ihr und ging auf die andere Seite. Das Regal war mit einem Gummiseil auf der Ladefläche des Trucks festgebunden. Fünf Einlegeböden, ein bisschen mehr als einen Meter breit. Sein Dad konnte das mit Leichtigkeit tragen.

Er setzte sich ans Steuer. „Wie geht's deinem Prinzen?"

„Er ist nicht mein Prinz."

„Was habt ihr nach dem Kaffee gemacht?" Mad hatte ihm erzählt, dass nichts passiert war. Nur Kaffee. Er musste es allerdings von Hailey hören, da Mad ihm womöglich etwas verschwiegen haben könnte – Freundinnenkodex und so weiter. Das wäre nicht das erste Mal.

Mad hatte lange vor Josh von dem Impotenzgerücht gehört, das Hailey in die Welt gesetzt hatte, und erklärt, dass der Freundinnenkodex ihr nicht erlaubt hatte, es ihm zu sagen. Mad war keine allzu zuverlässige Informantin, doch sie war alles, was er hatte.

„Nichts. Nur Kaffee."

Er war sich nicht sicher, ob sie enttäuscht war oder ob es ihr nichts ausmachte.

„Stehst du auf ihn?"

Sie lachte.

„Nein, im Ernst."

„Er ist nicht auf diese Weise an mir interessiert. Er ist ein Kunde."

„Du hast meine Frage nicht beantwortet."

Sie strich nicht existente Falten aus ihrem Kleid. „Was interessiert dich das?"

„Ich passe nur auf dich auf, Prinzessin."

„Tu das nicht", blaffte sie.

Verdammt, er war dabei, diese goldene Gelegenheit, Frieden zu schließen, in den Sand zu setzen. Es war das erste Mal, dass er seit dem katastrophalen Abend in seiner Wohnung mit ihr allein war.

„Tut mir leid, dass ich dich Prinzessin genannt habe. Ich meinte Hailey. Unsere Eltern wollen, dass wir uns vertragen, und ich will das auch."

Sie schniefte. „Alte Gewohnheiten lassen sich wohl schwer überwinden." Sie wandte sich ihm abrupt zu. „Warte, haben unsere Eltern irgendwas gesagt?"

„Mein Dad hat mich aufgefordert, das Kriegsbeil um unserer Familie willen zu begraben. Sag mir, was ich dafür tun muss?" Er ließ aus, dass ihr Vater ihn gewarnt hatte, bloß nichts mit ihr anzufangen. War ja offensichtlich nicht nötig. Er würde das Richtige tun, und es war unwahrscheinlich, dass sie noch einmal versuchen würde, ihn zu verführen – nicht nach seiner Abfuhr. Davon abgesehen verdrehte der Playboy-Prinz ihr den Kopf. Der Mann ihrer Träume.

Sie holte tief Luft und blickte nachdenklich drein. „Es würde helfen, wenn du nett zu mir wärst."

„Ich bin immer nett!"

Er schloss den Mund, um nicht mit ihr zu streiten. Aber sie war auch nicht immer nett, und er *mochte* das an ihr. Er mochte ihren Kampfgeist, mochte, dass sie scharfe Klauen und Zähne hatte. Sie war ihm ebenbürtig wie keine Frau zuvor. Verdammt.

Ein paar Minuten später hielt er vor dem Haus im Kolonialstil, in dem sie wohnte, an. Sie hatte ihn noch nie hierher eingeladen. Wenn er sie zu Hochzeiten begleitet hatte, hatte er sich immer im Ludbury House mit ihr getroffen.

„Du kannst rückwärts in die Auffahrt fahren. Mein Vermieter ist nicht da. Ich habe das Souterrainapartment. Der Eingang ist auf der Rückseite."

Hailey lebte in einem beschissenen Kellerapartment? Damit hätte er nie gerechnet, so gut, wie ihr Hochzeitsplanungsbüro lief. Ein beunruhigender Gedanke kam ihm. Was, wenn sie sich kaum hatte leisten können, ihn als Begleiter zu bezahlen? Er hätte sich am liebsten die Hand vor die Stirn geklatscht, so sehr schien er sich verschätzt zu haben. Scheiße, scheiße, scheiße.

„Alles klar", sagte er, bemüht, sich nichts anmerken zu lassen. Er fuhr rückwärts in die Auffahrt und stellte den Motor ab. Er ging um den Wagen herum, doch sie war schon herausgesprungen, bevor er die Tür für sie öffnen konnte.

Er ging zur Ladefläche, löste das Gummiseil über dem Regal und zog die dicke Umzugsdecke unter dem Regal ans Ende der Ladefläche, bevor er das Regal vor dem Truck absetzte. Es war nicht leicht, doch es war auch nicht sonderlich schwer. „Nach dir."

Sie folgte dem Weg um das Haus herum und ging ein paar Betontreppen hinunter. Er wartete darauf, dass sie die Tür aufschloss, dann folgte er ihr hinunter und stellte das Regal im Wohnzimmer ihres Apartments ab. Dann starrte er einfach nur fassungslos das Mädchen-Nirvana an. Das Sofa hatte einen Blümchenbezug, die Lampen auf den Beistelltischen hatten Troddeln an den Schirmen, das Regal war vollgestopft mit Liebesromanen, und auf dem Sofatisch lagen ordentlich ausgelegt Brautmagazine. Diese Frau lebte und atmete Romantik. Warum also war sie ihm gegenüber so kratzbürstig? Sie sollte weicher sein, seinen Versöhnungsversuchen gegenüber aufgeschlossener. Nur weil er ihr einmal einen Korb gegeben hatte, als sie das Kleid hatte fallen lassen? ... *Nein. Denk gar nicht dran.*

Er rieb sich den Nacken, vermied es, ihrem sexy Körper Beachtung zu schenken, und versuchte, das Bild von ihr in BH und Höschen aus seinem Kopf zu vertreiben. Wieder einmal. Er sah sich um. Das Wohnzimmer war zu einem kleinen Essbereich hin offen, und die Küche war mit einer hüfthohen Wand abgetrennt. Ein kurzer Flur führte wahrscheinlich zu Schlafzimmer und Badezimmer.

Als er ihrem Blick begegnete, hatte er sich wieder unter Kontrolle. Weitestgehend zumindest. „Wo willst du es haben?" *Warum hörte sich das schmutzig an?*

„In meinem Schlafzimmer. Ich zeig's dir."

Das hatte sich jetzt wirklich schmutzig angehört, auch wenn sie es in ganz zwanglosem Ton gesagt hatte. Er folgte ihr in ihr Schlafzimmer – eine Explosion von Rosa, Spitzen und Blumen. War je ein Mann in dieses Mädchen-Territorium vorgedrungen?

Das Bett hatte ein Messing-Kopfende, eine Tagesdecke mit Rosendruck, zwei Kissen mit Spitzenbesatz und einem ganzen Haufen Satin-Wurfkissen in verschiedenen Rosatönen. Die Kommode und der Nachttisch waren weiß mit Rosenklebefolie, die sie wahrscheinlich selbst angebracht hatte. Eine Rosenbordüre unter der Decke trug nur noch zu dem blumigen Effekt bei.

„Sind die Rosen für Rose?", fragte er.

Sie sah sich um. „Nein, die waren zuerst hier. Und sie hatte den Namen schon, als ich sie bekommen habe. War wohl Schicksal."

Er stellte das Regal auf der Seite des Betts ab, auf der kein Nachttischchen stand. Es war die einzige Stelle, an die es passte.

„Perfekt!", rief sie. „Oder sollten wir es neben die Kommode stellen?"

„Da ist nicht genug Platz."

„Quer vielleicht?"

„Dann ist die Hälfte kaum zugänglich."

Sie stemmte die Hände in die Hüften und verzog das Gesicht, während sie die Wand betrachtete. „Da hast du wohl recht." Sie wandte sich ihm lächelnd zu. „Jetzt brauche ich eine größere Wohnung, die zu meinem Bücherregal passt."

Er erwiderte ihr Lächeln. „Sieht ganz so aus."

Sie verließ das Schlafzimmer, und als er ihr folgte, fiel sein Blick unwillkürlich auf ihren kurvigen Po. Sie blieb im Durchgang zur Küche stehen und drehte sich zu ihm um. Abrupt blickte er auf.

„Zimtplätzchen?", fragte sie.

Diese einfache Geste der Gastfreundschaft wärmte ihn. Sie ließ ihn an sich heran, in gewisser Weise zumindest. „Nein, danke, ich mag keine Süßigkeiten." Mit einer Ausnahme – ihre Brownies waren unglaublich, und er hatte ihre geheime Zutat immer noch nicht herausgefunden. Sie weigerte sich, ihm das Rezept zu geben, denn er war der Feind.

Sie warf die Haare über ihre Schulter. „Wie kannst du Süßigkeiten nicht mögen?"

Er trat auf sie zu. „Ich mag sie einfach nicht."

Sie warf ihre Hände in die Höhe. „Aber das ist das einzige, was ich in der Küche zustande bringe!"

Er trat näher, hielt jedoch respektvollen Abstand, um dem Drang zu widerstehen, sie in seine Arme zu ziehen. *Tabu.* „Ich kann kochen. Mein Boss hat mich ein paar Kochkurse für das Garner's besuchen lassen."

Ihre Wangen wurden rot. „Mad sagt, dass du diese Kurse besucht hast, weil du ein Gourmet bist."

„Was hat Mad sonst noch über mich gesagt?"

Sie presste die Lippen aufeinander. „Nur Gutes. Sie ist die Vorsitzende deines Fanclubs."

Er schmunzelte. Auf Mad konnte er sich verlassen.

Sie ging einen Schritt in die Küche und schaltete das Licht an. „Dann bist du darum immer so unleidlich." Sie drehte sich um und goss sich ein Glas Wasser ein. Damit schien ihre Gastfreundschaft auch schon aufgebraucht zu sein, denn sie bot ihm keines an.

„Ich bin nicht unleidlich. Glaubst du etwa, dass Essen die Persönlichkeit beeinflusst?"

Sie stellte ihr Glas ab. „Ja."

Er verschränkte die Arme. „Du bist aber nicht sonderlich süß."

Sie stemmte die Hände in die Hüften. „Das bin ich schon."

Er schüttelte langsam den Kopf und lächelte.

Sie ließ die Hände sinken und erwiderte sein Lächeln. „Ich esse meine Kekse auch nicht. Normalerweise verschenke ich sie."

„Heuchlerin."

Sie scheuchte ihn mit einer Geste beiseite, da er den Durchgang zur Küche blockierte. Er wich zurück, und sie stürmte an ihm vorbei, als befürchtete sie, er würde sich auf sie stürzen. Spürte sie etwa die rasende Lust, die durch seine Adern strömte? Vielleicht. Doch sie hatte keine Ahnung, wie willensstark er war. Er konnte sich beherrschen – und um aller Beteiligten willen Distanz wahren. *Aber was ist mit dir?*, flüsterte eine Stimme in seinem Kopf. *Was ist mit dem, was du willst?*

„Ich glaube, wir sollten wieder gehen", zwitscherte sie, viel zu weit von ihm entfernt.

Sie starrten einander an. Sekunden verstrichen in spannungsgeladener Stille. Jedes Nervenende erwachte zum Leben, sein Puls pochte, sein ganzes Sein auf sie eingestimmt, hungrig nach ihr. Sie atmete zittrig aus, strich sich die Haare aus dem Gesicht und wandte den Blick ab.

„Nach dir", sagte er.

Sie ging zur Tür und hielt sie für ihn auf. Er ging hinüber, dann blieb er vor ihr stehen und blickte ihr mit all der Lust, die er viel zu lange für sich behalten hatte, in die Augen. In diesem Moment interessierte ihn nur Hailey und die Verbindung zu ihr.

Sie schlug die Tür zu. Und das war das Signal. Sein Blick ließ ihre Augen nicht los, als er eine Hand über ihrem Kopf an die Wand stützte und sich vorbeugte. Er berührte sie beinahe und doch nicht, ihre Körper so nahe beieinander, dass er ihre Hitze spüren konnte.

Ihre Stimme war heiser. „Josh?"

„Ja?"

„Wenn wir diese Grenze überschreiten, könnte das wirklich böse in die Hose gehen. Wir streiten uns so viel, und unsere Eltern heiraten in dreieinhalb Wochen."

Er wischte seine Schuldgefühle beiseite. Er war schon zu weit gegangen, um noch lange darüber nachzudenken. „Wenn wir aufhören, gegen unsere Lust anzukämpfen, hören wir vielleicht auch auf zu streiten, und alles wird gut."

Sie schluckte. Sein Blick fiel auf ihren Hals, wo er ihren Puls hektisch pochen sah.

Er ließ seine Finger ihren Hals hinabgleiten. „Du bist der Star meiner erotischen Träume."

Sie benetzte ihre Lippen und starrte seinen Mund an. „War das jetzt eine Anspielung auf *Fierce Longing*?" In ihrer Stimme lag so etwas wie Hoffnung. Fierce Longing war ein Teil der erotischen Serie, auf die ihr Buchclub so stand. Er hatte die Filme gesehen, da seine Schwägerin sie produziert und eine Hauptrolle darin gespielt hatte. Sie waren *heiß*. Und der Typ, Mann, er hielt sich *nicht* zurück, wenn es darum ging, sein Revier abzustecken, was *seine* Frau anging.

Er beugte sich weit genug vor, um ihren Atem auf seinen Lippen spüren zu können. „Willst du, dass es eine ist?"

Ihr Atem stockte. „Natürlich nicht. Ich–"

Er brachte sie zum Schweigen, ergriff von ihrem Mund Besitz, grub seine Finger in ihre Haare und hielt sie fest, während er sich nahm, was er schon so lange gewollt hatte. Alles in ihm war angespannt, heiß und drängend. Er tastete sich mit seiner Zunge vor, und sie öffnete sofort den Mund, weich und nachgiebig. *Fuck, ja.* Der Kuss wurde wild, drängend, und er kämpfte um Kontrolle. Sie stieß ein leises Wimmern aus, und ihre Fingernägel gruben sich in seine Schultern. Er knüllte den Stoff ihres Kleides mit beiden Händen zusammen, bereit, es ihr vom Leib zu reißen. *Mach langsam.*

Er unterbrach den Kuss und rang nach Luft. „Gefällt dir mein *Fierce* Kuss?"

„Lass das Prahlen." Sie schloss die Augen und wartete auf mehr.

Und er gab es ihr. Ihre Hände lagen jetzt auf seinem Po, zogen ihn an sich und ihre Hüfte schob sich ihm entgegen. Sein Schwanz schwoll, sein Verlangen geriet außer Kontrolle. Seine Hand wanderte auf der Innenseite ihres Oberschenkels empor und berührte ihr feuchtes Höschen. Herrgott. Schwer atmend riss er den Mund von ihrem los.

„Was?"

Er ließ sie los und wich einen Schritt zurück. „Ich will mit dir nichts überstürzen."

„Aber ich will es."

Die Realität winkte. Ihre Eltern warteten im Garner's auf sie und erwarteten, dass sie auf freundschaftliche Weise das Kriegsbeil begruben und nicht, dass sie aussahen, als hätten sie eben gefickt, wenn sie zurückkamen. Er wollte viel mehr tun, als sie nur zu küssen, und er vermutete, dass das auch auf sie zutraf. Wie er es auch drehte und wendete, das Timing war einfach beschissen. Nicht nur das. Er hatte die Bar verlassen. Dabei hatte er gesagt, dass er nur Pause machen wollte, um zu essen.

Er fuhr sich mit der Hand durchs Haar. „Ich muss zurück zur Arbeit."

„Du bist jetzt der Boss." Sie trat auf ihn zu, und ihre Hände auf seiner Brust machten ihn nur heißer. „Kannst du dir nicht die Nacht freigeben?"

Er hielt ihre Hände fest. „Das Timing ist schlecht, es ist nichts Persönliches, okay? Ich will es auch, aber ich habe niemanden, der die ganze Schicht übernehmen kann. Und ich muss meinem Dad den Truck zurückbringen. Deine Mom und mein Dad warten auf uns." Er ließ die Tatsache aus, dass diese Grenze jetzt zu überschreiten, während ihre Eltern warteten, ein großes *Fuck you* gegenüber seinem Dad war, nachdem er Josh gebeten hatte, Abstand zu wahren. Zu seiner Verteidigung … er war schon immer stur gewesen und hatte seinen eigenen Kopf, und sein Dad wusste das. Doch es würde ihm trotzdem nicht schmecken. Das war genau das Drama, das sie vermeiden sollten.

Sie riss ihre Hände los. Dann ging sie ohne ein Wort nach draußen.

Er atmete tief durch, straffte die Schultern und holte sie in der Auffahrt ein. „Du begreifst, dass es nur das Timing ist, oder?"

Ihre Augen loderten. „Ich bin es leid, mir von dir eine Abfuhr nach der anderen einzuhandeln. Du … du Heißmacher!"

Seine Lippen zuckten. „Ich sage nicht nein. Ich sage nur später."

Sie funkelte ihn an und sah zu sexy aus, als sie die Zähne fletschte. „Geh du zurück ins Garner's zu unseren Eltern. Ich bleibe hier."

Er hielt sie am Kinn fest. „Bist du wirklich wütend auf mich?"

Sie öffnete die Lippen, als wollte sie ihn erneut küssen, und ihre blassblauen Augen wurden weich. So verdammt sexy. „Nein, ich bin nur verdammt spitz, du Tier."

Er lächelte und streichelte ihre Wange. „Na dann."

„Glaubst du, dass das mit uns klappen könnte? Ich habe immer gedacht, dass wir einander umbringen würden, aber dann, ich weiß nicht … als du mich geküsst hast, hat es sich anders angefühlt."

„Vielleicht ist das die Lösung? Mehr küssen!" Er streichelte ihre Wange und küsste sie. „Ich lasse meinen Dad Rose vorbeibringen und schreibe dir später."

Sie schlug sich die Hand vor den Mund. „O mein Gott, ich hab Rose vergessen."

Er schmunzelte. Er hatte sie besinnungslos geküsst. *Gut so.* Er drehte sich um und ging zum Truck, da er keinen weiteren Kuss riskieren wollte. Auch er verlor dabei den Verstand.

„Vielleicht weise *ich* dich ja das nächste Mal ab!", rief sie ihm hinterher.

Er drehte sich lächelnd um. „Sicher. Es sei denn, ich erinnere dich wieder an *Fierce Longing*. Wie es scheint, neigst du dann dazu, alles außer mir zu vergessen."

Sie wirbelte herum und ging zurück ins Haus.

Eine mysteriöse Macht zog ihn an. Er folgte ihr und blieb auf der anderen Seite der Tür stehen. Vielleicht war er doch noch nicht fertig mit ihr für heute Nacht.

Er hörte, wie sie die Kette vorlegte und abschloss, dann einen dumpfen Schlag, als hätte sie gegen die Tür getreten oder frustriert den Kopf dagegen geschlagen. Was immer es auch gewesen war, ihm gefiel, dass sie ihn nach nur einem Kuss so sehr wollte. Sie musste genauso verrückt vor Lust nach ihm sein, wie er verrückt nach ihr war.

Er joggte wieder die Treppe hinauf und ging zum Truck. Das war das zweite Mal, dass er ohne sie ins Garner's zurück musste. Das erste Mal war an diesem desaströsen Abend gewesen, als er versucht hatte, ihr das Geld zurückzugeben. Diesmal würden sein Dad und Brandy Fragen stellen. Verdammt. Hailey ließ ihn wirklich blöd dastehen, indem sie zu Hause blieb. Als hätte er es nicht geschafft, Frieden mit ihr zu schließen. Er war sich nicht sicher, ob er dieser Mission gerade eher genutzt oder geschadet hatte.

Er lächelte vor sich hin. Dieser Kuss hatte ihm alles gesagt, was er wissen musste. Das zwischen ihnen war real. Betrunken vom Wodka – von wegen! *Netter Versuch, Süße, du gehörst mir.*

Und pfeif darauf, was alle anderen denken. Er war bereit, alles dafür zu tun, dass es funktionierte, damit niemand dumm über ihre Beziehung daherreden konnte. Die Alternative – ein offener Krieg innerhalb der Familie – wäre ein zu großes Desaster, um überhaupt darüber nachzudenken.

9

Zwei Tage. Dieser Hund. Er hatte sie geküsst, sie heiß gemacht, und dann hatte sie zwei verdammte Tage lang nichts von ihm gehört! Sie war jedes Mal zusammengezuckt, wenn sie eine SMS bekam, jedoch nur, um enttäuscht zu werden. Sie hatte geglaubt, dass sie nach zwei Jahren der Streitereien endlich ein neues Kapitel aufgeschlagen hatten. Dieser Kuss war umwerfend gewesen – *nimm mich jetzt!* hatte alles in ihr geschrien, und jetzt? Nichts. Sie brauchte einen Mann, der es ernst meinte. Einen Mann, keinen Jungen, der Spielchen spielen wollte. Sie seufzte frustriert. Es war Freitag, und aus irgendeinem dummen Grund hatte sie geglaubt, ihn im Bett zu verbringen, nachdem … Gott, wie lange war es her, seit sie das letzte Mal Sex gehabt hatte? Mehr als ein halbes Jahr. Brutal für eine Frau mit ihren leidenschaftlichen Bedürfnissen. Scheiß auf Josh, diesen Wichser.

Glaubte er, dass sie Gewehr bei Fuß auf ihn wartete? Oh nein, Sir. Sie nicht. Sie öffnete ihr E-Mail-Postfach. Oh, eine E-Mail von Prinz Phillip. Ein leises aufgeregtes Prickeln lief ihr den Rücken hinunter, doch dann erinnerte sie sich daran, dass er nicht viel Interesse an ihr gezeigt hatte. Er wollte wahrscheinlich nur noch ein paar Details im Namen seiner Schwester nachschieben. Er übernahm die Planung der Hochzeit seiner kleinen Schwester, da er wollte, dass sie sich auf ihre Abschlussprüfung konzentrierte. Ja. Es waren die endgültige Gästeliste und ein paar Wünsche, die sie leicht erfüllen konnte. Sie lud die Gästeliste herunter, die einen Großteil der Rourke-Familie umfasste. Sie war ein bisschen überrascht, dass so viele Familienmitglieder zur Hochzeit in die USA kamen, wo doch die offizielle königliche Hochzeit auf Villroy Island nur ein paar Monate später stattfinden würde.

Sie schrieb Phillip, dass sie sich um alles kümmern würde. Ein paar Minuten später pingte ihr Handy.

Eine Nachricht von Phillip: *Danke, dass du die Hochzeitsplanung so einfach machst, Hailey. Ich bin gerade in mein Hotel zurückgekommen und musste mich nach einem anstrengenden Tag voller geschäftlicher Meetings mit den nervigen Ideen meiner Schwester herumschlagen. Du verstehst sicher, wie das ist. Ich weiß nicht, wie du es überstehst, dauernd Kundenkontakt zu haben.*

Sein Ton wirkte weniger förmlich als sonst, als brauchte er jemanden zum Reden. Schnell schrieb sie zurück: *Kein Problem. Ich arbeite gerne mit Kunden, doch ich weiß, was du meinst. Manchmal braucht man eine Auszeit :-) Es hat mich überrascht, wie viele Familienangehörige nach Connecticut kommen. Ihr müsst eine sehr eng gestrickte Familie haben, dass alle zu beiden Hochzeiten kommen.*

Phillip: *Bah! Das sind meine Cousins und Cousinen aus Brooklyn mit verwässerter Blutlinie. Sie sind nicht nach Villroy zur Hochzeit eingeladen, weil ihr Vater gegen den Wunsch der Familie eine Bürgerliche geheiratet und dafür den Thron aufgegeben hat. Silvia hat so ein gutes Herz, dass sie sie eingeladen hat. Scheinbar hat sie viel Zeit mit ihnen verbracht, seit sie in Yale studiert. Sie steht auf ungehobelte Männer — sie findet das charmant. Kann ich dich anrufen? Ich bin zu müde, um nach Clover Park zu kommen, aber ich könnte ein freundliches Ohr gut gebrauchen.*

Wahhh! Sie schrieb zurück *Natürlich!*, und keine

Minute später klingelte ihr Handy. „Hallo", sagte sie herzlich.

„Ah, deine Stimme hat mir gerade den Tag versüßt. Ich habe den ganzen Tag von diesen steifen Schlipsträgern ein Nein nach dem anderen gehört."

„Was machst du beruflich, wenn dir die Frage nichts ausmacht?"

Er seufzte so laut, dass sie es hören konnte. „Ich sollte eigentlich nicht darüber sprechen, aber wenn du mir versprichst, es vertraulich zu behandeln ..."

„Absolut. Ich bin die Königin der Diskretion."

Er lachte. „Hailey, Königin der Diskretion, das gefällt mir. Also ich habe mit den Bossen von Hotelketten gesprochen, weil wir ein Resort auf Villroy Island bauen wollen. Wir verlieren die junge Generation. Sie wandern für aufregendere Jobs nach England und Frankreich ab. Die Hoffnung ist, dass wir mit dem Resort Tourismusgeld ins Land bringen und vielleicht verhindern, dass alle jungen Arbeitskräfte die Flucht ergreifen. Wir können nicht funktionieren, wenn nur noch alte Leute da sind. Das wäre der Anfang vom Ende. Natürlich ist Gabriel, der Thronerbe, anderer Meinung. Mein älterer Bruder ist ein Ewiggestriger. Er glaubt, dass wir so weitermachen sollten wie früher, traditionelle Fischereiwirtschaft und so weiter, doch ich musste einfach die Fühler ausstrecken. Jemand muss ja modern denken. Ich will ihm einen Vorschlag mit harten Zahlen zusammenstellen und ihn so überzeugen."

Sie dachte einen Moment über ein Resort, und was Besucher dort tun könnten, nach. „Das Resort könnte Exkursionen auf einem typischen Fischkutter anbieten. Das wäre ein einzigartiges Urlaubserlebnis und würde euch erlauben, die Traditionen aufrechtzuerhalten."

„Ha, du hast es verstanden. Genau das habe ich Gabriel auch schon gesagt."

„Wenn ich einen Urlaub in einem Inselkönigreich machen würde – nicht, dass ich je schon so weit gereist wäre –, würde ich das königliche Schloss besichtigen wollen. Oh! Ihr könntet Villroy als Hochzeitsdestination etablieren, mit Hochzeiten im Schloss, und Bräuten eine echte Märchenhochzeit bieten."

Stille.

„War nur so ein Gedanke", fügte sie schnell hinzu.

„Nein, ich sehe den Reiz. Es ist nur, dass ein guter Teil meiner Familie immer noch da wohnt. Das Schloss ist groß genug, dass wir uns nicht auf die Füße treten."

„Ich kann das Bedürfnis nach Privatsphäre gut nachvollziehen."

„Erzähl mir mehr über dein Geschäft. Ich bin neugierig, wie du es geschafft hast, es in so kurzer Zeit so erfolgreich zu machen. Silvia sagt, dass dein Profil in *Bride Special* dich in die Elite der Hochzeitsplaner katapultiert hat."

Sie lächelte so breit, dass ihre Wangen wehtaten. Stolz wärmte sie von innen heraus. Sie hatte so hart gearbeitet für alles, was sie hatte, und sie bekam nur selten Komplimente. Die meisten Paare betrachteten ihre Leistung als nichts Besonderes, da sie aus dem Hintergrund dafür sorgte, dass bei der Hochzeit alles glatt lief. Sie erwarteten eine perfekte Hochzeit, und dafür war ein Hochzeitsplaner da – doch um sie wirklich perfekt zu machen, war jede Menge Arbeit nötig. „Danke, Phillip. Das bedeutet mir viel. Willst du wirklich die Geschichte meiner Hochzeitsplanerkarriere hören?"

„Das will ich wirklich. Vielleicht inspiriert mich das für ein paar gute Geschäftsideen zu Hause. Vielleicht ist ein Resort ja nicht die Antwort."

„Aber eine schlechte Idee ist es auch nicht."

„Wie funktioniert das bei dir? Gehört dir das Herrenhaus? Wohnst du auch da?"

Es schien, als wollte er wirklich wissen, wie ihr Geschäft funktionierte, und sie sprach gerne darüber. Sie erzählte und erzählte und erzählte, während Phillip Zwischenfragen stellte und sich als guter Zuhörer erwies.

„Du bist unglaublich", sagte Phillip, als sie fertig war.

Sie wurde rot und straffte ihre Schultern. „Danke."

„Ich weiß, dass das jetzt überraschend kommt, aber ich würde dir gerne ein Angebot machen."

„Was meinst du?"

„Du hast gesagt, dass du Ludbury House von der Gemeinde mietest. Für die Stabilität deines Geschäfts solltest du es besitzen. Ich würde es gerne für dich kaufen."

Sie schluckte. Sie hatte sich letztes Jahr überlegt, es zu kaufen, doch der Preis war weit außerhalb dessen, was sie sich leisten konnte – zwei Millionen plus saftige Grundsteuern. Selbst ein Szenario, bei dem sie im Obergeschoss lebte, um Miete zu sparen, und das Herrenhaus für Events an die Gemeinde vermietete, würde es nicht einmal annähernd in ihr Budget bringen. *Was für ein königliches Angebot!* „Es ist viel zu teuer. Das könnte ich nie von dir verlangen."

„Im Gegenzug würdest du mich im Zusammenhang mit dem Resort oder anderen Ideen, die Villroy helfen könnten, beraten. Ich bin wirklich beeindruckt von dem, was du da alleine erreicht hast."

Sie war sprachlos.

Er fuhr fort. „Wäre ein Darlehen mit zwei Prozent Zinsen und zehn Jahren Laufzeit für dich akzeptabel?"

Sie blinzelte, als ihr bewusst wurde, dass er ein geschäftliches Investment verhandelte und keine großzügige Geste. „So leid es mir tut, mein Budget gibt das nicht her." Sie hatte es bereits durchgerechnet, und selbst ein Darlehen mit dreißig Jahren Laufzeit wäre schwer zu finanzieren.

„Stell ein paar Zahlen zusammen, und wir werden sehen, ob wir etwas austüfteln können."

„Es müsste eine viel längere Laufzeit sein, um es in den Rahmen das Machbaren zu bringen."

„Warum schickst du mir nicht, was machbar für dich wäre? Aber jetzt habe ich noch eine Bitte."

„Was immer du willst", antwortete sie sofort. Der Mann wollte ihr helfen, ihre Träume wahrzumachen.

Er lachte. „Ah, Hailey, eine Frau ganz nach meinem kapitalistischen Geschmack. Mir gefällt, dass wir auf einer Wellenlänge liegen. Wenn ich ehrlich bin, stecke ich in einer Sackgasse. Im wahrsten Sinne des Wortes. Ich habe nach fünf Jahren Beziehung mit einer Frau Schluss gemacht und mich seitdem kreuz und quer durch Europa gevögelt. Das ist der andere Grund, weswegen ich hier bin. Abgesehen davon, meine Schwester zu babysitten und geschäftliche Kontakte zu knüpfen, soll ich den Ball flach halten. Dann bin ich dir begegnet, erfolgreiche, schöne Hailey. Lange Rede kurzer Sinn, würdest du mit mir als mein Date auf die Hochzeit meiner Schwester gehen? Du bist genau die Klassefrau, die meinen Ruf sanieren könnte."

Sie *war* eine Klassefrau und es machte ihr nichts aus, ihm zu helfen. „Sicher. Du meinst Silvias Hochzeit, oder?" Silvia hatte sie bereits aus Höflichkeit eingeladen, doch es wäre etwas anderes, als sein Date hinzugehen. Sie würde Allys Hilfe brauchen, um im Hintergrund die Strippen zu ziehen, damit Hailey sich darauf konzentrieren konnte, Phillip zu helfen, sein Image vor seiner engsten Familie und seinen Freunden zu reparieren.

„Hier und zu Hause", antwortete er. „Alle Kosten übernehme selbstverständlich ich."

Ahhh! Der Prinz will, dass ich ihn als sein Date zur königlichen Hochzeit auf Villroy Island begleite!

„Es würde ihnen nichts ausmachen, dass ich eine Bürgerliche bin?", platzte sie heraus. Er hatte schließlich zuvor gesagt, dass seine Cousins und Cousinen aus Brooklyn nicht zur Hochzeit in Villroy eingeladen waren, weil ihr Vater den Thron aufgegeben hatte, um eine Bürgerliche zu heiraten.

„Meine Cousins und Cousinen sind nur ausgeschlossen, weil ihr Vater der Thronfolger war. Ich bin nur der Ersatz und habe da mehr Freiheiten. Du wirst königlich behandelt werden, versprochen."

„Das wäre schön", antwortete sie und hoffte, ruhig

und gelassen zu klingen. Sie hatte schon immer reisen wollen, doch sie hatte nicht das Geld dazu. Sie war noch nicht einmal geflogen. Die weiteste Reise in ihrem bisherigen Leben war nach Washington D.C. gewesen. Per Bus. In der achten Klasse.

„Wunderbar", sagte Phillip. „Ich schicke dir die Details. Die Medien werden über die Hochzeit zu Hause berichten, und dich da zu haben, hilft mir wirklich. Danke nochmal."

„Nein, danke *dir*. Ich freue mich drauf."

„Okay, dann bis bald."

„Bis bald."

Er legte auf. Sie sah einen Moment lang geschockt ihr Handy an. Sie würde allen Ernstes als Gast eines *Prinzen* zu einer königlichen Hochzeit nach Villroy Island fliegen. Was bedeutete das? War sie nur da, um seinen Ruf zu sanieren, oder hatte er Interesse an ihr? Er war überaus reizvoll – attraktiv, überraschend bodenständig und ein echter Prinz. Sie sollte den Fokus nicht so sehr auf die Tatsache richten, dass er ein Prinz war, doch es war schwer, es nicht zu tun. Es war wie in so vielen romantischen Filmen, die sie gesehen hatte. Dem Adelsfaktor konnte sie nur schwer widerstehen.

Sie musste mit Mad reden. Sie war ihre beste Freundin und die einzige Frau, die dank ihrer vielen Brüder fließend „Mann" sprach. Sie schickte ihr eine SMS: *Muss dringend mit dir reden. Hast du Zeit?*

Sie wusste, dass Mad schwer beschäftigt war. Sie arbeitete im Garner's als Barkeeperin und hatte ihre letzten Prüfungen für ihren Bachelorabschluss zu absolvieren. Dazu kam, dass sie mit ihrem Verlobten zusammenlebte und die beiden wie die Karnickel waren.

Mad antwortete: *Komm rüber. Parker grillt Hamburger. Wir schmeißen auch einen für dich auf den Grill.*

Hailey: *Bin schon auf dem Weg!*

Schnell fuhr sie ihren Computer herunter, packte Rose in ihre Tragetasche und fuhr nach Eastman, dem Nachbarort von Clover Park. Sie war so erleichtert, dass Mad Zeit für sie hatte. Sie musste unbedingt sofort mit ihr darüber reden.

Als sie an die Tür von Mads und Parkers Wohnung im ersten Stock klopfte, öffnete Mad. Sie trug ihre übliche Uniform, die aus einem zu großen, ausgewaschenen T-Shirt, Cargoshorts und schwarzen Stiefeln bestand. Sie war zierlich und fit und ging in ihren „bequemen Klamotten", wie sie sie nannte, geradezu unter. Ihre Haare hatte sie zu einem hohen Pferdeschwanz gebunden, was interessant aussah, da sie die rote Farbe herauswachsen ließ. Jetzt war nur der Pferdeschwanz rot und der Rest dunkelbraun.

„Deine Haare sehen fast normal aus", sagte Hailey und schnipste den Pferdeschwanz.

„Ja, nicht? So langsam erinnere ich mich wieder daran, wie ich mal ausgesehen habe." Sie holte Rose aus Haileys Tasche und knuddelte sie. „Hallo, Baby."

Hailey trat in das gemütliche Wohnzimmer mit schwarzem Ledersofa und einem Sofatisch aus Glas. Ein großer Flachbildschirm hing an der Wand gegenüber des Sofas.

„Bleib nach dem Essen noch ein bisschen", sagte Mad. „Wir schauen uns diese coole Autoshow an, in der sie Oldtimer restaurieren." Parker arbeitete in einer Werkstatt, die sich auf das Restaurieren von Oldtimern spezialisiert hatte. Es war nicht Haileys Ding, doch sie freute sich, wie Mad sie mit einbezog.

„Vielleicht. Hängt davon ab, wie müde ich bin. War eine anstrengende Woche."

„Oh, das verstehe ich. Bier?" Sie setzte Rose ab, und sie folgte Mad in die Küche, wo sie begann, die Schränke zu beschnuppern.

„Wasser reicht mir." Hailey folgte ihr in die Küche, um sich ein Wasser zu holen. Sie wusste, wo alles war.

Mad holte zwei Flaschen Bier aus dem Kühlschrank, öffnete sie und brachte eine auf die kleine betonierte

Terrasse, auf der Parker grillte. Er war groß und athletisch gebaut und seine kurzen, dunkelbraunen Haare betonten seine hohen Wangenknochen und sein kantiges Kinn.

Hailey winkte ihm durch die Glastür zu. Er hob die Hand und begrüßte sie mit einem Lächeln. Parker passte perfekt zu Mad, denn beide waren athletisch, stark und tough. Er war reserviert, während Mad kontaktfreudig war, doch sie balancierten einander aus.

Mad kehrte mit einem Tennisball zurück, den sie Rose in der Küche zuwarf. Rose' Schnäuzchen war zu klein, um ihn zu fassen, darum tollte sie dem Ball durch die Küche hinterher.

„Okay", sagte Mad und ließ sich aufs Sofa fallen. „Raus mit der Sprache. Für jemanden, der dringend mit mir reden will, lässt du dir ganz schön Zeit."

Hailey setzte sich zu ihr und stellte ihr Glas auf den Tisch. „Das nennt man Höflichkeit."

„Ha! Das nennt man Hinhaltetaktik." Sie trank einen Schluck von ihrem Bier. „Was hat Josh diesmal angestellt?" Sie wusste nur zu gut über ihre holprige Beziehung Bescheid. Das meiste hatte sie miterlebt.

„Nicht er." Sie atmete tief durch. „Okay, du erinnerst dich an Prinz Phillip?"

„Ah ja. Ist schwer, einen Typen zu vergessen, von dem du dauernd schwärmst. Was ist passiert? Hat er dich auf ein Date eingeladen?"

Sie rutschte auf dem Sofa herum, dann schlug sie die Beine übereinander und faltete die Hände. „Noch besser, denke ich zumindest. Ich bin mir nicht sicher. Ich weiß nicht, wo ich stehe. Erstens, er hat angeboten, Ludbury House für mich zu kaufen."

„Was?", kreischte Mad. Sie stellte ihr Bier ab und beugte sich vor. „Das ist ja der Hammer."

Hailey nickte, froh, dass Mad wusste, wie viel es ihr bedeutete. „Ich weiß, es klingt verrückt, nicht wahr? Aber es könnte einfach nur ein Investment für ihn sein. Er hat mir ein verzinstes Darlehen angeboten."

„Hat er einen Anteil an deinem Geschäft verlangt?"

„Nein."

Mad gestikulierte wild. „Er versucht, deine Liebe zu kaufen. Er hat wahrscheinlich nicht das Geld, dir Ludbury House zu schenken, darum bietet er dir an, was er kann. Er steht auf dich."

Hailey strich sich mit zitternden Händen durchs Haar. Das war mehr als aufregend. Mad traf mit ihren „Übersetzungen" der Männersprache in der Regel ins Schwarze, außer als sie Hailey damit aufgezogen hatte, dass Josh auf sie stand. Josh hatte sie neulich geküsst, nachdem *sie* die Initiative ergriffen und ihn praktisch angebettelt hatte, *Fierce Longing* für sie zu spielen, doch sie wusste, dass er sie lange Zeit gehasst hatte. Gehasst war vielleicht übertrieben. Starke Abneigung traf es vielleicht besser. Und wenn schon. Warum dachte sie jetzt an Josh? Er hatte sie danach vollkommen in der Luft hängen lassen. Spielchen. Dafür hatte sie keine Zeit.

Mad sah sie aufmerksam an. „Stehst du auf diese Prinzensache?"

„Wer würde das nicht? Es ist die Märchenfantasie, mit der jedes Mädchen aufwächst."

„Ich nicht."

„Ich schon. Und er hat mir nicht nur angeboten, meinem Geschäft zu helfen, er hat mich auch eingeladen, als sein Date zur Hochzeit seiner Schwester zu kommen – hier und auf Villroy Island im Sommer!" Ihre Stimme überschlug sich vor Begeisterung. Sie konnte kaum fassen, dass sie in diesen elitären Kreis reisen würde. All die Leute, die sie treffen würde!

Mad brummte, setzte ihre Bierflasche an und sagte: „Er will dich."

Sie hoppelte auf ihrem Platz herum. Was, wenn sie eine Prinzessin werden würde?

Oder sie könnte eine von vielen Frauen werden, mit denen Prinz Phillip schlief und die er dann abservierte. Hatte er nicht gesagt, dass er sich kreuz und quer durch

Europa gevögelt hatte? Vielleicht vögelte er sich jetzt durch Amerika. Hailey war in einem Alter, in dem sie wissen musste, ob zusätzlich zum Sex zumindest die *Möglichkeit* einer Beziehung bestand. All ihre körperlichen Bedürfnisse waren jahrelang befriedigt worden, doch letzten Endes sehnte sie sich jetzt nach Liebe.

Sie lehnte sich zurück. Es schmerzte sie, es zugeben zu müssen, da sie die Liebe liebte, doch sie hatte sie nie selbst erlebt. Es war peinlich, wenn man betrachtete, in welcher Branche sie arbeitete, und dass sie sich als Liebesjunkie bezeichnete.

„Was ist mit Josh?", fragte Mad.

„Was ist mit ihm?"

„Spiel nicht dumm. Ich weiß, dass da was läuft. Josh ist plötzlich so anders."

„Das ist er?"

„Ja, er pfeift, wenn er sich unbeobachtet fühlt!"

Ihr wurde heiß, halb peinlich berührt, halb erregt von der Erinnerung an ihren Kuss. „Ich wüsste nicht warum."

„Lügner. Was ist passiert? Und sag jetzt nicht nichts."

Hailey seufzte empört. Sie konnte mit Mad nicht über Josh reden. Mad würde sich auf Joshs Seite schlagen. Er war ihr großer Bruder, und sie war ihm so einiges schuldig, nachdem er ihr die Uni finanziert hatte. „Schau, ich wollte nur, dass du für mich übersetzt, was Phillip gesagt hast. Männersprache und so. Ich will nicht über deinen Bruder reden."

„Okay, dann frage ich eben ihn."

Josh würde nie darüber reden. Er schätzte seine Privatsphäre viel zu sehr, und alle wussten, dass Mad keinen Filter besaß. Sie kaute auf ihrer Unterlippe. In so mancher Hinsicht kannte sie Josh gut, und andere Aspekte seiner Persönlichkeit waren ein absolutes Rätsel für sie. Sie hätte nie die rote Linie mit ihm überschreiten sollen. Er hatte sich so aufrichtig angehört, als er gesagt hatte, dass sie aufhören könnten zu streiten und dass eine Beziehung funktionieren konnte. Dann nichts. Ihr Hals schnürte sich zu. Sie war es leid, Josh auf ihren Gefühlen herumtrampeln zu lassen. Doch jetzt hatte sie ihn dank ihrer Eltern für immer an der Backe. Das würden tolle Feiertage werden. Sie würde ihn mit seiner jeweiligen Freundin ertragen müssen, wie letztes Jahr, als er gaga nach Clarissa gewesen war. Verdammt.

„Danke für die Übersetzung", sagte Hailey. „Kommst du am Sonntag mit zum Buchclubmeeting bei Claire?" Ihr Happy End Buchclub-Treffen war in Claires Haus verlegt worden. Claire war zu berühmt, um irgendwo aufzutauchen, ohne einen Auflauf zu verursachen, darum trafen sie sich manchmal in ihrem Haus in Connecticut.

„Ja, du kannst mit mir fahren." Mad fuhr gern mit ihr, denn dann konnten sie sich unterhalten.

„Danke."

Parker schob die Terrassentür auf. „Hamburger sind fertig."

Sie half Mad, die Saucen und die Chips aus dem Küchenschrank zu holen. Dann setzten sie sich an die kleine Frühstücksbar und machten sich über die Hamburger her.

Mad erzählte ihr von ihren Vorlesungen und einem großen Gruppenprojekt, an dem sie arbeitete – ein Produktlaunch. Das Schöne an Mad und Parker war, dass Hailey sich nie wie das fünfte Rad am Wagen vorkam. Sie hatte immer das Gefühl, dazuzugehören. Genau dasselbe Gefühl hatte Mad ihr von Anfang an mit ihrer Familie gegeben und sie ganz selbstverständlich miteinbezogen, als gehörte sie dazu. Natürlich machte sie sich Sorgen, dass ihre unzuverlässige Mom diese schöne Beziehung, die sie mit dem Campbell-Clan hatte, zerstören könnte. Alle würden sich von ihr abwenden, wenn ihre Mom Joe wehtat. Dabei musste sie an Josh denken, den einen Teil der Campbells, mit dem sie scheinbar keinen Frieden schließen konnte. Hatte Josh irgendwelche Gefühle für sie? Oder Phillip?

Hatte Josh ihren leidenschaftlichen Kuss etwa schon vergessen?

Männer und ihre dämlichen Spielchen! Nach dem Abendessen würde sie mit dem besten Mann ins Bett gehen – dem Helden ihres neusten heißen Romans. Der beste Partner, den sie sich vorstellen konnte.

Sie beobachtete Mad und Parker, als sie lachte und er sie mit Liebe in den Augen ansah. Haileys Herz zog sich in diesem Moment schmerzhaft zusammen. Würde sie jemals Liebe erleben?

10

Am Samstagnachmittag spielte Josh das schlechteste Basketballspiel seines Lebens. Seine Gliedmaßen waren wie Blei, seine Konzentration nicht existent. Er hatte versucht, Hailey am Freitag zu kontaktieren, um sie für Sonntag zum Abendessen einzuladen. Er musste freitags- und samstagsabends arbeiten, denn da war im Garner's am meisten los, darum konnte er sich nur am Sonntag freinehmen. Er hatte sich den ganzen Donnerstag das Hirn nach den besten Ideen für ein Date mit ihr zermartert, damit sie sehen würde, dass er es ernst meinte, und hatte sich für ein Abendessen bei sich zu Hause entscheiden. Dann hatte er den Freitag damit verbracht, sich ein Menü einfallen zu lassen. Er wollte für sie kochen, wollte, dass sie sah, dass es echt war, und dass er nicht nur von Lust getrieben war, wie wahrscheinlich die meisten Männer in ihrem Fall. Doch seine ganze Planung blieb stecken, als Mad ihn angerufen hatte, um ihm zu erzählen, dass der dämliche Prinz angeboten hatte, Ludbury House für Hailey zu kaufen. Wenn das mal keine große Geste war. Offensichtlich stand der Typ auf sie. Und nicht nur das. Hailey hatte auch noch zugestimmt, den Prinzen als sein Date zur Hochzeit auf Villroy Island zu begleiten. Was fiel ihr ein, sich von einem anderen Typen zu einem Date einladen zu lassen, nachdem sie sich so leidenschaftlich geküsst hatten?

Was, wenn sie nach Villroy ging und nie zurückkam?

Der Prinz bot ihr Glamour und Glitter, das Märchenleben, von dem Hailey träumte. Hatte sie nicht gesagt, dass sie sich den Prinzen vorstellte, wann immer sie einen ihrer Liebesromane las?

Er verließ das Spielfeld und ging zu seiner Wasserflasche.

Jake, sein Zwillingsbruder, folgte ihm und trank aus seiner eigenen Flasche. Jake wusste wegen der besonderen Zwillingsbindung, die er mit Jake hatte, dass er beschissen spielte, weil ihn etwas beschäftigte. Er wusste wahrscheinlich auch, dass es Hailey war. Was die meisten Dinge anging, hatte Josh ein dickes Fell, doch Haileys pinkfarbene Klauen …

„Hey", sagte Jake.

Josh brummte und trank weiter. Er wollte nicht darüber reden.

Jake wischte sich den Mund mit dem Ärmel seines T-Shirts ab. „Hast du heute Nachmittag frei? Ich hab da was, das ich dir zeigen will."

Er bemühte sich um eine neutrale Miene und senkte den Blick, sein Pokerface, das bei jedem außer bei Jake funktionierte. Er musste es trotzdem versuchen, denn seine Laune war so schlecht, dass er sie niemandem zumuten wollte. „Was ist es?"

Jake stieß ihn mit der Hüfte an. „Komm rüber und find's raus."

Er sah ihn an. Jake grinste.

Josh warnte. „Ich hab 'ne Scheißlaune."

„Es wird dich aufmuntern." Jake seufzte. „Es ist ein Geschenk, okay? Zu groß, um es dir hier zu geben. Würdest du bitte einfach vorbeikommen?"

Ein Geschenk? Ein großes? Ihr Geburtstag war noch eine Weile hin. Es wäre eine glatte Lüge gewesen, wenn er gesagt hätte, dass er nicht neugierig war. Und es klang viel besser als ein Männergespräch mit Jake über Frauenprobleme. Seit Jake Claire geheiratet hatte, spielte er sich als Beziehungsexperte auf.

Josh nickte. „Sicher, danke. Lass mich duschen, und ich komm vorbei."

„Bis später dann", sagte Jake und ging zu seinem BMW.

Während Josh zu seinem Miata Cabriolet ging, kreisten seine Gedanken um den Grund, warum sein Bruder ein Geschenk für ihn hatte und was es sein könnte. Die Aussicht half, die dunklen Wolken zu vertreiben, und sein Kopf wurde klarer. Er hätte Hailey nie anfassen sollen. Er hatte gewusst, dass es falsch war, und aus irgendeinem dummen Grund hatte er geglaubt, dass es sich schon irgendwie von selbst regeln würde. Er schloss seine Finger fest um das Lenkrad. Er hatte seine Bar – seinen Traum – seine Familie, Freunde, die wie Brüder für ihn waren, und … jede Menge Gutes, das auf ihn wartete.

Josh fuhr durch das Tor am Sicherheitsposten von Jakes und Claires Pferdefarm, die eher ein Landgut war. Claire war vermögend durch ihre Arbeit als Schauspielerin und ihre Produktionsgesellschaft, und Jake war durch seine Firma Dat Cloud reich geworden. Josh hätte am Anfang bei Dat Cloud einsteigen können, doch er hatte einen anderen Weg eingeschlagen. Er bereute nichts, doch ab und an fragte er sich, was hätte sein können. Er fuhr an ein paar historischen Gebäuden auf dem Anwesen vorbei, bevor er auf dem runden Vorplatz des Haupthauses anhielt. Jake und Claire waren vor ein paar Monaten hergezogen, darum hatte er es schon ein paarmal gesehen, doch daran gewöhnt hatte er sich noch lange nicht. Das ganze Anwesen schrie Reichtum.

Er stieg aus und ließ die schöne Umgebung auf sich

wirken. Sanfte Hügel und weites Weideland, das in Richtung Horizont in einen Wald überging in der Ferne, blühende Büsche und Bäume und sattes, grünes Gras mit Narzissenbeeten um das Haus herum. Pferde grasten auf einer Pferdekoppel am Weiher hinter dem Haus. Mehr Ställe und Scheunen in der Ferne. *Muss schön sein, so was zu besitzen.*

Er drehte sich zu dem großen Haus um. Es hatte eine Putzfassade mit Natursteinsockel, Holzfachwerk, das an die Arts-and-Crafts-Bewegung erinnerte, und eine großzügige Veranda. Er ging zur Tür. Er hob den schweren Metallklopfer, und einen Moment später ging die Tür auf. Der Sicherheitsmann am Tor hatte Jake wahrscheinlich Bescheid gesagt, dass er auf dem Weg zum Haus war.

„Willst du nicht hereinkommen?", sagte Jake mit seiner besten Dracula-Imitation.

Josh schnaubte und folgte ihm hinein.

„In die Männerhöhle", sagte Jake und ging voraus.

Josh folgte ihm durch das Foyer in die Küche und die Treppen hinunter in die Männerhöhle im Keller. Sie war im Grunde Joshs Traumbar im Keller von Jakes Haus. Es gab nicht nur einen, sondern gleich *zwei* Bartresen, einen für Cocktails und einen für Wein im angrenzenden Weinkeller voller großartiger Weine. Die „normale" Bar war in einem großen Raum umgeben mit dem Besten vom Besten – Plasmafernseher, Billardtisch, Ping-Pong Tisch, eine Pinball-Maschine und andere altmodische Spielhallenspiele.

Jake ging am Weinprobenraum vorbei in Richtung der großen Bar und blieb am anderen Ende des Raumes stehen. Josh folgte ihm bis zur jüngsten Neuerwerbung in der Männerhöhle – einer atemberaubend schön restaurierten alten Jukebox. Glänzender Chrom und Lack, der 40-Platten-Wechsler durch eine Glasscheibe sichtbar. Eine perfekte Ergänzung für Joshs Traumbar im Haus seines Zwillingsbruders.

„Cooles Teil", murmelte Josh und bemühte sich, nicht zu neidisch zu klingen.

„Sie gehört dir", sagte Jake.

Josh starrte Jake geschockt an. „Das ist mein Geschenk? Aber warum?"

„Das ist mein Glückwunsch-zu-deiner-neuen-Bar-Geschenk. Sobald dein Anbau fertig ist, lasse ich sie liefern. Was denkst du?"

Josh wuchs ein beachtlicher Kloß im Hals. Er war neidisch gewesen, dabei war sein Bruder wie immer großzügig gewesen. Er schluckte und wandte sich wieder der Jukebox zu. „Die ist wirklich cool. Danke."

„Gerne doch. Sie ist ziemlich alt. 1962 gebaut, aber rundum restauriert. 120 Songs zur Auswahl auf vierzig Schallplatten. Du kannst sehen, wie sie die Schallplatte auflegt und spielt – natürlich Stereosound."

„Der Hammer." Er wandte sich Jake zu. „Wirklich, Jake, danke."

Jake nickte, lächelte und sah die Jukebox an. „Ich freu mich schon drauf, sie in deiner Bar zu sehen. Lust auf'ne Runde Billard?"

„Gerne." Ihm fiel ein Stein vom Herzen. Ein tolles Geschenk und eine Runde Billard mit seinem Bruder waren genau das, was er brauchte, um sich zu entspannen, nachdem er zwei Tage lang ein Date für Hailey geplant und diese dumme Idee dann verworfen hatte. Er war beileibe kein Prinz. Er war nur ein Typ, dem eine Bar im Ort gehörte.

Die Zeit verging wie im Flug, während er seinem Zwillingsbruder beim Spiel den Hintern versohlte. Das seltsame war, dass es Jake nichts auszumachen schien. Ließ er ihn etwa gewinnen?

Jake setzte zu einem unmöglichen Stoß an, zielte und traf nicht.

Josh versenkte die nächsten Kugeln und siegte schließlich.

Jake lächelte. „Gutes Spiel."

„Was bist du so gut gelaunt?", blaffte Josh. „Ich hab dir gerade den Hintern versohlt."

Jake lächelte noch breiter. „Claire ist schwanger. Neunte Woche. 30. Oktober ist der errechnete Geburtstermin." Er lachte. „Ich werde Vater!"

Seine Brust schmerzte, als er das strahlende Lächeln seines Zwillingsbruders sah, dem das Glück ins Gesicht geschrieben stand. Eine intensive Sehnsucht verschlug ihm einen Moment lang die Sprache. Jake war ihm um Welten voraus.

„Josh?"

Er erwachte aus seinen Gedanken. „Herzlichen Glückwunsch! Wow, das sind ja tolle Neuigkeiten." Er umarmte seinen Bruder und klopfte ihm auf den Rücken.

Nicht, dass das Leben ein Wettkampf war, doch wenn es einer gewesen wäre, dann war Jake auf der Zielgeraden. Sein Zwillingsbruder war zwei Minuten vor ihm auf die Welt gekommen und hatte seitdem immer in Führung gelegen – persönlich und beruflich. Mit fünfunddreißig Jahren hatte Jake alles – ein erfolgreiches Geschäft, ein tolles Zuhause, eine schöne, liebende Frau und jetzt noch ein Baby. Bald würde sich Jakes Leben nur noch um seine neue Familie drehen. Sie würden wahrscheinlich einen ganzen Haufen Kinder haben. Zur gleichen Zeit lebte Josh in einem bescheidenen Ein-Zimmer-Apartment und hatte gerade all seine Ersparnisse und ein Darlehen benutzt, um die Bar zu kaufen. Selbst die Bar endlich zu besitzen, schien nicht genug zu sein. Keine Frau, nicht einmal eine Freundin. Seine schlechte Laune von vorhin machte der Verzweiflung Platz. Wenn er in der Lage gewesen wäre zu weinen, hätte er sich in ein schluchzendes Häuflein Elend verwandelt – ganz so wie Hailey vor zwei Wochen in seinem Büro. Natürlich war das *vor* dem Playboy-Prinzen gewesen. Jetzt war ihr Leben voller Sonnenschein und königlicher Schlösser.

So sah also der absolute Tiefpunkt aus. *Hallo Selbstmitleid.*

Er bekam ein schlechtes Gewissen, als Jake ihn begeistert in seine Arme zog, bevor er Josh bei den Armen hielt. „Du bist der erste, dem ich davon erzählt habe."

Josh versuchte, den Kloß in seinem Hals hinunterzuschlucken. „Ich freue mich wirklich für dich und Claire." Er machte sich von seinem Bruder los und ging auf die Treppe zu. „Ich muss nach oben und Claire gratulieren."

„Warte." Jake ging zur Wand und drückte einen Knopf an der Haussprechanlage. „Miss Jordan, bitte, Claire Jordan, bitte melden Sie sich in der Männerhöhle."

Claires heisere Stimme antwortete laut und klar: „Was brauchst du?"

Jake zwinkerte Josh zu. „Ich brauche deinen hübschen Arsch hier unten, und zwar pronto."

„Du kannst mich mal."

Jake beugte sich zum Mikrofon vor. „Josh ist hier."

Claire seufzte. „Warum hast du das nicht gleich gesagt? Ich komme gleich runter, um deine bessere Hälfte zu begrüßen."

„Du bist meine bessere Hälfte", schnurrte Jake.

Claire schickte einen Kuss durch die Sprechanlage, und Jake grinste wie ein Idiot. *Jemand muss mich ohrfeigen, wenn ich je wegen einer Frau so dämlich aus der Wäsche gucke.*

Josh steckte seine Hände in seine Hosentaschen. „Wann willst du es Dad erzählen?"

„Er und Brandy kommen heute Abend zum Essen raus, dann werden wir es ihnen erzählen. Und danach allen anderen."

„Ich fühle mich geehrt, dass du es mir als Erstes gesagt hast."

„Natürlich. Ich bin überrascht, dass deine Zwillingssensoren es nicht schon registriert hatten. Ich konnte es kaum so lange geheim halten."

Er zwang sich zu lächeln. „Schätze, Zwillingszeit ist überfällig." Das war eine aufwendige High-Five-Routine, begleitet von Motorengeräuschen, die sie als Kinder bei jeder Gelegenheit absolviert hatten.

„Und ob!"

„Hat Claire es schon irgendjemandem erzählt?" *Weiß Hailey es schon?* Verdammt. Warum endeten alle Gedanken wieder bei ihr?

„Claire hat es ihren Eltern vor zwei Wochen erzählt, und die haben es ihrem Bruder gesagt. Morgen Abend kommen ihre Freundinnen für ihr Buchclub-Meeting her, da will sie es ihnen erzählen. Alle anderen erfahren nur davon, wenn es sich nicht vermeiden lässt. Sie will vermeiden, dass Paparazzi anfangen, die Farm zu belagern, um sie schwanger abzulichten."

„Verständlich."

Jake lächelte strahlend, als er über Joshs Schulter hinweg blickte. „Da ist sie ja, meine schöne schwangere Frau."

„Mein umwerfender Ehemann und sein ebenso umwerfender Zwilling", lachte Claire.

„Hey", protestierte Jake. „Ich bin der preisgekrönte Zuchthengst hier."

Josh lächelte und ging zu Claire. „Herzlichen Glückwunsch!" Sein Blick wanderte zu ihrem Bauch, der unter einer schwarzen Kurzarmbluse noch flach war. Ihre schulterlangen blonden Haare waren locker hochgesteckt. Selbst, wenn sie sich lässig kleidete, waren Claires Schönheit und ihre Präsenz geradezu hypnotisch. Kein Wunder, dass die Kameras sie liebten.

„Danke!", Claire umarmte ihn, doch plötzlich lehnte sie sich zurück und sah ihm in die Augen. „Was ist los?"

Josh bemühte sich um einen neutralen Gesichtsausdruck. „Nichts."

Doch Claire nahm es ihm nicht ab. „Du bist so verspannt, dass du mich schon fast damit ansteckst. Und ich kenne dieses Gesicht. Jake hat denselben Ausdruck, wenn irgendwas schiefgeht und er nicht weiß, wie er es wieder geradebiegen soll." Verdammt, die Frau hatte Intuition. „Hast du Probleme mit dem Garner's? Irgendwas, das den Anbau verzögert? Probleme, die Genehmigungen zu bekommen oder so was?"

Claire war begeistert von seiner Geschäftsidee, denn sie liebte ihn. Sie liebte die ganze Familie, was der einzige Grund war, weswegen er nicht verärgert reagierte, wenn sie sein vollkommen akzeptables Bedürfnis, vorzutäuschen, dass in einer beschissenen Zeit alles bestens war, durchschaute. Doch er wollte ihr Babyglück nicht stören.

„Im Garner's läuft alles gut", versicherte er ihr.

Sie kniff die Augen zusammen.

„Und bei mir auch", fügte er hinzu.

Jake und Claire tauschten einen bedeutungsvollen Blick aus, dann wandten sie sich wieder ihm zu.

Er zuckte mit den Schultern. „Ich bin nur müde. Hab gestern Nacht nicht gut geschlafen."

„Schlafstörungen?", fragte Jake mitfühlend. Er wusste, dass sie von Joshs posttraumatischem Stresssyndrom herrührten.

„Nein, konnte nur nicht abschalten und hab mich hin und her gewälzt."

„Das würde ich als Schlafstörungen bezeichnen", bemerkte Jake.

Josh wich Claires scharfem, abschätzendem Blick aus. „So war es nicht. Wenn ich Schlafstörungen habe, bin ich normalerweise so aufgedreht, dass ich aufstehen und irgendetwas tun muss. Diesmal war ich müde, aber meine Gedanken wollten nicht aufhören zu kreisen." Er hoffte, dass das reichte, um sie zufriedenzustellen.

„An wen denkst du?", fragte Claire. Sie hatte ihm in den Ohren gelegen, das mit Hailey in trockene Tücher zu bringen, da sie der Meinung war, dass die Streiterei nur ein Symptom war. Sie hatte recht gehabt, doch das half jetzt auch nicht.

„Habt ihr schon einen Namen für das Baby?", fragte er.

Claire legte eine Hand auf seinen Arm. „Ich will dir helfen, Josh. Ich hab dich lieb."

Der Kloß in seinem Hals nahm ihm den Atem, darum nickte er ihr nur zu. *Ich hab dich lieb* zu hören, löste etwas in ihm aus. Die meiste Zeit fühlte er sich nicht liebbar. Verdammt, mit fünfunddreißig Jahren wurde er zu einem eingefleischten alten Junggesellen.

„Ich habe Apfelschorle kalt gestellt, damit wir feiern können", sagte Jake. „Lasst uns anstoßen."

„Aww, Jake, das ist süß von dir", sagte Claire und ging auf Zehenspitzen, um ihn zu küssen.

Dankbar für die Ablenkung setzte Josh sich an die Bar. Kurz darauf nahm Claire neben ihm Platz, und Jake ging hinter den Tresen und goss allen ein Glas Apfelschorle ein.

Jake hob sein Glas. „Auf ein gesundes Baby!"

„Auf ein gesundes Baby!", echote Josh.

„Zum Wohl!", sagte Claire, und sie stießen an.

Josh verzog das Gesicht angesichts des pappsüßen Getränks.

„Was gibt's Neues von Haileys Prinzen?", fragte Claire gut gelaunt. *Haileys Prinz.* Das sagte alles. Alle konnten es sehen. Hailey war eine Prinzessin, und die gehörte zu einem Prinzen. „Ich habe gehört, sie waren zusammen im Café", sagte Claire. „Ist ja ganz nett, aber als Prinz sollte er sich schon ein bisschen was Aufregenderes einfallen lassen."

Josh klatschte mit der Hand auf den Tresen. „Er hat angeboten, Ludbury House für sie zu kaufen! Ein verdammtes Herrenhaus! Ist das aufregend genug für dich?"

„Josh", warnte Jake in scharfem Ton.

„Tut mir leid, Claire", sagte Josh gedämpft. „Ich wollte dich nicht anfahren."

Claire stieß ihn mit der Schulter an. „Mir ist viel lieber, wenn du aussprichst, was du auf dem Herzen hast, als wenn du alles zurückhältst und unglücklich aussiehst. Dann hat der Prinz ihr also ein Herrenhaus angeboten. Was hast du ihr angeboten?"

Josh blickte finster auf den Tresen. Er hatte ihr ein

peinliches Geschenk gemacht und eine Date-Idee, die er aus dem Fenster geworfen hatte. Er konnte ihr nicht das glamouröse Märchenleben bieten, das sie verdiente. Der Prinz war wahrscheinlich ein wahrgewordener Traum für sie.

„Du solltest ihr anbieten, was sie bekommt, wenn sie mit dir zusammen ist", sagte Jake. „Versuch erst gar nicht, mit dem Herrenhaus mitzuhalten."

Josh verzog das Gesicht. „Herzlichen Dank, Mr. Beziehungsexperte."

Jake fuhr fort. „Biete an, für sie zu kochen – du bist ein echter Gourmetkoch –, lad sie zum Basketballspielen mit den Jungs ein–"

„Basketball? Sie spielt grottenschlecht", sagte Josh. Sie hatten alle gesehen, wie unsportlich sie war, als sie sich frisch mit Mad angefreundet hatte und zum Spielen gekommen war. Und die Idee mit dem Kochen hatte er aufgegeben. Der Prinz hatte wahrscheinlich einen Koch, der seine Kunst an irgendeiner tollen französischen Kochschule gelernt hatte.

Jake fuhr fort, als hätte Josh nichts gesagt. „Lad sie zu einem Picknick im Park ein. Du wolltest das mit Claire machen, als wir unsere Rollen getauscht haben. Dort, wo wir hingegangen sind, bieten sie auch Paddleboarden an. Das macht Spaß, und es wird ja auch schon wärmer."

Josh warf ihm einen *halt die Klappe* Blick zu.

Claire mischte sich ein. „Hailey will altmodische Romantik. Sie will umworben, nein, besser, erobert werden."

Er horchte auf. Jetzt, wo er darüber nachdachte, hatte Claire vielleicht recht mit der romantischen Ader. Haileys Wohnung war vollgestopft mit Liebesromanen und Brautmagazinen. Vielleicht musste er beweisen, dass er Beziehungsmaterial war, indem er irgendetwas Romantisches tat. Er hatte geglaubt, dass das Abendessen romantisch war, doch vielleicht wusste Claire etwas, das er nicht wusste. Vielleicht war das, was Hailey wollte, sogar noch altmodischer. Doch er war sich nicht sicher, was es sein konnte.

Er warf Claire einen Seitenblick zu und wurde rot, als er murmelte: „Du meinst Blumen?"

„Das wäre ein Anfang", nickte Claire.

Jake meldete sich wieder zu Wort. „Altmodisch? Vielleicht solltest du bei jemandem von der alten Schule Rat suchen. Dad hat nur fünf Wochen gebraucht, Brandy dazu zu überreden, bei ihm einzuziehen, und bald läuten die Hochzeitsglocken."

Josh begegnete Jakes Blick, und sie lachten.

„Kannst du dir vorstellen, Dad um Rat in Frauensachen zu bitten?", fragte Jake.

„Er ist Jahrzehnte Single gewesen!", sagte Josh immer noch lachend. Sein Dad war so viel schlimmer als er.

„Nicht mehr", bemerkte Claire. „Jake, du hast mir gesagt, dass dein Dad es schön fand, dass sein Stiefvater seine Mutter wie eine Königin behandelt hat. So hat er eure Mutter behandelt–"

„Das hat ihn ja offensichtlich weit gebracht", sagte Jake sarkastisch. Er hatte recht. Ihre Mutter hatte am ersten Weihnachtsfeiertag, als Mad gerade ein Jahr alt gewesen war, ihre Koffer gepackt und war aus ihrem Leben verschwunden.

Claire fuhr fort. „Darum hat er sich die Mühe gemacht, euch zu Gentlemen zu erziehen. Hat er nicht gesagt, wie wichtig es ist, Frauen so zu behandeln, wir ihr eure kleine Schwester behandelt sehen wollt? Mit Gefühl und Respekt?"

Sie verstummten.

„Josh? Jake?"

Josh nickte. „Ja", antworteten sie wie aus einem Mund.

Claire wandte sich ihm zu. „Josh, behandelst du Hailey so? Mit Gefühl und Respekt?"

Ähm ... Als er sie zu ihren Hochzeiten begleitet hatte, hatte er ihr mehr als einmal den Arm angeboten. Sie hatte es jedoch meistens ignoriert, darum war er sich nicht sicher, ob das zählte. Und irgendwie hörte es sich nicht an, als ob es reichte, ihr die Autotür aufzuhalten.

Claire fuhr in sanfterem Ton fort: „Einander aufzuziehen und rumzusticheln reicht nicht als Beziehungsgrundlage."

Er sagte nichts. Der Zug war abgefahren, und es war offensichtlich, dass er selbst daran schuld war.

„Weiß sie, dass du Gefühle für sie hast?", fragte Claire in einfühlsamem Ton. „Weiß sie, dass du sie respektierst?" Als er nicht darauf antwortete, fügte sie hinzu: „Tust du das?"

Josh holte sein Handy aus der Tasche und tippte darauf herum, bevor er Claire das Display zeigte. „Schau dir die netten Sachen an, die ich über sie und ihre Hochzeitsplanerei im Interview mit *Bride Special* gesagt habe."

Claires haselnussbraune Augen waren so mitfühlend, dass er anfing zu glauben, dass ihm bei Hailey irgendetwas Wichtiges entgangen war. „Das ist wirklich nett, aber hast du je so was direkt zu ihr gesagt?"

„Ich habe es vor ihr beim Interview gesagt." Mit hilfesuchendem Blick wandte er sich Jake zu. „Hast du das auch mit Claire gemacht?"

„Nein."

Claire seufzte laut. „Ich habe das nicht gebraucht. Ich bin nicht Hailey, Josh, aber ich kenne sie. Sie will altmodische Romantik, jemanden, der um sie wirbt."

Josh steckte sein Handy wieder in die Tasche und zog den Kragen seines T-Shirts von seinem überhitzten Hals weg. „Wo sind wir hier, im achtzehnten Jahrhundert?"

Jake lachte.

Claire warf Jake einen finsteren Blick zu, und sein Zwilling verstummte. Sie drehte sich wieder zu Josh um. „Ich meine aufmerksame Gesten. Komm morgen Abend zum Clubmeeting her. Lies das Buch und nimm an der Diskussion teil. Komm ihr entgegen. Wenn du all das Östrogen nicht verkraften kannst, kannst du ja Pause machen und zu Jake gehen. Sie muss wissen, dass du dich genug für sie interessierst und sie respektierst, um dich für Dinge zu interessieren, die *sie* liebt."

Jake schnaubte.

„Honey", sagte Claire in zuckersüßem Ton. „Könntest du mir die Schale mit dem Obstsalat aus der Küche holen? Und eine Scheibe Käse. Jetzt, wo ich für zwei esse, brauche ich mehr Proteine."

„Schon unterwegs."

Josh dachte über Claires Vorschlag nach. Sehr zum Leidwesen seiner Männlichkeit ergab alles, was sie gerade über Interessezeigen an dem Weiberkram, den Hailey so liebte, gesagt hatte, einen Sinn, und es war etwas, das er noch nicht versucht hatte. Ihm waren die guten Ideen ausgegangen, und Claire bot ihm eine wirklich goldene Idee aus der Perspektive einer Freundin. Und es passte zu dem peinlichen Geschenk, das er für sie besorgt hatte. Vielleicht konnte er es ja in ihre Handtasche legen, wenn sie gerade nicht hinsah. Scheiße. Das würde so viel schwerer werden als der Plan, für sie zu kochen, doch er war verzweifelt genug, es in Erwägung zu ziehen.

„Wie lang ist das Buch?", fragte er in der Hoffnung, dass es nicht zu viel Zeit in Anspruch nehmen würde. Er musste heute Abend arbeiten und wollte nicht den ganzen Sonntag mit dem Lesen eines kitschigen Liebesromans verbringen.

„Lies das verdammte Buch und find's raus", knurrte Claire. „Du musst ihr zeigen, dass du dir Mühe gibst. Wenn du was Einfaches willst, flirte weiter mit irgendwelchen Frauen, die in deine Bar kommen. Ist das eine Perspektive für die Zukunft?"

Er blinzelte, überrascht von ihrem Tonfall. Liebevolle Strenge von Claire.

Sie nippte an ihrer Apfelschorle. „Tut mir leid, meine Hormone spielen verrückt, ich bin vielleicht ein *kleines* Bisschen aggressiver als sonst." Sie presste die Lippen aufeinander. „Aber ich habe es so gemeint."

„Kein Problem." Verdammt, Jake hatte wirklich alle

Hände voll zu tun. Er schob das Sektglas mit der Apfelschorle von sich. „Also … um was geht's in dem Buch?"

„Liebe."

Er würde es überfliegen, wenn es sein musste. „Du meinst, es dreht sich alles um Liebe?"

„Ja, die Liebe ist eine Reise, und der, auf der du dich befindest, nicht unähnlich."

Sie warf ihm einen wissenden Blick zu. Er war auf einer Reise und hatte es nicht einmal gewusst. Vielleicht war alles doch nicht so hoffnungslos, wie es aussah.

11

———

Es sah verdammt hoffnungslos aus.

Josh wusste von dem Moment an, als er pünktlich zum Treffen des Buchclubs in Jakes und Claires Haus gekommen war, dass er sich auf östrogengeladenem Gebiet bewegte. Die Frauen waren bereits da und saßen im Kreis auf den cremeweißen Sofas und den blumengemusterten Sesseln im Wohnzimmer und unterhielten sich. Hatte Claire ihm die falsche Zeit genannt, oder waren alle früher gekommen? Eine nach dem anderen sah ihn.

Die Gespräche verstummten.

Sein Geschenk für Hailey war in der Innentasche seiner schwarzen Fleecejacke, die er dringend ausziehen wollte, denn er war so verlegen, dass ihm warm wurde, doch er wagte es nicht, denn es wäre ihm peinlich gewesen, wenn dabei das Geschenk herausgefallen wäre und jeder es hätte sehen können. Er hatte es nicht verpackt.

Alle Augen wanderten von ihm zu Hailey. Es schien, als wüssten alle, dass er ihretwegen hier war. Ihm wurde noch heißer, als Hailey irritiert die Stirn runzelte. „Josh, was machst du denn hier?"

Er räusperte sich. „Du hast mich eingeladen."

„Nein, das habe ich nicht." Er wedelte mit der

Hand in der Luft und wünschte sich, Claires Rat nie angenommen zu haben. „Doch, das hast du. Damals, als du den Buchclub gegründet hast, hast du mich eingeladen, darum dachte ich, das Angebot steht noch."

Hailey blieb der pink geschminkte Mund offen stehen. „Das war vor zweieinhalb Jahren."

„Du bist natürlich willkommen, Josh", sagte Claire. „Bitte setz dich." Sie stand auf und zog einen geblümten Sessel in den Kreis der Frauen.

Reiß dich zusammen. Du hast das Buch gelesen. Du hast eine Mission.

Er setzte sich.

Die Frauen starrten ihn an.

Er schmolz in seiner Fleecejacke. Warum hatte er heute ausgerechnet eine Fleecejacke über sein T-Shirt ziehen müssen? Eine Schweißperle lief über seine Stirn. Er wischte sie weg und bemühte sich, nicht aufzufallen.

Claire begann. „Ich fand die Geschichte mit der süßen Babynichte schön, ihr nicht?"

Totenstille. Die Frauen beäugten ihn neugierig.

Josh meldete sich zu Wort, denn er wollte dringend das Gespräch zum Laufen bringen. „Es war auf Messers Schneide, aber alles ist ja gut ausgegangen." Das Ende war überraschend rührend gewesen, auch wenn es eine historische Geschichte aus England aus längst vergangenen Tagen war.

„So leicht war es nicht", sagte Mad. „Erinnert ihr euch als – verdammt." Sie machte eine Geste in seine Richtung. „Ich kann nicht über erotische Szenen reden, wenn mein Bruder zuhört."

Er wandte sich Claire zu. *Tu was.*

„Ich bin schwanger!", verkündete Claire.

Die Frauen jubelten, und alle sprangen auf, um ihr zu gratulieren und sie zu umarmen. Er nutzte die Gelegenheit, um seine Fleecejacke auszuziehen, und legte sie auf seinen Schoß.

„Josh!", rief Mad. „Komm her! Das sind tolle Neuigkeiten."

„Ich habe ihr gestern schon gratuliert."

„Du wusstest es vor uns?", fragte Mad.

Die Frauen sahen Claire an. Sie lächelte. „Jake hat es ihm gesagt. So ein Zwillingsding. Ihr wisst, dass ihr alle wie Schwestern für mich seid. Ich musste es euch persönlich erzählen. Aber bitte behaltet es für euch. Wir wollen es nicht öffentlich machen."

Die Frauen setzten sich schnell wieder. Alle verstanden Claires Bedürfnis nach Privatsphäre. Bald saßen alle wieder an ihren Plätzen.

Hailey saß neben Mad, gegenüber von ihm. Sie holte einen E-Reader aus ihrer Handtasche und warf ihm einen Blick zu. „Ich lese normalerweise eine Lieblingspassage zur Diskussion vor, doch bevor ich das tue, wüsste ich gern, ob du dich ernsthaft an der Diskussion beteiligen oder dich nur über das Buch lustig machen willst?"

Er spürte Claires Blick auf sich, der ihn anflehte, das Richtige zu sagen. Claires Worte hallten in seinem Kopf wider. *Sie muss wissen, dass du dich genug für sie interessierst, um dich für etwas zu interessieren, das sie liebt.*

Er räusperte sich. „Ich respektiere das Werk der Autorin, und ich respektiere dich, ich meine alle hier, die das Buch mögen."

Haileys Lippen verzogen sich zu einem sanften Lächeln, und sie senkte den Blick. „Das ist schön, danke. Dann hast du das Buch wirklich gelesen?"

„Jupp."

Mad deutete auf seine Jacke, unter der sich das Geschenk abzeichnete. „Sieht aus, als hätte er es mitgebracht. So traditionell, das Taschenbuch zu kaufen."

„Ist es signiert?", fragte Hailey. „Ich habe es verpasst. Sie hatten nur eine Handvoll signierte Ausgaben bei Book It."

„Es ist signiert", antwortete er, dann presste er die Lippen aufeinander. Signiert von der Autorin, ja, aber es war nicht das Buch, das sie für heute gelesen hatten. Es war das Buch, das er für sie als Geschenk gekauft hatte.

„Kann ich sehen, was sie geschrieben hat?", fragte Hailey. „Ich habe gehört, sie schreibt in jedes Buch was anderes."

„Ja, lass es rumgehen", drängte Mad, stand auf und ging zu ihm. Sie streckte die Hand aus. „Zeig."

Er warf seiner Schwester einen einschüchternden Blick zu. „Nein."

„Warum nicht?", blaffte sie.

„Es ist privat." Er sah sie finster an. „Setz dich", knurrte er.

Mads braune Augen tanzten amüsiert. „Was versteckst du da, Joshie?"

„Nichts", knurrte er.

Sie zerzauste seine Haare. Er lehnte sich zurück, doch sie schnappte sich seine Jacke und rannte zurück an ihren Platz. Verdammt.

Er könnte die Jacke mit Gewalt zurückholen, doch Mad würde nicht kampflos aufgeben. Sie war ein Schwarzgurt und war es gewohnt, sich mit ihren Brüdern zu schlagen. Und eine Prügelei mit seiner Schwester wollte er nicht. Andererseits wollte er jedoch auch nicht öffentlich gedemütigt werden.

Mad holte das Geschenk aus der Tasche.

„Steck es wieder weg", knurrte er. „Das ist nicht für dich."

Sie starrte es an. „Oh wow." Halb schnaubte sie, halb lachte sie. „Du hast es gekauft?" Sie klappte das Buch auf. „Signiert und alles. Das ist was Besonderes." Sie reichte es Hailey und sagte ernst: „Es ist für dich."

Alle sprachen auf einmal.

„Welches Buch ist es?"

„Wer ist der Autor?"

„Warum hat Josh es für dich gekauft?"

Er ließ sich in seinen Sessel sinken und senkte den Blick. Hoffnungslosigkeit rang mit Scham um die Vorherrschaft. Er hatte es ihr unter vier Augen geben und ihr dabei erklären wollen, warum er Beziehungsmaterial war. Jetzt würden alle ihren Senf dazu geben. Scheiße.

Hailey klang überrascht, ihre Stimme hoch. „Ich … oh, ich weiß nicht warum, aber es ist *Accidentally Pregnant by the Cowboy*, signiert und mir gewidmet von T.L. Frieze. Hier steht. Hailey, reite weiter! Genieß deinen eigenen Cowboy. Und da hat sie einen kleinen Cowboyhut unter ihre Unterschrift gemalt."

Seine Nackenhaare standen zu Berge, und er richtete sich auf. Warum hörte Hailey sich so überrascht an? Mad hatte ihm gesagt, dass das Haileys absolutes Lieblingsbuch war und dass sie sich schon immer eine signierte Ausgabe gewünscht hatte. Er hatte es über die Webseite der Autorin bestellt und extra für Expresslieferung gezahlt.

Er warf Mad einen tödlichen Blick zu, woraufhin sie ihm die Zunge herausstreckte.

Er kniff die Augen zusammen und zeigte mit dem Finger auf sie. Es war einer von Mads dämlichen Witzen gewesen. Jetzt, wo er nicht mehr ihre Studiengebühren zahlte, hielt sie es offensichtlich für okay, wieder dämliche Streiche zu spielen wie früher. Eine Weile hatte sie sich schön bei ihm eingeschleimt. Er hätte es wissen müssen.

Die Frauen ließen das Buch herumgehen, begleitet von leisem Getuschel. Sie fragten sich wahrscheinlich, was die versteckte Bedeutung war. Wollte er Hailey schwängern, oder vielleicht war sie bereits versehentlich schwanger? *Fuck*. Das war nicht die altmodische Art von Romantik, die er Hailey hatte beweisen wollen. Jetzt sah er aus wie ein Lustmolch.

Hailey stand in ihrem roten, kurzärmeligen Designerkleid, das jede Kurve betonte, auf. Sie sah perfekt zurechtgemacht aus wie immer, doch es störte ihn nicht wie sonst. Sie war weder arrogant noch eingebildet. Sie war leidenschaftlich und feurig, und er hatte gesehen, was unter ihren Designerklamotten lag. Er verdrängte die Erinne rung, als sie auf ihn zukam. Plötzlich fiel ihm auf, dass sie ihre Hundetragetasche nicht dabei hatte.

„Wo ist Rose?" Er war vorbereitet gekommen und hatte sich ein bisschen Butter auf die Handgelenke gerieben und eine Scheibe Salami in einem kleinen Ziplocbeutel in seiner Hosentasche verstaut.

Als sie vor ihm stehen blieb, hüllte ihr blumiger Duft ihn ein. „Jake hat ihr die Pferde im Stall gezeigt. Es ist gut für sie, unterschiedliche Eindrücke zu sammeln."

Ihm fiel nichts mehr ein, auch wenn die Emotionen in ihm aufwallten und sein Herz pochte. Plötzlich fühlte es sich an, als stünde so viel auf dem Spiel. Sein Geschenk hatte sich als kindischer Witz herausgestellt, doch die Intention dahinter war sehr, sehr real.

Haileys blassblaue Augen musterten ihn einen Moment und wirkten ein bisschen verwundert. „Danke für das Geschenk, Josh."

Er brummte. „Mad hat behauptet, dass das dein Lieblingsbuch sei."

Hailey starrte Mad an, die sich nicht mehr beherrschen konnte und losprustete. Hailey schnaubte und wandte sich wieder ihm zu. „Ich weiß die Geste zu schätzen. Danke."

„Mad hat mich offensichtlich reingelegt. Hast du das Buch je gelesen?"

Sie beugte sich vor, um ihm ins Ohr zu flüstern: „Ich vermeide Geschichten über unbeabsichtigte Schwangerschaften, da ich selbst eine war. Mad weiß das nicht über mich, niemand hier weiß das. Nachdem ich es selbst miterlebt habe, finde ich nichts Romantisches an alleinerziehenden Müttern."

Als sie sich wieder aufrichtete, begegnete er ihrem Blick. Sie hatte ihm etwas anvertraut, das nicht einmal Mad wusste. „Ich weiß, wie es sich anfühlt, wenn ein Elternteil die Fliege macht."

Sie schluckte. „Ja, also mein Dad ist gestorben, als ich

klein war, doch auch davor hat er nie wirklich die Vaterrolle übernommen."

„Das tut mir so leid. Und auch, dass das Buch dich daran erinnert. Wirf es einfach weg."

Sie hob das Kinn. „Das werde ich nicht. Es ist das erste Geschenk, das du mir je gemacht hast."

„Ist aber kein Herrenhaus." Wo kam das denn plötzlich her? Endlich einmal vertrugen sie sich, und er musste *ihn* ins Spiel bringen.

Sie starrte ihn an, und er konnte den Moment sehen, in dem sie begriff, dass er wusste, was der Prinz ihr angeboten hatte. Sie würde Mad wahrscheinlich künftig viel weniger anvertrauen, jetzt, da sie wusste, dass sie einer Plaudertasche vertraut hatte.

„Ich schätze, da hast du recht", sagte sie leise.

In einem verzweifelten Versuch, die Situation zu retten, beugte er sich vor und sprach von Herzen: „Weißt du, das Buch sollte dir beweisen, dass ich Beziehungsmaterial bin. Mir ist egal, was unsere Eltern sagen. Wir haben eine Chance verdient. Deine Mom wird meinen Dad nicht sitzen lassen, nur weil wir den einen oder anderen Fehler machen, oder?"

Sie riss die Augen auf. „Ich dachte, unsere Eltern wollen, dass wir uns vertragen." Sie beugte sich wieder zu ihm hinunter. „Willst du damit sagen, dass sie nicht wollen, dass wir zusammenkommen?"

Er zögerte, dann gab er es zu: „Mein Dad hat mir gesagt, ich solle Distanz wahren. Höflich sein, aber mehr nicht. Er ist der Meinung, wir bringen zu viel Drama in die Familie, stören den Frieden bei Familienfeiern, an Feiertagen, Geburtstagen und so weiter, aber ich sage scheiß drauf."

Sie richtete sich auf, eine Hand vor dem Mund, die Augen glänzend.

Scheiße. Er hatte das Falsche gesagt. Es hatte eine romantische Geste werden sollen, und jetzt war sie den Tränen nahe.

„Mach dir keine Sorgen wegen meinem Dad", sagte er eindringlich. „Es wird ihre Ehe nicht zerstören. Deine Mom liebt ihn."

Sie nickte steif und kehrte an ihren Platz zurück. Dann saß sie nur da und starrte zu Boden.

Seine Brust schmerzte, sein Hals schnürte sich zu und sein Magen tobte. *Und was jetzt?*

Claire übernahm erneut die Führung. „Ladys! Zurück zu unserem Buch. Und wenn jemand Mad das Cowboy-buch geben könnte? Es ist *ihr* Lieblingsbuch, weil sie und Parker Cowboy-Rollenspiele spielen. Sie spielt das Pferd."

Alle lachten.

„Das tue ich nicht!", protestierte Mad erhitzt.

Die Frauen stürzten sich auf die Bemerkung und zogen Mad gnadenlos auf. Es war absurd, sich vorzustel-len, wie die beiden Rodeospielchen spielten, da beide in der Vorstadt in Connecticut aufgewachsen waren. Doch er schaffte es nicht einmal zu lächeln. Nicht, wenn Hailey so niedergeschlagen war.

Der romantische Prinz ihrer Träume war er jedenfalls nicht.

Während des Buchclub-Treffens saß Hailey nur da, erschüttert von den Ereignissen. Die ganze Zeit hatte sie befürchtet, dass die Campbells sich gegen sie wenden würden, falls ihre Mutter Joe sitzen ließ, doch jetzt hörte es sich so an, als wäre Joe bereits gegen sie. Sie konnte Josh nicht einmal versichern, dass ihre Mom bleiben würde, wenn es ein echtes Problem mit dem Familien-frieden geben sollte. Ihre Mom neigte dazu, ihre Sachen zu packen, wenn es stressig wurde. Sie schluckte, verletzt von Joes Anordnung. Sicher, es machte ihm nichts aus, dass sie mit Mad befreundet war, und er hatte gesagt, dass sie wie eine Tochter für ihn sein würde, da er ihre Mutter heiratete, doch er wollte sie nicht für seinen Sohn. Josh hätte es ihr sagen sollen, bevor er sie geküsst hatte. Sie hatte sich Sorgen wegen möglicher Familienkonsequenzen gemacht, und er hatte nur gesagt, dass ihre Eltern wollten, dass sie sich vertrugen. Joe musste gedacht haben, dass aus ihr und Josh nie etwas werden würde, weil sie sich dauernd stritten. Sie hatte sich deswegen auch Sorgen gemacht – bis Josh sie geküsst hatte. Eine solche Leidenschaft hatte sie mit niemandem zuvor erlebt. Sie hatte sie glauben lassen, dass sie füreinander bestimmt waren. Dann hatte er sie vertrösten wollen und ihre Begeisterung war abgekühlt. Und jetzt war er so süß zu ihr. Wo standen sie also jetzt?

Sie starrte das Cowboybuch an, das aus ihrer Tasche ragte. Er hatte ihr ein Geschenk gekauft, sich getraut, an einem Buchclubtreffen mit ihren besten Freundinnen und seiner Schwester teilzunehmen, von der er annehmen musste, dass sie ihn damit aufziehen würde. Und er hatte es ernst genommen, das Buch gelesen und intelligent zur Diskussion beigetragen. Es war klar, dass er nicht hier war, um sich über Romantik – oder sie – lustig zu machen. Er respektierte, was sie liebte. Das rechnete sie ihm hoch an – vor allem angesichts ihrer holprigen Geschichte. Viel zu lange hatte sie das Gefühl gehabt, dass er im Geheimen oder Nicht-so-Geheimen über sie lachte. Heute Abend war er todernst gewesen. Er wollte, dass sie wusste, dass er Beziehungsmaterial war.

Sie streichelte Rose' drahtiges Fell. Vielleicht hatte sie, als sie beim ersten Mal, als sie allein waren, ihr Kleid fallen gelassen hatte, bei ihm den Eindruck erweckt, dass sie ihn nur wegen seines fantastischen Körpers wollte. Sie war eine leidenschaftliche Frau, und in diesem Moment hatte sie geglaubt, dass es sie näherbringen würde. Bei all den aufgestauten Gefühlen, die sie für ihn hatte, und weil sie geglaubt hatte, einen stabilen Mann wie ihn in ihrem Leben zu brauchen, hatte sie es einfach getan. Zugegebenermaßen keiner ihrer besten Momente, denn sie war ein bisschen beschwipst gewesen und ziemlich aufgeregt, weil ihre Mom und Joe zusammenziehen wollten. Ihr plumper Verführungsversuch hätte ein Warnsignal sein sollen, dass sechs Wochen später bei der Verlobung ihrer Mutter mit Joe der Zusammenbruch folgen würde.

Sie mochte Josh, und wenn sie einmal nicht stritten wie an diesem Abend, fühlte sie sich zu ihm hingezogen. Er war ein Mann, auf den sie sich verlassen konnte. Sie hatte ihn in Aktion gesehen, wie sich seine jüngeren Geschwister und Freunde an ihn wandten, wenn sie Rat und Hilfe brauchten. Er war für sie da gewesen, als sie bei der Verlobungsparty ihrer Eltern zu einem heulenden Häuflein Elend zerflossen war. Warum schafften sie es nur nicht, einen gemeinsamen Nenner zu finden?

Jetzt war Josh mit Jake in der Küche, während sich die Frauen bei Claire nach ihrer Schwangerschaft erkundigten. Sie schnappte immer wieder Wortfetzen der Zwillinge auf und versuchte zu erkennen, wer was sagte. Sie waren eineiig, doch Jake war offener und ausdrucksvoller, während Josh immer reserviert war. Doch sie lachten über ähnliche Dinge, beendeten die Sätze des anderen und antworteten oft gleichzeitig. Es musste toll gewesen sein, mit einem Zwilling aufzuwachsen. Als hätte man immer seinen besten Freund dabei.

Claire berührte ihren Arm. „Könntest du mir helfen, ein paar Krüge Wasser reinzubringen? Ich habe Obst reingeschnitten, es schmeckt also richtig gut. Meine Version von alkoholfreiem Spaß."

„Natürlich." Sie drückte Mad Rose in die Hand, um beide Hände frei zu haben. Mad unterbrach ihre Unterhaltung nicht einmal und redete weiter, während sie Rose an sich schmiegte. Mad war Rose' zweites Frauchen, da sie sich ein paar Wochen lang um sie gekümmert hatte, bevor sie und ihre Freundinnen sie Hailey geschenkt hatten.

Als sie in die Küche kamen, verkündete Claire: „Zeit für fruchtige Getränke."

Jake und Josh drehten sich gleichzeitig um. Sie konnte sie auseinanderhalten, weil Jake seine dunkelbraunen

Haare kurz trug, glatt rasiert war und Designerklamotten trug. Er bewegte sich auch viel schneller als sein Zwilling. Josh schlenderte, als gäbe es nichts auf der Welt, für das es wert wäre, sich zu beeilen, wirklich entspannt. Sein dunkles Haar war lang genug, dass es sich im Nacken lockte, immer ein bisschen zerzaust, im Gesicht hatte er einen Stoppelbart, und seine Kleider waren oft abgewetzt und lässig.

Jake lächelte Claire an, als wäre sie die beste Frau auf Erden.

Hailey schluckte einen Anflug von Neid hinunter, und als sie sich umdrehte, sah sie, dass Josh sie mit Fragen in den Augen ansah, auf die sie keine Antworten wusste. Alles, was sie wusste, war, dass sie etwas Starkes für ihn empfand, sich jedoch vor den Konsequenzen, sich auf ihn einzulassen, fürchtete. Sich dem Wunsch der Familie, deren Teil zu sein sie sich so lange gewünscht hatte, zu stellen, herumzuschleichen und sich wahrscheinlich weiter mit ihm zu streiten, was wahrscheinlich umso schmerzlicher sein würde, sobald ihr Herz involviert war. Und wenn es zwischen ihnen nicht klappte, würde sich der Schaden auf mehr als nur sie beide auswirken. Das Risiko fühlte sich zu groß an.

Auf dem Weg zum Kühlschrank spürte sie Joshs Blick.

„Wie geht's dir?", fragte er, als sie an ihm vorbei ging.

Sie blieb stehen und wandte sich ihm zu, ganz, wie ihre guten Manieren es geboten. „Gut, und dir?"

Er vergrub seine Hände in seinen Jeanstaschen. „Gut." Seine dunklen Augen waren wieder voller Fragen.

„Gut", echote sie.

„Ich kann verstehen, warum du den Club magst", sagte er. „Es ist cool, sich mit seinen Freunden über etwas zu unterhalten, das man liebt. Das verbindet."

Angesichts der unerwarteten Beobachtung blieb ihr der Mund offen stehen. „Das ist wahr. Der Club war ursprünglich eher als Vehikel gedacht, um Singles zusammenzubringen. Deswegen hatte ich dich auch eingeladen.

Du weißt schon, ein Singlebuchclub, doch Männer haben sich nicht dafür interessiert, darum sind wir zu so was wie Schwestern geworden, und der Club hat sich auf alles Romantische konzentriert."

Er blickte ihr in die Augen, seine Stimme leise und rau. „Ich hätte deine Einladung damals schon annehmen sollen."

„Oh." Ihre Wangen wurden rot. „Das ist lange her. Seitdem ist viel Wasser den Bach hinuntergeflossen." Wasser. Sie war in die Küche gekommen, um Claire mit dem Wasser zu helfen.

„Wir machen das schon!", trällerte Claire, als sie mit zwei Krügen voller Obstwasser vorbei ging. Jake folgte ihr mit einem weiteren Krug und einer Packung roter Plastikbecher.

Plötzlich waren nur sie und Josh in der Küche. Sie schluckte, hielt die Hände hinter dem Rücken, dann ließ sie sie hängen. Warum war das so unbehaglich?

Er ging zu ihr und beugte sich zu ihrem Ohr hinunter. „Ich bin nicht hergekommen, weil ich über das Buch reden wollte."

Sie benetzte sich die Lippen. „Okay." Ihr Herz pochte unnatürlich laut.

Er nahm ihre Hand, hob sie an seine Lippen und küsste ihren Handrücken. Genau wie in der historischen Romanze, die sie gerade gelesen hatten. „Hailey ..." Er nahm beide Hände in seine.

„Ja", hauchte sie.

„Ich will um dich werben, ein langsames Feuer zwischen dir und mir. Dass wir entweder etwas Echtes werden und unser beider Zeit wert sind, oder gar nichts. Ich hätte das schon in dem Moment sagen sollen, in dem mir bewusst geworden ist, dass wir zusammengehören."

Ihr stockte der Atem. „Und wann ist dir das bewusst geworden?"

„Als du mir im Garner's das Leben schwer gemacht hast, weil ich allein mit dir reden wollte, bevor der Prinz aufgekreuzt ist. Du hast dich geweigert, auch nur einen Moment mit mir zu verbringen, weil du verletzt warst, weil ich dich zurückgewiesen hatte, was übrigens nur passiert ist, weil ich versucht habe, das Richtige zu tun. Jetzt glaube ich, dass es das Richtige ist, mit dir zusammen zu sein."

Sie runzelte die Stirn. „Wie bist du ausgerechnet da darauf gekommen, dass wir zusammengehören? Ich meine, als ich dir das Leben schwer gemacht habe? Gefällt es dir, wenn ich wütend auf dich bin?"

Er drückte ihre Hände. „Es gefällt mir, wenn du echt bist."

„Oh. Das war nach meinem peinlichen Heulkrampf in deinem Büro." Sie schüttelte den Kopf. „Ich hatte zu viele peinliche Momente mit dir."

Er lächelte. „Ich gebe zu, es war schwer, dich weinen zu sehen, weil ich Mitleid mit dir hatte, doch ich war froh, für dich da sein zu können."

Ihr Herz zog sich angesichts der süßen Bemerkung zusammen. Sie hatte nicht gewusst, dass er da Mitgefühl mit ihr empfunden hatte, doch sie war so fertig gewesen, dass sie es unmöglich hatte bemerken können. Sie blickte ihm in die Augen und dachte über die nächsten Schritte nach – auf ihn zu oder von ihm weg? Sein Blick war ernst, aufrichtig.

Sie schluckte. „Ich weiß nicht. Ich mache mir wirklich Sorgen. Unsere Familie ist gegen uns, und vielleicht haben sie recht. Wir streiten so viel, und wenn es nicht funktioniert, dann werden nicht nur unsere Gefühle verletzt."

Er schob seine Hand unter ihre Haare in ihren Nacken und zog sie an sich. Ihr Atem stockte, ihr Magen rutschte ihr in die Kniekehlen, und zwischen den Beinen wurde ihr heiß. Seine Worte flossen heiß über ihre Lippen. „Gib uns eine Chance."

Langsam senkte sich sein Kopf, während sich seine Finger in ihre Haare gruben und ihr Gesicht zum Kuss emporneigten. Sie schloss die Augen und wartete, praktisch vibrierend vor Erwartung. Endlich streiften seine Lippen ihre, ganz zärtlich, dann noch einmal. Sie hatte nie Zärtlichkeit von ihm erfahren. Sie war sich nicht sicher, ob sie das wollte. Es fühlte sich zu zahm an, gar nicht wie Josh.

Als er sich aufrichtete und die Hand aus ihren Haaren gleiten ließ, hätte sie beinahe vor Enttäuschung geschrien. Das war alles? Zwei winzige Küsse, die sie kaum gespürt hatte?

Seine Stimme klang heiser. „Ich habe morgen Abend frei. Komm zu mir zu unserem ersten offiziellen Date. Ich koche für dich.“

„Dann machen wir das einfach hinter dem Rücken deines Vaters?“

„Hier geht es um uns und niemanden sonst.“ Er strich ihr die Haare hinters Ohr und küsste die sensible Stelle unterhalb ihres Ohrs. „Ich will dir ein schönes Abendessen kochen. Meine eine gute Seite unter all den Fehlern.“

Sie lachte, war jedoch immer noch besorgt. „Also, wenn das deine einzige gute Seite ist …“

Er grinste. „Ich habe noch etwas Gutes an mir, etwas Großartiges sogar, doch das werden wir morgen nicht tun, darum mach dir deswegen keine Gedanken.“

Sie wandte den Blick ab, peinlich berührt, weil sie diejenige war, die sich ihm wie eine verzweifelte Nymphomanin an den Hals geworfen hatte. „Darüber habe ich mir keine Gedanken gemacht.“

„Ich meine, nachdem dein Kleid auf den Boden gefallen ist–“

„Ich hab's begriffen! Okay, Josh!“

Er nahm ihr Gesicht in beide Hände. „Dich kann man so leicht auf die Palme bringen. Ich will dich nur veralbern, nicht mit dir streiten.“

Sie beruhigte sich wieder. Es war schwer, böse zu sein, wenn er sie hielt, als wäre sie etwas Besonderes, und sie mit zärtlichem Blick ansah. „Da muss ich mir ein paar gute Retourkutschen einfallen lassen."

„Du kannst es ja versuchen." Seine Hände sanken auf ihre Schultern. „Doch bevor das hier weitergeht, muss ich wissen, dass du mich um meinetwillen magst, nicht nur wegen meines hübschen Gesichts und meines Adoniskörpers. Ich bin Beziehungsmaterial."

Sie lächelte. „Ich mag so viel mehr an dir als dein hübsches Gesicht und deinen Adoniskörper. Definitiv Beziehungsmaterial."

„Ausgezeichnet." Er zog sie in seine Arme und küsste sie leidenschaftlich. Ja! Das war die Art von Kuss, den sie von ihm liebte. Er hatte eine Art, sie zu halten, eine Hand in ihren Haaren, die andere an ihrem unteren Rücken, mit vollem Körperkontakt, während sich seine Lippen auf ihre senkten. Nicht zärtlich – Gott sei Dank. Er war aggressiv, hungrig, verschlang sie. Sie war bereits verzweifelt erregt und reckte ihm in einer wortlosen Forderung nach mehr die Hüfte entgegen, als er sie absetzte und einen Schritt zurücktrat.

„Geh zurück zu deinen Freundinnen", sagte er barsch. „Ich komme in ein paar Minuten nach."

„Nein. Warum?" Ihr Blick fiel auf die Ausbuchtung seiner Jeans, und sie lächelte, begeistert, dieselbe Wirkung auf ihn zu haben, die er auf sie hatte. Langsames Feuer würde nie zwischen ihnen funktionieren, und sie war froh. Diese Art von Leidenschaft war selten und etwas, wovon sie immer geträumt hatte.

Auf zittrigen Beinen ging sie zurück zu ihren Freundinnen und betete, dass es die richtige Entscheidung gewesen war, den nächsten Schritt mit ihm zu wagen.

12

—

Josh war angespannt. Sie hatte es in dem Moment gespürt, als er bei ihrem ersten offiziellen Date die Tür geöffnet hatte. War es, weil so viel auf dem Spiel stand? Oder weil er verrückt war vor Lust und sich kaum beherrschen konnte? Sie hatte gestern Nacht ein bisschen zu viel Zeit damit verbracht, sich vorzustellen, wie es mit ihm sein würde – wilde, wahnsinnige Leidenschaft –, was der Grund war, warum sie ein schulterfreies weißes, ober-schenkellanges Jerseykleid trug, das wie eine zweite Haut anlag, und dazu schwarze Lackstilettos. Doch zuerst würde ein zivilisiertes Date den Ton für ihre gesamte Beziehung festlegen. Kein Druck. Gott, jetzt war sie verspannt.

Er machte eine Geste in Richtung Sofa. „Mach's dir bequem. Ich hoffe, du magst Steak."

Er hatte sich Mühe gegeben. Angefangen bei seinem frisch rasierten Gesicht über den würzig-holzigen Duft seines Aftershaves bis hin zu seiner Kleidung – einem blassblauen Hemd, grauer Stoffhose und eleganten Leder-schuhen.

„Steak klingt großartig." Sie setzte Rose mit ihrem grünen Teddybären auf den Boden und stellte die Tragetasche neben dem Sofa ab. Dann ging sie zu Josh. Stolzieren beschrieb es wahrscheinlich besser, mit herausgestreckter Brust und wiegenden Hüften. Warum ein solches Kleid tragen und dann die Reize nicht ausspielen? „Du siehst sehr gut aus heute Abend."

„Danke, du auch. Du könntest einen Sack tragen und immer noch umwerfend sein, aber das weißt du ja, oder?"

Einen Moment lang war sie sprachlos. Das war das erste Mal, dass Josh überhaupt einen Kommentar zu ihrer Erscheinung abgegeben hatte, und es war ein echtes Kompliment.

Er ging zurück in Richtung Küche. „Wie magst du dein Steak?"

„Medium well, bitte."

„Okay." Er blieb stehen und drehte sich zu ihr um. „Und Rose?"

Sie strahlte, da es ihr gefiel, dass er auch an ihr Fellbaby dachte. „Sie hat noch nie Steak gegessen, aber ich denke, medium well passt auch für sie."

Er schenkte ihr ein Lächeln, das sie wärmte wie Sonnenschein. Josh hatte sie bisher so selten angelächelt. Er war pure maskuline Schönheit.

Er ging in die Küche, und sie folgte ihm. Es duftete köstlich. Die Küchenausstattung war weiß und noch ziemlich neu. Verschiedene Kochutensilien, Messbecher und Schalen standen auf einem langen Resopaltresen. Ein kleiner quadratischer Tisch in der Ecke war mit einem weißen Tischtuch eingedeckt. In der Mitte standen eine Vase mit Rosen und zwei silberne Kerzenständer mit langen Kerzen. Ein schöner romantischer Touch.

Er deutete auf die Vase mit den Rosen. „Die sind für dich. Ich habe sie ins Wasser gestellt, damit sie rechtzeitig zum Essen aufblühen."

„Oh, danke." Sie bückte sich und schnupperte ihren Duft. „Die sind schön."

Er ging zum Küchentresen und holte etwas aus einer Plastiktüte. „Ich habe ein Kauspielzeug für Rose besorgt.

Es ist aus einem recycelten Feuerlöschschlauch hergestellt." Er riss das Etikett ab und drückte ihr das Spielzeug
in die Hand. Es war ein orangefarbenes, rechteckiges
Ding, das knisterte, wenn man es bewegte.

„O mein Gott, wir lieben es! Wie süß ist das denn?" Sie
ging ins Wohnzimmer, kniete sich neben ihr Fellbaby und
bot ihr das Kauspielzeug an. „Was denkst du, Rose?" Rose
schnupperte, dann leckte sie es. Hailey ließ das Spielzeug
auf den Boden fallen und Rose sprang darauf, rollte
darüber und leckte es mit Begeisterung.

Hailey warf einen Blick in Joshs Richtung. Er stand in
der Küchentür und beobachtete Rose lächelnd. Er war
unwiderstehlich sexy, liebte ihren Hund und kochte für sie
– doch sie war fest entschlossen, sich ihm nicht an den
Hals zu werfen. Er wollte ein langsames Feuer. Etwas
Echtes. Auch sie wollte etwas Echtes. Es fiel ihr nur
schwer zu warten, jetzt, wo sie die Leidenschaft gekostet
hatte.

Sie stand auf und strich ihr Kleid glatt. „Hast du
irgendeinen Wein da?"

„Ja, einen schönen Merlot. Ich lasse ihn gerade atmen.
Ich gieße uns gleich ein Glas ein. Die Steaks haben den
ganzen Tag mariniert. Und ich habe zweimal gebackene
Kartoffeln im Ofen, dazu Spinat mit Pilzen. Und zum
Dessert–"

„Du backst auch noch?"

„Erdbeer-Shortcake aus dem Garner's. Nicht zu süß."

Sie ging zu ihm. „Lecker. Ist das ein typisches erstes
Date für dich?"

„Nein." Er ging zurück in die Küche und sah nach den
Kartoffeln im Ofen. „Normalerweise lade ich keine Frauen
hierher ein."

Sie wurde rot, aufgeregt, eine der wenigen Frauen zu
sein, die hierher eingeladen worden waren. Schwer zu
glauben, dass sie seine Wohnung einst für eine Sünden-
höhle gehalten hatte. „Warum nicht? Ist das dein privater
Zufluchtsort?"

Er richtete sich auf und schloss die Ofentür. „Weil die meisten Frauen meine Wohnung nicht beeindruckend finden würden, aber du hast sie schon mal gesehen, darum …" Er holte zwei Weingläser aus dem Schrank und schenkte den Wein ein, dann reichte er ihr ein Glas.

Seine beiläufige Bemerkung nahm ihr den Wind aus den Segeln. „Danke." Sie trank einen Schluck. „Kann ich dir irgendwie helfen?"

„Nein, ich mach das schon. Entspann dich einfach."

Sie setzte sich an den Tisch und beobachtete, wie er eine große, gusseiserne Pfanne hervorholte und erst Butter, dann die Pilze hineingab. Es war seltsam, so mit Josh zusammen zu sein, in einer so friedlichen, häuslichen Szene. „Was glaubst du, warum wir uns so oft streiten?"

Er warf ihr einen Blick über die Schulter zu. „Du lässt dich leicht provozieren, und ich konnte einfach nicht widerstehen. Ich habe es weitestgehend für Spaß gehalten." Er wandte sich wieder dem Kochen zu und schob die Pilze mit einem hölzernen Pfannenwender in der Pfanne herum. „Warum bist du trotzdem immer wiedergekommen?"

Sie starrte seinen breiten Rücken an. Ja, warum war sie immer wiedergekommen? Meistens war sie so wütend auf ihn gewesen, dass sie ihm am liebsten an die Gurgel gesprungen wäre. Und jetzt? Jetzt sehnte sie sich danach, ihn zu berühren, ihn zu küssen, ihn zu schmecken. Oh, Junge, sie musste wirklich aufhören, ihn sich nackt vorzustellen.

Er sah sie an. „Du weißt es nicht?"

Sie erwachte aus ihren Gedanken. „Ich konnte einfach nicht aufhören, als wir einmal angefangen hatten. Irgendwie krank ist das schon. Ich meine, manchmal war ich wirklich auf hundertachtzig."

Er nickte. „Wir haben es vielleicht ein bisschen aus dem Ruder laufen lassen. Ich habe versucht, es wieder gutzumachen, als mir bewusst geworden ist, dass ich deine Gefühle verletzt habe. Wie auch immer, rückblickend lag es vielleicht daran, dass ich mich zu dir hingezogen gefühlt habe, obwohl ich es gar nicht wollte. Ich habe nicht klar ausgedrückt, was ich wollte. Clarissa hat mir geholfen, in mich zu gehen. Du weißt schon, mir meines Unterbewusstseins bewusst zu werden und wie es sich im täglichen Leben manifestiert."

Sie schniefte. *Clarissa.* „Weißt du nicht, dass man nicht über seine Ex spricht, wenn man mit jemand anderem bei einem Date ist?"

Er wandte sich wieder dem Kochen zu. „Wusste nicht, dass es dazu Regeln gibt."

„Natürlich gibt es Regeln. Dein Fokus sollte auf der Gegenwart und bei der Person sein, mit der du gerade zusammen bist. Hast du für sie gekocht?"

Er blickte auf. „Hast du nicht gerade gesagt–"

„Vergiss es. Ich will es nicht wissen."

Gerechtfertigterweise irritiert, ließ sie den Wein auf dem Tisch stehen und ging ins Wohnzimmer, um nach Rose zu sehen. Sie war auf Joshs Sofa zu einem Ball zusammengerollt. Mit dem Kauspielzeug zwischen den Pfoten schnarchte sie friedlich. Rose brauchte nicht viel, um glücklich zu sein, und war sie Josh gegenüber nicht schnell aufgetaut nach all dem Knurren und Kläffen? Sie wusste immer noch nicht, warum Rose ihre Meinung über Josh geändert hatte. Es hatte bei dem Abendessen mit ihren Eltern angefangen. Vielleicht hatte Rose Haileys Stimmungen gespürt – wenn sie böse auf Josh war, war Rose es auch, und wenn sie ruhig war, war Rose auch ruhig. Hm. Was für ein einfühlsamer Hund.

Sie kehrte in die Küche zurück und setzte sich, Josh kümmerte sich gerade um die Steaks. Sie nippte an ihrem Wein und sah ihm beim Kochen zu. Er gab sich große Mühe für sie, mehr als jeder Mann vor ihm. Nicht, dass sie viel Erfahrung gehabt hätte, nachdem sie so lange ihr Freunde-mit-gewissen-Vorzügen-Arrangement den Platz einer echten Beziehung hatte einnehmen lassen. Jetzt hier mit Josh zusammen zu sein, fühlte sich beinahe so an, als wäre sie in ein Paralleluniversum versetzt worden. Der nette Josh, der romantische Josh, jemand, der versuchte, eine Verbindung zu ihr aufzubauen, anstatt sich mit ihr zu streiten. Sie fühlte sich aus dem Gleichgewicht, als wäre sie sich nicht mehr sicher, mit wem sie es zu tun hatte. Wie viel wusste sie überhaupt über ihn?

Nicht viel später zündete Josh die Kerzen an und stellte die Teller mit dem Essen auf den Tisch. „Bon appétit." Jetzt, da er mit dem Kochen fertig war, schien er entspannt zu sein. Vielleicht war es doch nicht aufgestaute Lust, die ihn so angespannt hatte wirken lassen. Verdammt.

„Das ist wunderbar. Danke."

„Jupp. Sag mir bitte, ob dein Steak so gebraten ist, wie du es magst."

Sie schnitt es an, und es war perfekt medium well mit nur einem Hauch von Pink. „Es ist großartig."

Sie aßen ein paar Minuten schweigend. Sie konnte sich nicht dazu bringen, Smalltalk über das Wetter oder das Essen zu machen, denn mit ihrer Historie waren sie über Smalltalk lange hinaus, doch abgesehen von ihren gemeinsamen Freunden und ihren Eltern, die jedoch selbst ein Minenfeld waren, fiel ihr nichts ein, was sie gemein hatten.

Sie seufzte. „Josh?"

„Ja."

„Erzähl mir von dir. Jetzt, da wir uns nicht streiten, ist mir bewusst geworden, dass ich dich eigentlich gar nicht so gut kenne."

„Natürlich kennst du mich. Du kennst meine Familie, meine Brüder ehrenhalber, du weißt, wo ich arbeite, und du weißt, dass ich ein Gourmet bin. Mehr gibt es da nicht zu wissen."

Sie war sich sicher, dass da mehr war. Er war komplex, und er legte nicht gerne die Karten auf den Tisch. Mad hatte mehr als einmal gesagt, dass Josh ein Langzeitstratege war. Doch was plante er? In Gedanken ging sie schnell ihre gemeinsame Geschichte durch und versuchte, ihre Wissenslücken zu füllen. „Erinnerst du dich daran, als du im Rahmen deines Businessplans platonisch mit Frauen ausgegangen bist?"

Das war eines ihrer Arrangements gewesen. Erst hatte er sie zu Hochzeiten begleitet, und dann, als sie gesehen hatte, was für ein Gentleman er war (zumindest in der Zeit, in der sie ihn bezahlte), hatte sie ihn an Singlefrauen auf der Suche nach ihrem Happy End vermittelt. Er sollte sie nur auf ein Date begleiten, um ihren Glauben an die Männerwelt wiederherzustellen, indem er einfach er selbst war. Und danach übernahm Hailey wieder. Ein Teil *ihres* Businessplans war es, Leute zusammenzubringen. Je mehr glückliche Paare es gab, desto mehr Hochzeiten konnte sie planen. Rückblickend wusste sie nicht, warum er da überhaupt mitgespielt hatte.

Er schnitt ein Stück von seinem Steak ab. „Jupp."

„Warum hast du dem zugestimmt?"

„Des Geldes wegen." Er wandte sich wieder dem Essen zu.

„Aber wenn du dir Mads Studiengebühren leisten konntest und immer noch genug hattest, um das Garner's zu kaufen *und* es umzubauen, finde ich es schwer zu glauben, dass du das bisschen Geld gebraucht hast, das ich dir bezahlt habe."

„Es hat Spaß gemacht."

Ihre Neugier gewann die Oberhand. „Wohin hast du sie eigentlich ausgeführt, und was hast du mit ihnen gemacht?" Ein paar der Frauen, denen sie geholfen hatte, waren so erschüttert von der elenden Männerwelt gewesen, dass sie die Hoffnung aufgegeben hatten. Nach Josh waren sie bereit, wieder mit dem Daten anzufangen.

Er kaute und schluckte. „Einfache, billige Sachen wie ein Spaziergang durch Clover Park, ein Schaufensterbummel, sie zu einem Eis einladen, den Boardwalk am Ufer entlang wandern und ihnen einen Preis bei einer der Buden gewinnen."

„Warum hast du es wirklich gemacht?"

Er legte seine Gabel ab und sah ihr in die Augen. „Ganz ehrlich? Um dich eifersüchtig zu machen."

Sie riss die Augen auf. „Warum sollte ich eifersüchtig sein auf ein platonisches Date?"

„Ich hatte gehofft, dass du dir Sorgen machst, dass da mehr passiert. Zugegebenermaßen nicht ganz fair. Aber das war, bevor ich im Einklang mit meinem unterbewussten Kram war."

Sie presste die Lippen aufeinander. „Vor Clarissa."

„Ja."

„Was meinst du mit unterbewusstem Kram?"

„Ein Teil von mir hat dich gewollt, dich aber gleichzeitig auch nicht gewollt."

Sie holte scharf Luft. Ihr Herz pochte. Er hatte sie da schon gewollt? Das war mehr als zwei Jahre her! Sie hatte ihn in gewisser Weise auch schon die ganze Zeit haben wollen – er war heiß –, doch sie hatte ihn nicht gewollt, weil er sich so oft mit ihr stritt. „Warum wolltest du mich nicht? Wegen unserer Streitereien?"

Er schüttelte den Kopf. „Nicht wichtig. Jetzt weiß ich, was ich will."

„Weil du mich für eine Prinzessin gehalten hast?", riet sie.

Er starrte sie an. „Besteht die Möglichkeit, dass wir nicht darüber reden und einfach essen?"

„Nein." Sie spießte ihre Kartoffel auf.

„Du wirst es falsch auffassen, und dann wirst du wütend auf mich sein, und die ganze Arbeit für unser perfektes erstes Date war umsonst."

„Sag's mir einfach. Ich kann damit umgehen."

Er seufzte. „Ich konnte nicht ausstehen, dass du eine Schönheitskönigin warst. Du hast herablassend gewirkt und hochnäsig mit all deinen Designerklamotten, deinen perfekten Haaren und deinem perfekten Make-up."

„Vorurteile, ich verstehe."

„Es war eher eine innere Abneigung gegenüber allem,

wofür ich dich gehalten habe." Sie starrte ihn an, und er fuhr eilig fort. „Wie gesagt, ich habe mich getäuscht. Ich habe diesen Schönheitsköniginnen-Kram gehasst, das gebe ich zu. Ich habe mir aufgrund meiner eigenen schlechten Erfahrungen mit meiner Mom und meiner Ex ein Urteil über dich gebildet."

„Deiner Ex? Du meinst Clarissa?"

„Nein." Er aß ein Stück von seinem Steak. „Ich bin mir sicher, ein Psychologe hätte seine helle Freude daran, aber ich bin an der Uni mit Miss Massachusetts gegangen. Ich habe sie geliebt. Doch sie hat nur sich selbst geliebt. Sie ist dann mit einem reichen Typen, den sie bei einem Wohltätigkeitsball kennengelernt hatte, durchgebrannt und hat ihn geheiratet. Sie hatte mich nicht zum Ball eingeladen; ich hatte nicht einmal davon gewusst. Ich habe viel später von jemandem davon erfahren, der es in der Gesellschaftssparte der Lokalzeitung gelesen hatte."

„Und sie ist nie wieder auf den Campus zurückgekehrt?"

„Nein. Ein Angestellter ihres Sugar Daddys hat einen Monat später ihr Zimmer im Wohnheim ausgeräumt."

Sie sah ihn mitfühlend an. „Du hast recht. Ein Psychologe würde dich jetzt auf die Couch schicken." Seine Mom, die ebenfalls eine Schönheitskönigin gewesen war, war ebenfalls mit einem Sugar Daddy durchgebrannt.

„Danke. Vielleicht war es gut, darüber zu reden."

Sie lächelte, wandte sich wieder ihrem Essen zu und dachte über das, was er ihr erzählt hatte, nach. Er hatte Schönheitsköniginnen-Ballast, und sie hatte seine Vorurteile, ohne es zu wissen, bestätigt. „Ich habe nur an Wettbewerben teilgenommen, um Geld für die Uni zu verdienen. Nur so habe ich mir mein Studium leisten können."

Er ergriff ihre Hand und drückte sie sanft. „Du hast getan, was du tun musstest, und weißt du was? Ich respektiere das."

Sie schluckte den Kloß in ihrem Hals hinunter. Wenn

Josh aufrichtig war, war es intensiver, als sie es von Männern kannte. „Danke."

„Und jetzt will ich deine schmutzigen Geheimnisse hören. Uni, Liebesleben, Erlebnisse, bei denen sich ein Psychologe die Haare raufen würde ..."

Sie lachten.

Sie war noch nicht begeistert von dem Gedanken, selbst von sich zu erzählen, da es ihr gefiel, ihn das erste Mal so offen zu erleben. „Hat es nach Miss Massachusetts noch etwas Ernsthaftes gegeben?"

Er warf ihr einen vielsagenden Blick zu, antwortete aber dennoch. „Meistens nur rumgedatet und das war's. Aber du weißt ja, dass ich eine Weile in der Army war. Zu viele Auslandseinsätze, um lange mit jemandem zusammenzubleiben, nicht, dass ich etwas Festes gewollt hätte. Dann bin ich nach Hause gekommen, hab mich eine Weile erholt und schließlich im Garner's angefangen, wo es leicht war, Frauen kennenzulernen."

„Bis die wunderbare Clarissa hereinspaziert kam und dich zu einem besseren Mann gemacht hat." Sie schaffte es nicht, den Sarkasmus in ihrer Stimme zu unterdrücken. Er sprach viel zu viel von seiner Ex.

Seine dunklen Augen funkelten amüsiert, doch er sagte nichts.

„Habt ihr euch wirklich wegen des Geldes im Schuhkarton getrennt?"

Er trank einen Schluck Wein und blickte ihr in die Augen. „Wir haben uns getrennt, weil sie wusste, dass ich dich wollte, auch wenn ich es mir selbst noch nicht eingestanden hatte."

Wow. Ihr wurde heiß, und ihr fiel nichts ein, was sie darauf erwidern konnte. Vielleicht sollte sie sich bei Clarissa bedanken, dass sie Josh die Augen geöffnet hatte.

Er nickte. „Jetzt bist du dran. Raus mit den Geheimnissen."

Sie schob die Kartoffel auf ihrem Teller herum. „Ich

habe keine Geheimnisse. Du sagst es so, als wäre es etwas Verwerfliches."

„Jetzt aber nicht kneifen."

Sie zog eine Grimasse. „Ich kneife nicht." Sie warf ihre Haare über ihre Schulter. „Was willst du wissen?"

„Alles."

„Da gibt es nichts zu erzählen, wirklich. Mein Liebesleben ..." Sie trank ihren Wein in einem langen Zug aus. „Ich ähm ... habe gedatet, aber nichts Ernstes. Auf der Highschool wollten die Jungs sich nur damit brüsten, dass sie was mit mir hatten, und als eine Freundin mir das gesagt hat, bin ich vorsichtig geworden und habe zu meiner eigenen Sicherheit Abstand gehalten."

Er saß aufrecht, die Stirn besorgt gerunzelt. „Hailey, das ist furchtbar. Hast du das jemandem erzählt? Hattest du niemanden, der auf dich aufgepasst hat?"

„Also, ich hatte keinen großen Bruder mit übermäßig ausgeprägtem Beschützerinstinkt, wenn du das meinst. Meine Mom sagte, dass Männer nun einmal so seien, und riet mir zu flirten und die Unerreichbare zu sein. Sie hat damit nicht falsch gelegen. Es war definitiv besser so. Niemand will so benutzt werden."

„Was ist mit Freundinnen?"

„Rückblickend weiß man immer mehr, nicht wahr? Sie waren keine echten Freundinnen. Ich war das beliebteste Mädchen in der Schule. Prom Queen, Captain der Cheerleader, das volle Programm. Ich hatte jede Menge hübsche Freundinnen, doch ich glaube, insgeheim wollten sie alle nur haben, was ich hatte. Sie waren neidisch auf meine Klamotten – die meine Mom mit einem riesigen Personalrabatt aus der Boutique, in der sie arbeitete, für mich gekauft hat, meine Siege bei Schönheitswettbewerben und die Aufmerksamkeit, die ich von den Medien bekommen habe."

Er presste die Lippen aufeinander. „Ist es an der Uni besser gewesen?"

Sie nickte. „Da habe ich Liam kennengelernt, gegen

Ende des zweiten Semesters. Ich hatte mich entschlossen, dass ich an der Uni mit dem Daten anfangen wollte, da ich dachte, dass die Jungs reifer wären und ich nicht die Trophäe eines Macho-Wettbewerbs wäre. Ich habe also ein bisschen rumgedatet und bin ziemlich enttäuscht worden. Wenn ich gedacht habe, dass sich etwas entwickeln könnte, kam am Ende doch heraus, dass sie kein Interesse daran hatten, mich besser kennenzulernen. Es hat wahrscheinlich auch nicht geholfen, dass ich nicht bereit war, sofort ins Bett zu hüpfen. Es war nicht so, dass ich nicht interessiert oder neugierig gewesen wäre, es war nur, dass ich die richtigen Gefühle dazu gebraucht habe. Ich denke, ich wollte das Gefühl haben, geliebt zu werden."

„Und Liam hat dir das gegeben."

Sie seufzte. „Liam war ein netter Typ. Er hat offen zugegeben, dass ihm mein Aussehen gefallen hat und dass er nichts Festes wollte. Er war vertraut, sicher, wahrscheinlich weil wir uns ähnlich sahen – selbe Haarfarbe, blaue Augen, helle Haut –, da ist das Material für den Psychologen. Ha! Meine Standards, was Männer anging, waren nicht hoch, und ich war es leid, Jungfrau zu sein. Also … haben wir es getan. Es war nicht Liebe, doch es war eine Art von Beziehung. Wir haben es bis vor Kurzem immer wieder aufleben lassen. Wir verstehen uns gut, er ist kultiviert und intelligent, und ein Teil von mir hat geglaubt, dass irgendwann Liebe daraus werden würde, doch … das ist nicht passiert. Vor knapp sechs Monaten habe ich es dann beendet, weil mir bewusst geworden ist, dass ich mehr wollte."

Ohne den Blick von ihren Augen abzuwenden, trank er einen Schluck Wein. „Du hast nur mit einem Mann geschlafen?"

„Das ist dein Fazit aus meiner Geschichte?" *Hallo? Ich will eine echte Beziehung. Mehr, als ich bisher gehabt habe, und da kommst du ins Spiel …*

„Ein Mann?"

„Ja."

Josh starrte sie an. Sie spielte mit der Stoffserviette, faltete sie in eine Richtung und dann wieder in die andere. Er wusste, dass sie siebenundzwanzig war, und er verurteilte sie für ihre Unerfahrenheit. Er hatte es wahrscheinlich mit dreißig Frauen getan, nein vierzig, hundert! Er war ein Schwein.

Sie ballte ihre Faust um die Serviette. „Mit wie vielen Frauen hast du geschlafen?"

Sein Blick fiel auf ihre Faust, dann sah er ihr wieder in die Augen. „Willst du mir damit sagen, dass der selbsternannte Liebesjunkie, die romantikbesessene kuppelnde Hochzeitsplanerin nie verliebt war?"

1-A Schlussfolgerung, Sherlock. Wie schnell er doch ihre peinliche Unzulänglichkeit erkannt hatte. Sie legte ihre Serviette auf ihren Schoß und strich sie glatt. Er beobachtete sie weiter und schien sich ein Urteil über sie zu bilden.

Sie hob den Kopf und tippte mit beiden Händen auf den Tisch. „Lass uns über was anderes reden."

Er nahm ihre Hand und hielt sie. „Wie habe ich mich so in dir täuschen können?"

Sie seufzte erleichtert. Vielleicht verurteilte er sie ja doch nicht. „Ich schätze, du hast gesehen, was du sehen wolltest."

„Ich habe gesehen, was du mich hast sehen *lassen.* Aber jetzt lässt du mich an dich heran. Ich mag diese Version von dir."

Sie lachte nervös. Es fühlte sich an, als blickte er direkt in sie hinein, ein unbehagliches, verletzliches Gefühl.

Er lächelte. „Und es ist süß, dass du willst, dass ich der zweite Mann bin, mit dem du schläfst."

Sie sah ihn überrascht an. „Ich dachte, du wolltest ein langsames Feuer?"

„Das will ich auch. Es gefällt mir aber, es zu wissen."

In angespannter Stille aßen sie weiter. Alles, woran sie denken konnte, war, was als Nächstes kommen würde. Wie langsam war ein langsames Feuer? Würde sie sich mit einem keuschen Gute-Nacht-Kuss zufrieden geben müssen, oder konnte sie ihn zu mehr verführen, ohne eine weitere Abfuhr zu riskieren?

Sie schob ihren Teller von sich und platzte heraus: „Und was jetzt?"

„Möchtest du Dessert?"

„Nein, ich bin voll. Das Essen war fantastisch."

„Freut mich, dass es dir geschmeckt hat. Jetzt kannst du mir beim Abwaschen helfen."

Sie verbarg ihre Enttäuschung und setzte ein Lächeln auf. „Sicher."

Er schüttelte den Kopf. „Tu das nicht."

„Was?"

„Dein aufgesetztes Lächeln. Sei einfach du selbst. Wenn du nicht lächeln willst, lächele nicht. Zieh eine Grimasse oder tu nichts, aber bitte sei nicht unecht. Keine Schauspielerei."

„Ich war nur höflich."

„Das solltest du auch lassen."

Sie schnaubte. „Sonst noch irgendwelche Anweisungen, die ich berücksichtigen sollte?"

Er rieb sich das Kinn, und seine Augen glitzerten verschmitzt. „Ich werde es dich wissen lassen."

Später an diesem Abend stellte sich Hailey der wenig berauschenden Aussicht, nach Hause zu gehen, nachdem es ihr nicht gelungen war, Josh mit ihrem engen Kleid, das sie bei jeder Gelegenheit zur Schau gestellt hatte, in Versuchung zu führen. Sie weigerte sich, noch einen forschen Versuch zu wagen, nachdem er sie schon einmal abgewiesen hatte, doch sie wurde immer angespannter. Es war beinahe so, als wären sie ein altes, verheiratetes Paar. Irgendwie hatten sie den Schritt von Lieblingsfeinden zu Freunden gemacht und hatten den Liebhaberteil übersprungen. Nachdem sie das Geschirr gespült hatten – sie spülte, er trocknete ab und räumte es weg – gingen sie mit Rose spazieren und sahen sich einen Film im Fernsehen an. Okay, ja, er hatte ihre Hand gehalten, doch das wars. Und er hatte sie den Film aussuchen lassen. Natürlich musste sie ihm einen der romantischsten Filme aller Zeiten zeigen – *Während du schliefst*.

Sie hätte wissen sollen, dass der Film ihm keine romantischen Ideen einflüstern würde, denn am Ende sagte er: „Ich verstehe das nicht. Inwieweit war das romantisch? Sie hat einen Typen geliebt, den sie nicht kannte, und dann ist sie mit seinem Bruder gegangen."

„Sie ist ihrem Herzen gefolgt."

„Der Typ hat im Koma gelegen."

„Sie hat ihn gerettet."

Er nahm die Fernbedienung und schaltete den Fernseher aus. Rose, die auf Joshs Schoß schlief, hob den Kopf, legte sich jedoch gleich wieder hin. „Denkst du je, dass du mit meinem Bruder zusammen sein wollen würdest?"

Sie lächelte schalkhaft. „Mit welchem?"

„Jake", sagte er. „Er ist wie ich, nur mit Geld."

Sie blinzelte, überrascht, dass er es ernst meinte. Er hatte echte Komplexe, was Geld anging. „Du solltest dich nicht so von seinem Geld aus der Ruhe bringen lassen. Du hast eben einen weniger lukrativen Beruf gewählt."

Er biss die Zähne aufeinander. „Ich lasse mich nicht aus der Ruhe bringen."

Sie entschloss sich, nicht mit ihm darüber zu streiten. Bisher hatten sie sich wirklich gut vertragen, und sie wollte nicht, dass der Abend in einer Enttäuschung endete. Andererseits war es klar, dass er sich wegen seines Zwillings echte, wenn auch irrationale Sorgen machte. „Jake ist …"

Er beugte sich vor. „Was?"

„Bitte sag ihm das nicht und Claire auch nicht."

Er nickte.

„Langweilig."

Josh grinste. „Warum ist er langweilig?"

„Ich weiß auch nicht. Aber er ist es einfach.“

„Und ich bin aufregend? Dann bin ich mit meiner kleinen Bar in der Vorstadt und meinem ruhigen Leben aufregender als ein Milliardär?“

„Ich habe nicht gesagt, dass du aufregend bist, sondern nur, dass er langweilig ist.“

Er lachte schallend und erschreckte Rose, die empört von seinem Schoß kletterte, vom Sofa sprang und demonstrativ in ihre Hundetragetasche stieg. „Das ist ehrlich. Sieht aus, als wolle Rose nach Hause gehen.“

Sie stand auf, denn sie erkannte den Wink mit dem Zaunpfahl. „Dann gehen wir.“ Sie nahm ihre Handtasche und hob Rose' Tragetasche auf. „Danke fürs Essen. Gute Nacht.“

Er hob einen Mundwinkel zu einem typischen Josh-Schmunzeln. Sie spannte sich an, unglaublich irritiert. Als wüsste er, wie sehr sie ihn wollte, und machte sich lustig über sie, indem er nicht entsprechend handelte.

„Gute Nacht“, sagte er lässig.

Sie machte auf dem Absatz kehrt und ging zur Tür, bemüht, ihren Ärger nicht zu zeigen. Sie sollte sich auf das Positive konzentrieren. Er hatte ihr Abendessen gekocht, einen romantischen Film mit ihr angesehen, den sie ausgesucht hatte, und er hatte ihr Fellbaby gut behandelt.

Er folgte ihr. „Warte, lass mich die Tür für dich aufhalten.“

Sie seufzte ein bisschen enttäuscht, und an der Tür angekommen drehte sie sich noch einmal zu ihm um. Ihr Gute-Nacht-Kuss würde wahrscheinlich ein Kuss auf die Wange werden, wenn überhaupt.

„Warum siehst du so enttäuscht aus?“, fragte er in neckendem Ton, während er seine Hand unter ihre Haare in ihren Nacken schob.

„Bin ich nicht“, log sie.

Er senkte den Kopf und biss sanft in ihren Hals. Sie zuckte zusammen und stieß einen überraschten Schrei aus.

Er drückte ihren Nacken. „Ich habe dir doch gesagt, dass du bei mir nicht schauspielern sollst. Warum bist du enttäuscht? Hat dir das Essen nicht gefallen? Der Film? Oder ist es, weil wir kein *Dessert* hatten?" Eindeutig zweideutig. Er machte sich offensichtlich über sie lustig.

Sie presste die Lippen aufeinander. Er hielt sie weiter am Nacken und hob seine andere Hand, um mit dem Daumen über ihre Lippen zu streichen. Die Berührung der Oberlippe ließ sie den Mund öffnen, dann strich er kurz über die Unterlippe, bevor er Druck ausübte. Ihre Lippen prickelten, als er sich langsam zu ihr hinunterbeugte und seine Lippen auf ihre presste, ein zärtlicher Kuss, der den Wunsch nach mehr in ihr weckte.

Dann ließ er sie los. Einen angespannten Moment lang starrten sie einander an. Sie stand kurz davor, vor aufgestauter Lust in Flammen aufzugehen.

„Hailey."

Dann purzelten die Worte nur so aus ihrem Mund. „Ich bin enttäuscht, weil ich Dessert wollte und du es mir nicht gegeben hast." *Bitte, versteh es als Metapher sexuellen Verlangens. Ich kann eine weitere Zurückweisung nicht riskieren.*

„Ich habe es dir angeboten."

„Da war ich nicht hungrig. Aber jetzt bin ich es." *Metapher, du Depp!*

Er neigte den Kopf. „Wenn ich dir Dessert serviere, würdest du es dann als befriedigendes, romantisches Date bezeichnen? Von der Sorte, die dich von den Beinen reißt?"

„Meine Füße stehen fest am Boden." Sie hob herausfordernd das Kinn. „Ich warte noch darauf, dass mich etwas von den Beinen reißt."

Ein leises Lächeln umspielte seine Lippen, seine dunklen Augen leuchteten. Sie hielt den Atem an, als er ihre Taschen von ihren Schultern nahm und sie auf den Boden stellte. Sie warf einen Blick auf Rose, die kurz den

Kopf aus der Tasche schob und sich gleich wieder zusammenrollte.

Josh nahm ihre Hand, zog sie von der Tür weg, bevor er sie schließlich im wahrsten Sinne des Wortes von den Beinen riss und in seine Arme nahm.

13

Erregung schoss durch sie hindurch, als er sie in sein Schlafzimmer trug.

Er stellte sie auf die Füße, schloss die Schlafzimmertür hinter sich, sein Blick dunkel und lodernd. „Du vertraust mir?"

„Äh …" Sie hatte diese Frage nicht erwartet. Vertrauen war kompliziert angesichts ihrer Geschichte.

„Du fühlst dich sicher bei mir?"

„Ja." Sie kannte ihn als Beschützer aller seiner jüngeren Geschwister und seit kurzem auch für sich, auch wenn sie ihn nie darum gebeten hatte.

Er verflocht ihre Hände, hob ihre Arme über den Kopf und presste ihre Hände gegen die Tür. „Gut." Mit heiserer Stimme sprach er in ihr Ohr: „Ich muss die Kontrolle haben. Keine plötzlichen Bewegungen. Und pack mich nie von hinten. Das sind Trigger für mich. Ich will dir nicht wehtun, verstehst du? Ist das okay für dich?"

Ihr Herz schmerzte um seinetwillen. Sie wusste, dass er Kampfeinsätze gehabt hatte, doch sie hatte nicht gewusst, welch tiefe Wunden sie hinterlassen hatten. „Ich verstehe. Musst du das jeder Frau, mit der du ins Bett gehst, erklären?"

Er sah ihr in die Augen. „Nein, ich übernehme die Kontrolle, und das war's, aber du bist anders. Ich spüre, dass du womöglich aggressiver bist."

Sie schüttelte den Kopf. „Ich bin nicht aggressiv."

„Wer weiß, vielleicht bringe ich diese Seite in dir zum Vorschein." Dann küsste er sie, nicht grob, eher ein sanftes Drängen, während er seinen Körper langsam gegen ihren presste. Sie schmolz an ihn. Ihn endlich an Bord zu haben, ließ sie entspannen. Als er mit der Zunge in ihren Mund eindrang, entfachte er ein Feuer in ihr, und der Kuss wurde wild. Ihr Herz raste, Blut rauschte durch ihre Adern, und das Verlangen machte sie feucht. In ihrem ganzen Leben war sie noch nie so scharf gewesen.

Sein harter Körper presste sie gegen die Tür, seine Hände hielten ihre fest und sein Mund verschlang sie.

Er ließ ihre Hände sinken und legte sie an seine Taille. Sie hielt sich fest und erinnerte sich an seine Bitte, plötzliche Bewegungen zu vermeiden. Sein Mund wanderte ihren Hals hinunter. Er biss sie und liebkoste sie mit seiner Zunge. Sie ließ den Kopf in den Nacken sinken. Elektrisches Prickeln und scharfe Funken der Lust wechselten sich ab. Seine Hände glitten ihre Beine hinauf, packten den Saum ihres Kleides und schoben es zu ihrer Taille empor. Im nächsten Moment hob er sie hoch und rieb sich an ihr, während er sie küsste, eine Hand in ihren Haaren, die andere hinter ihrem Rücken. Sie stöhnte in seinen Mund und klammerte sich an seinen Schultern fest, bebend vor Lust und heiß. *Ja, ja, ja.* Sie hatte das schon so lange gebraucht.

Plötzlich unterbrach er den Kuss, den Blick heiß auf sie gerichtet, und schob eine Hand zwischen sie in ihr Höschen, um sie zu verwöhnen. Ihre Hüften zuckten unter seiner festen Berührung.

„Schh… entspann dich", flüsterte er und streichelte sie.

Sie zuckte und buckelte, und er hielt sie still, eine Hand auf ihrer Hüfte, während er sie mit der anderen weiter massierte, ohne den lodernden Blick von ihr abzuwenden. Sie keuchte. Der Druck in ihr baute sich auf und mächtige Wellen der Lust brandeten durch sie hindurch. Sie rang um Kontrolle. Sie wollte ihn in sich. „Josh!"

„Wehr dich nicht dagegen", knurrte er.

Er vergrub seine Zähne in ihrem Hals, und sie explodierte. Pure Lust strahlte aus ihrem Innersten bis zu den Zehen. Sie fühlte sich wie elektrisiert – ihre Haut, ihre Brüste, ihre Weiblichkeit. Sie sank an seine Brust, und er trug sie zum Bett, schlug die Laken zurück und legte sie sanft ab. Sie blinzelte träge, dann wurde ihr plötzlich bewusst, dass sie noch angezogen war.

Sie setzte sich auf, zog ihr Kleid über ihren Kopf und legte es auf den Nachttisch.

Plötzlich war Josh da, vollkommen nackt, und kniete sich neben ihr aufs Bett. Sie lächelte schief, und fühlte sich berauscht. „Hallo, du."

Er öffnete ihren BH und zog ihn ihr aus. „Hallo", antwortete er in warmem Ton, dann legte er seine Hände um ihre Brüste und begann, mit den Daumen ihre Nippel zu harten kleinen Gipfeln zu streicheln.

„Ich bin so intensiv gekommen", seufzte sie atemlos.

Er stöhnte, packte sie an den Hüften und zerrte sie auf sich zu, dann zog er ihr das Höschen aus und spreizte ihre Beine, bevor er seinen Körper auf sie senkte, die Hände neben ihren Kopf gestützt und sie mit seiner Erektion erregte, indem er sie auf und ab strich.

Sie strich mit den Fingern durch seine Haare. „Hast du Gummis?"

„Du hast nicht gesehen, wie ich einen übergerollt habe?"

„Ich muss da wohl gerade mein Kleid ausgezogen haben."

Er biss sie auf die Unterlippe. „Das Kleid hat mich den ganzen Abend in Versuchung geführt, du kleine Hexe."

Sie lächelte und ließ ihre Hände über seine Schultern und seinen muskulösen Rücken wandern. „Das war mein Plan."

„Und jetzt folgen wir meinem."

Seine Lippen schlossen sich über ihren, während er sie mit einem Stoß nahm. Ihr Körper spannte sich um ihn herum an, immer noch erregt von zuvor. Er stieß tief in sie hinein, hart und schnell, und ihre inneren Muskeln zuckten um ihn herum. Druck, süßer Schmerz und die wachsende Anspannung fraßen sie auf. Josh verzehrte sie. Sein Atem war rau in ihrem Ohr, sein starker Körper stieß in sie hinein, sein männlicher Duft, sein Geschmack, alles an ihm dominierte ihre Sinne. Sie schob ihm ihre Hüfte entgegen und keuchte, als sich der Druck noch intensivierte. Sie schrie seinen Namen und bog den Rücken durch, als sie zum zweiten Mal kam. Hart. Er rammte weiter in sie hinein, dann erzitterte sein ganzer Körper, und er kam.

Er stützte sich noch ein paar Sekunden auf, hielt sie am Kinn und küsste sie leidenschaftlich. „War das okay als Dessert?"

Sie lachte. „Das beste Dessert aller Zeiten."

„Ja?" Er schmiegte seinen Kopf an ihren Hals, dann rollte er von ihr herunter. „Ich behalte dich heute Nacht in meinem Bett."

„Ich wäre auch wütend, wenn du mich rausschmeißen würdest." Sie starrte glücklich an die Decke. Sie hatte gerade Sex mit Josh Campbell, ihrer ehemaligen Nemesis gehabt. Der Mann, der sich mit ihr gestritten und der alle Register gezogen hatte, um sie auf die Palme zu bringen – und jetzt hatte sich das alles geändert. Sie fühlte sich ihm näher, als sie es je für möglich gehalten hätte. Sie wünschte sich, sie könnte die Zeit anhalten und den Moment festhalten, entspannt, zufrieden und friedlich. Eine nagende Sorge erwachte. Was jetzt? Hatten sie nach all der Streiterei eine Chance als Paar? Konnten sie den Frieden auf lange Sicht aufrechterhalten? Und was war mit der Tatsache, dass Joshs Vater nicht wollte, dass er mit ihr zusammen war?

Sie wollte den Moment nicht ruinieren, darum behielt

sie ihre Sorgen für sich und setzte sich auf. „Ich gehe ins Bad, und dann hole ich Rose."

„Bitte sag mir, dass sie nicht in deinem Bett schläft."

Sie drehte sich um, sah ihn an und konnte nicht anders, als ihn zu berühren und ihre Finger über seine schöne Brust gleiten zu lassen. Zuvor hatte sie sie nicht genau wahrgenommen. Seine Haut war ein paar Schattierungen dunkler als ihre, seine Bauch- und Brustmuskeln waren definiert, und er hatte ein paar vereinzelte Brusthaare. Ihr Blick wanderte an ihm hinab. Er war immer noch hart. Die Muskeln seiner Beine waren die eines Athleten. Schöne maskuline Perfektion. „Keine Narben?"

Er beugte sein Knie und zeigte ihr die Rückseite seines linken Oberschenkels. „Stichwunde. Und auf dem Rücken habe ich auch ein paar. Brandnarben, eine von einer Schussverletzung und noch eine von einem Messer. Die paar Male kam das Unerwartete von hinten. Aber ich habe schnell gelernt."

Sie schluckte. „Bist du okay?"

Er streckte sein Bein. „Ich hatte Glück. Die Kugel und das Messer haben nichts Lebenswichtiges verletzt. Die Brandnarben stammen von einer Explosion."

„Darf ich sie sehen?"

Er setzte sich auf, und sie kroch langsam hinter ihn. Die Narben waren gut verheilt. Eine lange Schnittwunde über der Flanke auf Höhe seines Brustkorbs, eine Brandnarbe auf der linken Schulter und ein rötlicher, vortretender Punkt unterhalb der rechten Schulter. Sie berührte sie nicht, da sie sich an die Warnung erinnerte, ihn nicht von hinten anzufassen. Stattdessen rutschte sie um ihn herum und küsste ihn zärtlich.

„Tut mir leid, was du durchmachen musstest", sagte sie.

„Mir geht's gut."

„Du bist tough und stark, das weiß ich, aber ich wünschte trotzdem, du wärst nicht verletzt worden."

„Seit wann bist du so verdammt süß?", knurrte er.

„Seit du mich endlich befriedigt hast." Sie lächelte verschmitzt und stand auf.

Er ließ sich auf den Rücken fallen. „Keine Hunde im Bett." Sie hörte das Knistern der Kondomverpackung, als er den Gummi entsorgte.

Sie ging zur Tür. „Sobald sie mich draußen im Flur sieht, wird sie reinkommen wollen. Hab ein Herz."

„Okay, mach ihr ein Bett in der Ecke mit einem Kissen oder der Tragetasche oder sonst was. Besser wäre im Kleiderschrank."

Sie drehte sich zu ihm um, die Hand auf dem Türknauf. „Sie wird betteln, bis ich sie aufs Bett hole. Keine Sorge, sie braucht kaum Platz."

Als er aufstand und zu ihr ging, war er ganz der Typ mit Ecken und Kanten. Eine Welle der Erregung schwappte durch sie hindurch. Er legte seine Hände an die Tür und hielt sie mit seinem Körper gefangen. „Lass es mich so ausdrücken", flüsterte er ihr ins Ohr. „Das zweite Mal wird langsamer, heißer, länger. Das funktioniert nicht mit einem Hund im Bett. Verstanden?"

„Ja", hauchte sie.

Er lächelte. „Gut." Er trat zurück und öffnete die Tür für sie. Auf zittrigen Beinen ging sie hinaus, und Rose schoss an ihr vorbei ins Schlafzimmer.

Als sie zurückkam, war das Schlafzimmer leer. Einen Moment später kehrte Josh zurück, schloss leise die Tür und hob einen Finger an seine Lippen.

„Wo ist Rose?", flüsterte sie.

Er packte sie und warf sie aufs Bett. Sie quietschte überrascht, doch im nächsten Moment brachten sie seine Lippen zum Schweigen. Sie verlor sich in seinem Kuss, während seine Hände ihren Körper hinunter wanderten. Er flüsterte in ihr Ohr. „Ich habe Rose den Steakknochen gegeben. Sie isst, damit ich dich verschlingen kann."

Sie atmete zittrig aus.

Er schmunzelte. „Jetzt weiß ich, wie ich dich zum Schweigen bringen kann."

„Du Tier."

Er hielt ihr Kinn und küsste sie, tief und heiß. Er wanderte ihren Körper hinab und hinterließ eine Spur feuchte Küsse, die ihr wohlige Schauer den Rücken hinunter jagte. Seine Zunge tauchte in ihren Nabel, während seine Hände zwischen ihre Beine glitten und sie spreizten. Sie hielt den Atem an.

Ein Schnalzen seiner Zunge und sie schoss in die Höhe.

Dann ein Kuss, nur seine Lippen – zärtlich, warm und sanft. Sie schloss ihre Augen.

Ein weiterer Kuss, diesmal mit der Zunge. Magisch. Elektrisch. Ihre Hüfte schob sich ihm entgegen. Sie seufzte und grub ihre Finger in seine Haare, hielt ihn fest und schwebte in einer warmen Trance, ihr Körper vibrierend vor Genuss. Als die sanften Berührungen plötzlich rau und schmutzig wurden, überraschte er sie. Sie keuchte, ihr Körper angespannt, die Finger in sein Haar gekrallt, wortlos flehend *Hör nicht auf, hör nicht auf.* Scharfe Lust nahm ihr den Atem, als seine Lippen, Zunge und – o Gott – seine Finger sie verwöhnten. Sie zitterte, die Lust so intensiv, dass ihr ein Schrei im Hals stecken blieb, und dann kam sie so intensiv, dass Welle um Welle der Lust über sie hereinbrach.

Sie sackte auf die Matratze, unfähig sich zu bewegen, und rang nach Luft. *Fuck, heilige Scheiße. Der beste Orgasmus meines Lebens. Ich werde seinen Mund für immer anbeten.*

Er kletterte an ihr empor und schmunzelte. „Ach ja?"

Scheiße. Sie musste laut gedacht haben. „Josh." Ihr fehlten die Worte. Sie hatte bereits zu viel gesagt.

Er küsste sie. „Gern geschehen."

Sobald sie die Kontrolle über ihre Gliedmaßen wiedergewonnen hatte, ging sie, um nach Rose zu sehen. Sie musste ihr den Knochen wegnehmen und sie saubermachen. Dann machte sie ihr ein Bett aus einem Handtuch in der Ecke von Joshs Schlafzimmer.

Sie kroch unter die Decke, und Josh zog sie an sich. Sie war es nicht gewohnt, mit jemand anderem außer Liam das Bett zu teilen, und der war kein Kuschler. Sie rollte auf die Seite und schmiegte ihren Rücken an Joshs Brust. Ein paar Minuten später sprang Rose auf das Bett und rollte sich am Fußende zusammen. Hailey sagte nichts, beeindruckt, dass Rose es überhaupt aufs Bett geschafft hatte.

Sie konnte nicht einschlafen. Sie rollte sich auf den Rücken, dann drehte sie ihr Kissen um. Dann rollte sie auf die Seite und sah ihn an. Er zog ihren Kopf unter sein Kinn. Ein paar Minuten später drehte sie sich erneut um und rutschte ein Stückchen weg von ihm und schob das Kissen zurecht.

Er drückte ihre Schulter. „Alles okay?"

„Fast."

„Was machst du?"

Sie drehte erneut das Kissen um. „Ich suche nach einem kühlen Fleckchen auf dem Kissen."

„Nach einem kühlen Fleckchen?"

„Ja, ich mag das, aber du hast alles heiß gemacht. Ich kann keine kühle Stelle finden." Das war so frustrierend. Alles, was sie wollte, war einzuschlafen.

Josh rollte sie auf den Rücken, und dann war er auf ihr und strich ihr die Haare aus dem Gesicht. „Solange du in meinem Bett bist, Prinzessin, werde ich dich heiß machen."

„Das habe ich auch schon gemerkt. Vielleicht sollte ich mein eigenes Kissen mitbringen …" Sie hielt inne, als er sich an ihr zu reiben begann und sie wacher machte. „Oh."

„Schh… weck Rose nicht auf."

„Pass auf, dass du sie nicht trittst. Sie schläft am Fußende."

„Was?" Josh richtete sich auf die Knie und zeigte mit dem Finger auf Rose. „Ab in dein Bett."

Rose kam schwanzwedelnd auf ihn zu. Josh nahm sie auf den Arm, kletterte mit ihr aus dem Bett und setzte sie auf das Handtuch in der Ecke. Dann musste er es sich anders überlegt haben, denn er hob sie samt Handtuch wieder auf und ging aus dem Schlafzimmer.

Hailey streckte sich und konnte sich endlich entspannen – so viel Platz für sich allein. Sie war beinahe eingeschlafen, als das Bett knarzte und Josh flüsterte: „Ich habe den Fernseher eingeschaltet, damit sie denkt, sie hat Gesellschaft. Ich musste sie eine Weile streicheln, bis sie sich beruhigt hatte. Aber wo waren wir stehen geblieben?"

Ihr Herz schwoll vor Zuneigung. Wie gut er sich um ihr Fellbaby kümmerte! Sie öffnete ihre Arme, und als er seinen großen, harten Körper an sie presste, hielt sie ihn fest.

Josh saß angezogen auf dem Bett und wartete, dass Hailey endlich mit dem Duschen fertig wurde. Er hatte sich geduscht, während sie noch geschlafen hatte, und sich dann um Rose gekümmert – sie Gassi geführt und sie mit etwas Steak gefüttert, dass er für sie zum Frühstück aufgehoben hatte – und anschließend den Schuhkarton mit dem Geld in Haileys Tasche gepackt. Bisher lief alles nach Plan. Gut, er hatte nicht geplant, schon so bald mit ihr zu schlafen, doch er wusste, dass sie es gewollt hatte, und er hatte keine Lust mehr, es ihr und sich selbst zu verweigern. Es war es wert, oh Mann, sowas von wert.

Sobald sie fertig war, hatte er vor, Omeletts mit frischen Kräutern zum Frühstück zu machen. Kochen war sein großes Verkaufsargument, denn die meisten Männer wollten sich nicht die Mühe machen, es zu lernen, und er konnte es richtig gut.

Ihr Handy auf dem Nachttisch blinkte auf. Eine Nachricht von Phillip: *Wie geht's meiner Lieblings-Hochzeitsplanerin?* Zwinkerndes Emoticon.

Josh starrte das Handy finster an. Der Typ benutzte Emoticons wie seine kleine Schwester.

Noch eine Nachricht von Phillip. *Bist du da? Ich brauche meine Dosis Hailey.*

Er drehte das Handy um, sodass es mit dem Display nach unten auf dem Nachttisch lag. *Hailey gehört mir.* Zumindest hoffte er das. *Okay, entspann dich. Nur weil Phillip per SMS mit ihr flirtete, bedeutete das noch lange nicht, dass Hailey es erwiderte.* Er starrte das Handy an und überlegte sich allen Ernstes, ob er den ganzen Austausch lesen sollte. Mehr Infos könnten vielleicht seine Eifersucht ein bisschen beruhigen. Das Handy war wahrscheinlich passwortgeschützt.

Er seufzte. Er hatte Hailey gestern Abend gefragt, ob sie ihm vertraute, doch jetzt musste er sich selbst fragen, ob *er ihr* vertraute. Würde sie ihn mit einem anderen Typen hintergehen?

Er blickte in Richtung der offenen Tür, als Hailey in ein dunkelblaues Handtuch gewickelt hereinkam. Vergiss Phillip. Er war derjenige, der allein mit Hailey war.

Gott, sie war schön, selbst ohne Make-up und nur mit einem Handtuch bekleidet. Ihre Haare waren zusammengebunden, ein bisschen feucht, und ihre Wangen waren rosa. Er kämpfte gegen den Drang an, ihr das Handtuch vom Leib zu reißen. Wenn er sie andauernd nur ficken würde, würde sie nicht den Eindruck bekommen, dass er es ernst meinte.

Er senkte seine Lider und verbarg die Lust in seinen Augen. „Wie gefällt uns das langsame Feuer bisher? Mein Werben um dich?" Er wollte sie an das erinnern, was er sich für sie in den Kopf gesetzt hatte.

Sie setzte sich und schlug sittsam die Beine übereinander. „Ich glaube nicht, dass man es noch als langsames Feuer bezeichnen kann, jetzt wo wir miteinander geschlafen haben."

„Stört dich das?"

„Nein."

„Gefällt es dir bisher?" Er hatte alles getan, was ihm eingefallen war, wenn er an altmodische Romantik dachte

– Blumen, Abendessen, ein Geschenk für Rose. Verdammt, er hätte auch eins für Hailey besorgen sollen. Naja, er hatte ihr ein peinliches Buch besorgt. Mad musste wirklich aufpassen. Sie hatte mit dieser Aktion quasi um einen Gegenschlag gebettelt. Plötzlich wurde ihm bewusst, dass Hailey schwieg, was heißen musste, dass sie nachdachte. Hatte er einen Schritt vergessen? Er glaubte nicht, dass sie Pralinen mochte. Und teuren Schmuck konnte er sich nicht leisten. Was gab es sonst noch?

Sie wandte sich ihm zu. „Da du schon fragst, es wäre nett, eine kleine Notiz zu haben, die sagt, dass du an mich denkst. Irgendwas Romantisches."

Er starrte sie an. „Ich schreibe SMSen. Das ist das moderne Äquivalent eines Liebesbriefs." Das bekam sie von ihm *und* dem Playboy-Prinzen. Er hätte nicht auf ihr Handy achten sollen, denn jetzt war er gereizt. Endlich hatten sie eine Verbindung hergestellt, und er musste vorsichtig sein, sie nicht gleich wieder zu zerstören. Die weitreichenden Konsequenzen eines Beziehungsdesasters lauerten in seinem Hinterkopf, besonders, nachdem er die Warnung seines Vaters, Distanz zu wahren, ganz bewusst ignoriert hatte.

Sie rümpfte die Nase. „Du benutzt keine Emojis wie Herzchen oder Smilies. Und da sind nie Ausrufezeichen, als wärst du aufgeregt meinetwegen."

„Das liegt daran, dass ich kein Teenager bin."

Sie presste die Lippen aufeinander. *„Was geht* ist kein Liebesbrief."

Liebesbrief, was? Er musste etwas richtig machen, da sie das L-Wort benutzte. Er unterdrückte ein Lächeln. „Und warum nicht? *Was geht* zeigt doch, dass ich an dich denke."

„Es ist nur nicht sehr …"

„Prinzlich?" *Verdammt, mach keine große Sache draus.*

„Romantisch."

Er verschränkte die Arme. „Warum sagst du nicht, wie du es haben willst?"

Sie wedelte mit den Händen in der Luft. „Wenn ich es dir diktieren muss, zählt das nicht."

„Ich habe kein Problem damit, dir zu sagen, was du tun sollst."

Sie drehte sich langsam zu ihm um. Ihre Augen loderten. „Wenn man seine Tage damit verbringt, Leute herumzuscheuchen, um eine perfekte Hochzeit auf die Beine zu stellen, dann braucht man ab und an mal eine Pause davon und will nicht immer das Sagen haben."

Er war voll auf sie konzentriert, das Blut rauschte in seinen Adern. Er senkte die Stimme. „Lass das Handtuch fallen und geh auf alle Viere", sagte er in stahlhartem Ton. Ich werde dich so hart fi– so hart mit dir Liebe machen." Na bitte, seine Romantik war nicht tot.

Sie stand auf und ließ das Handtuch fallen. Sein Herzschlag donnerte in seinen Ohren. Er würde sich nie an ihr sattsehen. Dann zog sie ihm das T-Shirt aus. Er stand auf und zog den Rest seiner Kleider in Rekordzeit aus. Doch sie folgte seinem Befehl nicht. Stattdessen stieß sie ihn aufs Bett, setzte sich rittlings auf seinen Schoß und pfählte sich auf ihm. Beide stöhnten.

„Fuck! Hailey!"

Es war wild und heiß und schnell. Sie gab das Tempo vor, und er ließ sie gewähren. Seine Hände liebkosten ihre zart duftende Haut, und er stand an der Schwelle des Orgasmus. *Warte, warte … fuck!*

Als er sie von seinem Schoß hob, wimmerte sie.

„Kondom", stöhnte er und setzte sie aufs Bett. Er nahm eins aus dem Nachttisch und rollte es über, dann ging er zu ihr, warf sie auf den Bauch und zog sie an den Hüften hoch. Er drang in sie ein, und sie hielt ihn fest. Heißer, feuchter Himmel. Er stieß tief in sie hinein und liebkoste sie dabei von vorn mit der Hand. Sie war so feucht. Sie stöhnte seinen Namen, als wäre er alles. Das einzige auf der Welt. Sie erbebte, dann begann sie, ihn zu melken, und schrie auf, als sie kam.

Sein Orgasmus rauschte durch ihn hindurch. Der Raum wurde dunkel und still, und dann kehrte er wieder zu Farbe und Klang zurück. Whoa. Er hielt ihre Hüften einen Moment länger fest, tief in ihr, um noch einen letzten Moment der Verbindung zu spüren, bevor er sich zurückzog. Sie ließ sich auf den Bauch fallen. Er sank neben sie. Ein paar Augenblicke später blickte er zu ihr hinüber und strich ihr die feuchten Haare aus dem Gesicht. Er zog den Haargummi aus ihren Haaren und strich mit den Fingern hindurch. Er liebte ihr Haar. So lang. So seidig weich. Er liebte sie. Er konnte es endlich zugeben. Es war verdreht und kompliziert, denn sie war eine komplizierte Frau, doch anders konnte er sich die dauernde Anziehung, die sie auf ihn ausübte, nicht erklären. Selbst jetzt, vollkommen befriedigt, wollte er, dass sie den ganzen Tag blieb. Er wusste, dass sie zur Arbeit gehen musste. Es war Dienstagmorgen. Doch er konnte sie nicht gehen lassen, solange er nicht wusste, dass das zwischen ihnen sicher war.

Ihre Augen waren geschlossen, und ihre Wimpern warfen Schatten auf ihr Gesicht.

„Bist du wach?", flüsterte er.

„Ich bin tot." Dann hob sie den Kopf und lachte, die blassblauen Augen strahlend und die Wangen gerötet.

Er lächelte, und Wärme breitete sich in seiner Brust aus. Er liebte es, sie so zu sehen, und liebte, dass er es verursacht hatte.

Sie rollte sich auf die Seite und stützte den Kopf auf ihre Hand, ohne sich auch nur im Geringsten daran zu stören, nackt neben ihm zu liegen. „Ich fühle mich gerade so gut. Vor gestern Nacht habe ich sechs Monate lang keinen Sex gehabt."

Er wusste das von der Geschichte, die sie gestern Abend erzählt hatte, doch es war schön, dass sie es ihm noch einmal sagte. „Das ist lange."

„Und ob. Was glaubst du, warum ich so angepisst reagiert habe, als du mich abgewiesen hast?"

„Ich dachte, es war, weil du so verdammt scharf auf mich warst.“

Sie lachte. „Das auch.“

Er nahm ihre Hand und küsste ihre Handfläche. „Also jetzt, da du und ich endlich zusammen sind, gehst du nicht nach Villroy Island zu dieser Hochzeit, oder? Du wirst das mit dem Prinzen beenden.“ Der letzte Teil war keine Frage, eher eine Forderung.

Sie zog ihre Hand zurück. „Natürlich gehe ich. Ich bin eingeladen. Ich kann unmöglich die Einladung zu einer königlichen Hochzeit ablehnen.“

Er holte tief Luft, um sich zu beruhigen. „Okay, dann lass mich dich eines fragen, gehst du als Gast der Prinzessin hin oder als Date des Prinzen?“

Stille.

„Sein Date“, presste er hervor.

„So ist es nicht. Er hat einen schlechten Ruf und will, dass ich ihm helfe, ihn zu verbessern, indem er mit mir gesehen wird. Für den Fall, dass du es nicht bemerkt hast, ich bin eine stilvolle Frau. Eine Lady.“ Sie lächelte und bemühte sich offensichtlich um einen leichtherzigen Ton.

Er blickte finster drein. „Dann will er dir also ein Herrenhaus kaufen, und du hast zugestimmt, sein Date zu sein. Sonst noch was, das ich vergessen habe?“

Sie streichelte seinen Arm, wahrscheinlich, um ihn zu beruhigen. „Ich bin auch bei der Hochzeit der Prinzessin hier sein Date. Alles Teil des Plans, seinen Ruf aufzupolieren. Mehr ist da nicht.“

„Er will dich.“

Sie senkte den Blick und ließ die Hand sinken. „Ich glaube, er braucht nur meine Hilfe.“

Er biss die Zähne zusammen und setzte sich auf. „Nein, er will dich. Kein Mann kauft einer Frau ein Herrenhaus, ohne etwas dafür zu erwarten.“

Ihre Augen blitzten, und sie setzte sich ebenfalls auf. „Also, ich bin hier nackt mit dir, nicht mit ihm. Davon abgesehen hat er Ludbury House nicht gekauft. Ich glaube nicht, dass die Konditionen vernünftig sind."

„Hailey, das ist ein Deal Breaker. Ich werde dich nicht mit ihm teilen. Sag ihm, dass du nicht als sein Date mit ihm auf diese Hochzeiten gehen wirst."

„Was ist das Problem daran? Ich bin auch mit dir rein platonisch auf mehrere Hochzeiten gegangen."

„Das liegt daran, dass ich ein Gentleman bin. Er ist keiner." Zumindest spielte er die Rolle des Gentlemans, selbst wenn die Lust an die Oberfläche drängte.

Sie schnaubte und wandte sich zum Aufstehen. Er hielt sie am Arm fest. „Was?", blaffte sie.

„Er oder ich."

Sie riss den Arm weg. „Josh, du bist ein lächerlich eifersüchtiges, besitzergreifendes Tier, und das gefällt mir ganz und gar nicht." Sie kletterte aus dem Bett und ging zu seiner Kommode, auf der ihre Kleider ordentlich zusammengelegt lagen. Sie zog ihr Höschen an, dann ihren BH, dann ihr Kleid. Jeden Moment würde sie ihre anderen Sachen holen und verschwinden.

Er gab nicht nach. „Ich werde ganz sicher nicht zusehen, wenn du mit einem anderen Mann zusammen bist."

Sie zog einen ihrer Schuhe an, „ich bin nicht mit ihm zusammen!", dann den anderen.

Er zog das Kondom ab, stand auf und zog seine Boxershorts wieder an. „Dann gehe ich als dein Date mit dir auf diese Hochzeiten."

Sie stemmte ihre Hände in die Hüften. „Du bist nicht eingeladen, und es ist keine große Sache!"

„Für mich schon. Und lass ihn Ludbury House nicht kaufen. Du solltest es dir verdienen."

Sie warf ihre zerzausten Haare über ihre Schulter. „Du kannst mir im Bett Befehle erteilen, denen ich vielleicht gehorche, doch ich lasse mir nicht vorschreiben, wie ich mein Leben zu leben habe, und ganz besonders nicht von einem eifersüchtigen Verrückten!"

Er biss die Zähne zusammen. „Ich bin kein eifersüchtiger Verrückter." *Entscheide dich für mich.*

„Ha! Ruf mich an, wenn du erwachsen bist." Sie stakste aus dem Schlafzimmer.

Er folgte ihr. „Ruf du mich an, wenn du dich zur Abwechslung mal um jemand anderen als nur um dich scherst!"

Sie nahm Rose und ihre Handtasche und ging zur Tür. Als sie plötzlich stehenblieb, wallte Hoffnung in ihm auf. Sie war zur Besinnung gekommen. Sie kam zu ihm zurück.

Er beobachtete, wie sie ihre Handtasche öffnete, darin herumwühlte und vor sich hin murmelte. Da fiel ihm ihr Handy ein. „Dein Handy liegt auf dem Nachttisch. Ich hol's dir."

Sie wirbelte herum und hielt eine Handvoll Geldscheine in die Höhe. „Was ist das?"

„Ähm, Geld." Sein Hals brannte. Er hatte gehofft, dass sie es viel später finden, es in ihren Geldbeutel stecken und ihn nach dem desaströsen Abend, an dem er versucht hatte, ihr den Schuhkarton mit dem Geld zu geben, endlich vom Haken lassen würde.

Sie ging mit vor Wut loderndem Blick auf ihn zu. „Du bezahlst mich für Sex?"

„Nein!"

Sie blieb vor ihm stehen. „So fühlt es sich an. Ich schlafe mit dir und finde ein Bündel Geld in meiner Handtasche."

Er musste die Situation entschärfen, sonst würden sie nie an dieser Geldsache vorbeikommen. Er versuchte es mit einem neckenden Ton. „Ich bezahle nicht für Gesellschaft – anders als andere Leute, die ich kenne." Sie hatte ihn bezahlt, sie zu Hochzeiten zu begleiten, und er wollte dieses Geld endlich loswerden.

Ihr blieb der Mund offenstehen, und sofort bereute er, was er gesagt hatte. „Hailey, es war ein Witz, weil ich so das Geld verdient habe."

Sie hielt eine Hand hoch, und ihre Wut war ihr ins Gesicht geschrieben. Dann ging sie um ihn herum ins Schlafzimmer, um ihr Handy zu holen, und kam wieder zurück. Sie holte das Geld aus ihrer Tasche und versuchte, es ihm zu geben.

Er versteckte seine Hände hinter seinem Rücken. „Nimm das Geld. Es gehört dir. Du hast es dir verdient."

Sie blähte ihre Nasenflügel, die Lippen zu einer dünnen Linie zusammengepresst. Sie stopfte das Geld wieder in ihre Tasche, machte auf dem Absatz kehrt und ging zur Tür.

„Nicht wie eine Prostituierte", schob er zu spät nach.

Sie riss die Tür auf und schlug sie hinter sich zu.

Er schlug in die Luft. Verdammt. Die Frau war unmöglich. Alles, was er hatte tun wollen, war, dieses alte Kapitel abzuschließen, und sie ließ es nicht zu.

Zumindest hatte sie das Geld behalten. Problem gelöst. Naja, in gewisser Weise.

Natürlich war da immer noch das Problem mit dem Playboy-Prinzen, der um sie herumschlich, während sie nichts tat, um ihn davon abzubringen. Josh hatte ihr gesagt, was passieren musste. Bye-bye, Prinz.

Scheiß drauf. Wenn er nicht zu Hailey durchdringen konnte, dann musste er eben zum Prinzen durchdringen.

14

Hailey war den ganzen Weg zu ihrem Büro auf hundertachtzig. Es war schlimm genug, dass Josh sich wie ein eifersüchtiger Spinner aufführte, doch er hatte es noch schlimmer machen müssen, indem er ein Bündel Geld in ihre Tasche gesteckt hatte, nachdem sie mit ihm geschlafen hatte. Vielleicht hatte er es nicht so gemeint, doch nach dem Sex bezahlt zu werden, fühlte sich nicht sonderlich gut an.

Als sie ihre E-Mails durchgegangen war, war sie ruhig genug, um eine zivilisierte Konversation mit Josh zu führen. Wenn er sich ausgiebig entschuldigte, würde sie sich Mühe geben, diese dumme Aktion zu vergessen. Sie war schließlich eine stilvolle Lady. Sie holte ihr Handy hervor und wählte seine Nummer.

„Morgen", sagte er ein wenig außer Atem.

„Bist du im Fitnessstudio?"

„Ich jogge, aber ich kann dabei reden. Das heute Morgen tut mir leid. Mir gefällt nicht, wie das geendet ist."

Sie strich sich die Haare glatt, etwas besänftigt von seiner aufrichtigen Entschuldigung. Sie war nicht ausführlich, aber das wäre nicht Josh gewesen. „Welcher Teil tut dir leid?"

„Wenn ich ehrlich bin, dachte ich, du würdest das Geld nie nehmen, wenn ich es dir einfach geben würde. Ich habe versucht, dieses Kapitel abzuschließen. Du solltest mir wirklich danken, dass ich mich entschlossen habe, den richtigen Weg zu beschreiten."

Sie kochte. Seine Entschuldigung war wertlos, nachdem er praktisch gerade ihr die Schuld zugeschoben hatte. „Es war nicht so nett, den richtigen Weg zu beschreiten, während ich darunter stehe und mich anspucken lasse."

„Das habe ich doch gar nicht getan, Gott, warum musst du immer alles so verdrehen, dass es böse klingt. Zum letzten Mal, nimm einfach das Geld. Es gehört sowieso dir. Ich habe es nur für eine Weile aufbewahrt."

„Und was ist mit dem Teil, als du dich wie ein eifersüchtiger Verrückter aufgeführt hast?"

„Wie wäre es, wenn du den Prinzen in die Wüste schickst?"

Erst bekam sie eine halbherzige Entschuldigung, und jetzt kam der eifersüchtige Spinner wieder zum Vorschein. Würde ihre Beziehung wirklich so ablaufen? Denn das gefiel ihr gar nicht, und er war zu dickköpfig, ihr auf halbem Weg entgegenzukommen. Vielleicht war gestern Nacht ein Fehler gewesen. Sie hatte sich die ganze Zeit Sorgen gemacht, wie es nach ihrer langen Geschichte der Streitereien funktionieren sollte. Vielleicht sollten sie der Sache ein Ende setzen, bevor noch jemand wirklich verletzt wurde. Jedes Mal, wenn ihre Familie zusammenkam, würde es diese Wunde wieder aufreißen. Sie brach in kalten Schweiß aus.

„Hailey?"

„Ja", antwortete sie leise.

„Alles, was du tun musst, ist, dich von diesem Prinzen zu verabschieden, und es wird viel besser zwischen uns laufen." Sie hatte heute Morgen eine nette SMS-Konversation mit Phillip gehabt. Es war ja nicht so, als würden sie sexten.

„Warum kannst du nicht verstehen, dass er wichtig für mein Geschäft ist? Und er respektiert, was ich tue. Er will mir helfen, und das Mindeste, was ich tun kann, ist, ihm zu helfen, indem ich zu zwei Hochzeiten gehe. Wenn du mir vertrauen würdest ..." Sie verstummte, als ihr bewusst wurde, dass er ihr nicht vertraute – eine weitere Konsequenz ihrer langen streitlustigen Beziehung. Ihr Vertrauen in ihn war auch ziemlich gering. Was in aller Welt hatten sie sich nur dabei gedacht, es als Paar versuchen zu wollen?

„Ich will dir vertrauen, aber es ist irgendwie schwer, wenn du vorhast, das Date eines anderen zu sein."

„So ist es nicht! Wie oft muss ich das denn noch sagen?"

„Und wie oft muss ich es erklären? Es ist, als würdest du nur hören, was du hören willst."

Grrr. Sie hörte nicht ein Wort, das sie aus seinem Mund hören wollte. Sie legte auf.

Einen Moment später klingelte ihr Handy. Josh. Sie seufzte und nahm den Anruf an. „Was?"

„Leg nicht einfach auf. Das ist eine ganz feige Nummer, und was ich am meisten an dir mag ist dein Kriegergeist, also lass es uns ausfechten und kneif nicht."

Sie wurde rot und ertappte sich bei einem Lächeln. Niemand hatte sie je als Krieger bezeichnet. Das implizierte Stärke und Durchsetzungskraft, wie sie es sich immer gewünscht hatte. Die meisten Leute sahen sie nur als die lebhafte Hochzeitsplanerin mit einem ausgezeichneten Kleidergeschmack. Doch Josh sah eine Kriegerin?

Sie straffte die Schultern. Ja, sie konnte ihn jetzt spüren, den Kriegergeist. Sie trat von ihrem Schreibtisch weg und stand breitbeinig und mit hoch erhobenem Kopf da und stellte sich vor, einen Feind zu besiegen. Sie trat in die Luft. Kriegerin Hailey. Fehlte nur noch der Schlachtruf. *Roar!*

„Bist du noch da?", fragte er.

Prompt setzte sie sich wieder, peinlich berührt, dass sie so in ihr Krieger-Rollenspiel eingetaucht war, auch wenn er sie nicht sehen konnte. „Das mit dem Kriegergeist gefällt mir."

„Gut, denn du bist so und ich auch. Darum gehören wir zusammen."

„Aber vielleicht ist das schlecht. Wir streiten uns so viel. Vielleicht solltest du mit jemandem zusammen sein, der den Schutz eines Kriegers braucht. Ich bin das nicht."

„Ich brauche jemanden, der mir ebenbürtig ist."

Sie hielt den Atem an. Die ganze Zeit hatte sie geglaubt, dass er sie insgeheim auslachte, dabei hielt er sie für ebenbürtig? Plötzlich störte sie sein Mangel an Verständnis nicht mehr so sehr. Was er da sagte, war wirklich gut. „Das ist schön zu hören."

Er brummte.

Sie kam zu dem Schluss, dass sie mit einem Brummen oder einem Grunzen hier und da leben konnte, solange er gelegentlich Kostbarkeiten wie *Kriegergeist* über seine Lippen brachte. Sie sollte etwas ähnlich Gutes über ihn sagen. „Wenn dir irgendjemand in die Quere kommt, sag Bescheid, und ich trete demjenigen in den Arsch. Ich habe ein sehr gutes Netzwerk hier im Ort."

„Und ich hab eine Gänsehaut."

„Wirklich?"

„Klar."

„Ich dachte, du nimmst mich endlich ernst."

„So viel Arbeit", brummte er.

„Niemand zwingt dich, Arbeit in mich zu investieren. Tu, was du willst."

„Ich wünschte, ich könnte das." Er klang missmutig, als wäre sie ein Strick um seinen Hals! *Vergiss es!*

Sie wollte auflegen, doch ihr Kriegergeist ließ nicht zu, dass sie den feigen Ausweg suchte. Ein Glöckchen klingelte und signalisierte ihr, dass jemand an der Tür von Ludbury House war. Vielleicht war Josh hierher gerannt.

Vielleicht würde er mit einem Strauß frisch gepflückter Wildblumen auf der Veranda stehen, und sie mit romantischen Worten vergessen machen, wie sehr er sie ärgern konnte. „Ich muss Schluss machen. Da ist jemand an der Tür."

„Bis später." Er legte auf.

Sie zog ihre Bürotür zu und sperrte Rose ein, damit sie sie nicht von Joshs romantischer Geste ablenken würde. Sie ließ sich Zeit und atmete tief durch, um vollkommen ruhig zu wirken. Als sie durch die Glasscheibe neben der Tür blickte, war sie geschockt. Prinz Phillip!

Sie öffnete, und Phillip kam mit seinen zwei Bodyguards herein. Er trug ein kurzärmeliges weißes Poloshirt und schwarze Jerseyshorts. Seine Bodyguards waren mit schwarzen T-Shirts und schwarzen Hosen ebenso lässig gekleidet. „Hallo!", rief sie. „Mit dir habe ich heute gar nicht gerechnet. Komm rein, komm rein."

Der Bodyguard trat zuerst ein. Phillip lächelte sie an. Seine blaugrünen Augen funkelten. „Ich habe endlich meine Meetings hinter mir. Ich habe gehofft, du könntest mir eine Tour durch Ludbury House gewähren und mir den Ort zeigen. Nach unserer Unterhaltung bin ich ernsthaft daran interessiert, in Ludbury House zu investieren."

Sie trat vom Eingang zurück, ein wenig aus dem Konzept gebracht von seinem unerwarteten Besuch. Sie hatte ihm nie ein Gegenangebot unterbreitet und hatte die Sache auch nicht zu ernst genommen.

Phillip ging an ihr vorbei ins Foyer, und der zweite Bodyguard folgte ihm. Gott, sie wusste nicht, was sie mit ihm tun sollte. Sie hatte zu arbeiten.

Sie rang sich die Hände. „Ich ähm … ich habe zu tun. Kannst du mir eine Stunde geben?"

„Natürlich. Ich hätte anrufen sollen. Ich war einfach spontan." Er senkte seine Stimme. „Ich bin manchmal ein bisschen impulsiv." Er sah sich um. „Ich kann im Salon da drüben warten. Auf meinem Handy habe ich ein Buch zum Lesen, lass dir also ruhig Zeit."

Sie lächelte. Es gefiel ihr, dass er las. Sie kannte nicht viele Männer, die sich die Zeit dazu nahmen. „Was liest du?"

„Einen Politthriller."

„Cool. Ich beeile mich." Sie hastete zurück in ihr Büro und konnte es nicht fassen, dass sie einen Prinzen warten ließ, doch die Arbeit rief, und sie musste antworten.

Eine Stunde später kam sie mit Rose in ihrer Tragetasche aus dem Büro.

Phillips Lächeln blitzte weiß in seinem gebräunten Gesicht mit dem dunklen Stoppelbart. „Ich habe ein Restaurant zum Mittagessen gefunden und uns ein Nebenzimmer reserviert. Es ist in Greenport, nicht weit von hier. Für eine Tour haben wir aber noch Zeit. Mittagessen gibt's um zwölf."

Was sollte sie darauf antworten? „Das klingt nett. Also, du hast den Salon gesehen. Das hier ist mein Büro." Sie deutete in ihr Büro, und er steckte den Kopf hinein.

„Schön", sagte er.

Sie zog die Tür zu und schloss ab, da sie ausgehen würden. „Da entlang geht's zum Speisesaal." Sie zeigte ihm das Erdgeschoss – den Speisesaal, die große Profiküche und den Ballsaal, bevor sie zur Prunktreppe im Foyer zurückkehrte. Sie führte ihn nach oben. „Die Zimmer hier oben sind weitgehend leer. Ich benutze sie als Ankleiden für die Hochzeitsgesellschaft." Wenn Josh hier wäre, würde er einen hysterischen Anfall bekommen, weil sie mit einem Mann nach oben ging. Doch Phillip war aus rein geschäftlichen Gründen am Haus interessiert, und während sie ihn herumführte, bewunderte er die historischen Akzente wie die Stuckdecken und Deckenmalereien und ein paar originale Einrichtungsgegenstände.

Danach zeigte sie ihm die Hauptstraße und wies ihn auf verschiedene Geschäfte, Läden und Restaurants hin. Josh stand wahrscheinlich im Garner's hinter der Bar. Selbst wenn er es nicht mitbekam, dass sie den Prinzen herumführte, würde es ihm sicher irgendjemand aus dem

Ort bald zutragen. Sie wollte keine Auseinandersetzung zwischen den beiden Männern riskieren, darum machte sie einen weiten Bogen um das Garner's.

„Das war's im Grunde schon", sagte sie. „Hinter der Hauptstraße liegen nur ein paar Wohngebiete, zwei oder drei Kirchen und die Schulen."

„Sehr charmant", bemerkte Phillip. „Wie du."

„Oh." Sie lachte. „Danke."

„Mein Wagen ist hinter Ludbury House geparkt." Sie gingen zurück in diese Richtung. „Bist du Single, Hailey?"

„Sie blickte zu ihm auf, überrascht von der Frage. War er an ihr interessiert? Er *war* überaus herzlich und freundlich. Vor nicht allzu langer Zeit wäre sie begeistert gewesen, dass der Mann ihrer Fantasien sie vielleicht haben wollte, doch jetzt hatte sie etwas mit Josh angefangen. Konnte sie sagen, dass Josh ihr Partner war? Sie war sich nicht sicher, wo sie bei ihm stand. Sie hatten ein Date gehabt, Sex, einen Streit und eine halbherzige Entschuldigung, bei der er gerade so getan hatte, als hätte er Recht und sie wäre diejenige, die schwierig war. Im Geiste drohte sie Josh mit der Faust. *Warum bist du so ein unmöglicher Mann?*

„Jetzt weiß sie nicht, was sie antworten soll", sagte Phillip mit einem Lächeln.

Sie lachte. „Es ist kompliziert."

„Dann halten wir es unkompliziert und genießen einfach unsere Gesellschaft. Ich habe diese Woche keine Meetings mehr. Ich übernachte hier, damit ich deinen charmanten Ort voll und ganz erleben kann. Ich habe eine ganze Pension für mich und die Jungs gebucht. Sie ist nicht weit von hier."

Sie setzte ein Lächeln auf und fragte sich, was sie tun sollte, wenn er die ganze Woche immer wieder auftauchen würde. „Wow, es muss dir hier wirklich gefallen."

„Wenn ich ehrlich bin, langweile ich mich in meinem Hotelzimmer in der Stadt zu Tode, und du bist entzückend."

Sie wurde rot. „Du bist auch gute Gesellschaft."

Die Woche verging wie im Flug. Sie bekam ein paar *Was geht!!!* SMSen von Josh, und dann kamen plötzlich keine mehr. Er erinnerte sich sogar an die Ausrufezeichen – drei für eine Extradosis Sarkasmus – um seiner Begeisterung Ausdruck zu verleihen. Nicht gerade ein Liebessonett. Es war seltsam, dass sie diese Woche nicht viel von ihm gehört hatte, doch sie nahm an, dass er mit der Übernahme des Garner's und den Umbauplänen beschäftigt war. Sie war auch beschäftigt. Sie sah Phillip jeden Tag. Zunächst hatte sie sich Sorgen gemacht, dass ihre Arbeit darunter leiden würde, doch er hatte es ihr leicht gemacht, indem er mittags kam, um sie in irgendein schickes Restaurant auszuführen. Nach dem Mittagessen gingen sie mit Rose spazieren, und dann brachte er sie zurück zur Arbeit. Seine Bodyguards begleiteten sie überall hin, hielten sich jedoch im Hintergrund. Es war angenehm und freundschaftlich. Heute war Freitag, und sie hatten zusammen Prinzessin Silvia in New Haven, Connecticut besucht, um die letzten Details für die Hochzeit zu besprechen. Es war nur vierzig Autominuten von Clover Park entfernt. Jetzt musste Phillip zurück in die Stadt.

Als sie das Universitätsgelände verließen, verabschiedete sie sich von ihm. „Ich hoffe, dein Besuch hat dir Spaß gemacht."

Phillip nahm ihre Hand und küsste galant ihren Handrücken. „Es war schön. Doch der Spaß muss nicht enden, nur, weil ich zurück nach New York muss. Ich habe für Samstagnacht die obere Etage eines Clubs exklusiv gebucht. Lade deine Freundinnen ein. Es wird lustig."

„Ist es okay, wenn sie auch jemanden mitbringen? Viele meiner Freundinnen sind verlobt oder verheiratet."

„Absolut. Jeder braucht mal eine Nacht, um lockerzulassen, selbst verheiratete Langweiler."

Sie lachte. „Okay, ich werde es allen sagen.“

Er beugte sich zu ihr hinunter und küsste sie auf beide Wangen. „Dann sehen wir uns morgen. Um acht gibt's Cocktails.“

Sie nickte und ging lächelnd zu ihrem Wagen, wo sie Rose in ihren weich gepolsterten Sitz auf der Rückbank setzte. Sie war aufgeregt und holte ihr Handy heraus, um einen Gruppenchat zu starten und alle in den Club einzuladen. Sie liebte Tanzen. Ein paar ihrer Freundinnen antworteten sofort und sagten, dass sie ihre jeweiligen Partner fragen und sich dann wieder melden würden. Heute war sie ausnahmsweise einmal froh, dass sie niemanden fragen musste, wenn sie ausgehen wollte – abgesehen von … Josh.

Sie schüttelte den Kopf, setzte sich und fuhr nach Hause. Abgesehen von seinen sarkastischen *Was geht!!!* SMSen hatte sie die ganze Woche nichts von Josh gehört. Er hatte sie nicht auf ein Date eingeladen, nicht angerufen und sich nicht die Mühe gemacht, ein paar Blocks zu Fuß zu gehen, um Hallo zu sagen. Sie redete sich ein, dass er beschäftigt war, doch es tat weh. Hatte er Clarissa auch so behandelt? *Sie hat mich zu einem besseren Mann gemacht.* Irgendwie konnte sie sich nicht vorstellen, dass Josh jemals etwas so Schönes über sie sagen würde.

Warum hatte sie das Gefühl, dass sie sich bei ihm melden musste, bevor sie zu Phillips Party in den Club ging? Alle waren eingeladen. Es war ja nicht so, dass Phillip sie zu einem Date eingeladen hatte. Das echte Problem war, dass sie mehr von Josh brauchte, wenn das, was sie hatten, eine Beziehung war. Sie überlegte sich, ob sie anrufen, schreiben oder einfach in die Bar gehen sollte, um reinen Tisch mit ihm zu machen. Er würde wie immer am Wochenende im Garner's arbeiten, darum entschied sie sich, ihn zu besuchen.

Auf der Fahrt vertraute sie sich Rose an. „Weißt du, es ist ziemlich blöd von mir, zu ihm zu gehen und ihm von der Party zu erzählen, doch wenn ich es nicht tue, wird es nur zu einer großen Sache werden. Ich muss ihm zeigen, dass ich eine reife Erwachsene bin, die dazu in der Lage ist, einen Prinzen als Freund zu haben. Und ich muss herausfinden, was zum Pieps er denkt." Sie bemühte sich, vor Rose nicht zu fluchen. Hunde waren äußerst sensibel, was Sprache anging.

Sie seufzte. Warum mussten Männer so verwirrend sein? Gemischte Signale in Hülle und Fülle.

Sie war bereits mit der Arbeit fertig, darum parkte sie hinter dem Garner's und ging hinein. Sie sah Josh sofort hinter der Bar. Er zapfte gerade ein Bier und lächelte. Als er sich plötzlich umdrehte und sein intensiver Blick auf sie fiel, zuckte sie zusammen. Sie hatte ihn seit dem Sex vor vier Tagen nicht gesehen. Ihr war nicht bewusst gewesen, wie sehr sie ihn vermisst hatte, bis sie seine vertrauten Züge sah – sein wie immer zerzaustes dunkelbraunes Haar, sein stoppeliges Kinn, sein altes, ausgeblichenes T-Shirt, das über seiner Brust und seinen Schultern spannte, seine dunklen Augen, die wissend funkelten. Sie konnte sich nicht entscheiden, ob sie ihn küssen oder anschreien sollte.

Sie setzte sich auf einen freien Hocker am Ende der Bar und stellte die Tragetasche mit der schlafenden Rose am Boden ab. „Hi Josh."

Josh kam zu ihr. „Hailey." Sein Ton war kühl.

Sie beugte sich über den Tresen. „Jetzt sag bloß nicht, dass du wütend auf mich bist. Ich bin wütend auf dich."

Er stützte die Hände auf den Tresen und kam ihrem Gesicht ganz nahe. „Wie geht's deinem Prinzen? Alle reden davon, dass du die ganze Woche mit ihm verbracht hast. Ich habe euch auf der Hauptstraße spazieren gehen sehen. Hast du geglaubt, dass ich das nicht erfahren würde?"

„Ist das der Grund, warum ich nichts von dir gehört habe?"

Er senkte die Stimme. „Ich war so wütend, dass ich

mir nicht sicher war, ob ich ihm die Fresse polieren würde ... oder Schlimmeres."

„Er ist ein *Freund*", zischte sie. „Du hättest mich anrufen und zu einem Date einladen können oder sowas. Was zum Henker soll ich denken, besonders, nachdem du mir dieses Bündel Geld in meine Tasche geschoben hast, nachdem wir gefickt hatten!"

Er richtete sich auf und sah sich um. Mehrere Leute an der Bar lachten leise und beobachteten sie. Scheiße. Das war gerade wohl ein bisschen zu laut gewesen.

„In mein Büro", befahl er.

Sie kochte innerlich, da ihr weder sein Ton noch sein Befehl gefiel.

„Bitte?", zischte er durch seine Zähne.

„Fein." Sie stand auf und hängte ihre Hundetragetasche über ihre Schulter. „Ich wollte sowieso eine privatere Unterhaltung vorschlagen."

Er verdrehte die Augen und holte sein Handy hervor, wahrscheinlich, um eine Vertretung zu rufen, denn einen Moment später kam ein Mann aus der Küche und trat hinter den Tresen. Josh signalisierte ihr, ihm in sein Büro zu folgen.

Sobald sie die Bürotür hinter sich geschlossen hatte, keifte sie „Was zum Teufel, Josh!" im selben Moment, in dem er „Was zum Teufel, Hailey!" polterte.

Rose bellte Josh wütend an.

Josh ging hinter seinen Schreibtisch, holte ein kurzes Tau mit einem Knoten heraus und bot es Rose an. Haileys Wut schmolz dahin, als sie sah, wie er ihrem Fellbaby schon wieder ein Geschenk machte. Wie konnte er Rose gegenüber so aufmerksam sein und nicht ihr gegenüber?

Sie setzte Rose auf den Boden, damit sie mit ihrem neuen Spielzeug spielen konnte, und setzte sich auf den Stuhl gegenüber von Joshs Schreibtisch. „Dann sind wir also wieder Feinde."

„Wir sind keine Feinde. Du bist so melodramatisch."

„Was sind wir dann?"

Ein Muskel in seinem Gesicht zuckte. „Ich weiß nicht.“

Sie seufzte frustriert. „Du hast keinen Grund, eifersüchtig zu sein. Ich habe dir doch gesagt, dass Phillip ein Freund ist.“

„Kauft er dir Ludbury House?“

Sie wandte den Blick ab, unsicher, was sie darauf antworten sollte, dann sah sie ihm wieder in die Augen. „Er überlegt, es als geschäftliches Investment zu kaufen, aber es ist nichts Definitives. Ich verlasse mich sicher nicht darauf.“

Er kniff die Augen zusammen. „Würde es dir etwas ausmachen, mir zu erklären, warum du die ganze Woche mit ihm verbracht hast?“

„Er wollte Clover Park kennenlernen.“

„Die ganze Woche?“

„Er hat hier übernachtet.“ Sie ging in die Offensive. „Weißt du, diese Eifersuchtsnummer wird langsam langweilig. Es ist nicht, als wären du und ich–“

„Was? Wir sind nicht zusammen? Denn so hat es sich verdammt nochmal angehört, als du meinen Namen wie ein verdammtes Halleluja geschrien hast.“

Sie wurde rot. „Ich habe nicht geschrien. Sprich nicht darüber.“

Er verzog den Mund. „Dann magst du es schmutzig, willst aber nicht darüber reden. Gesprochen wie eine sittsame Prinzessin.“

Sie sprang auf. „Nenn mich nie wieder so!“

Er erhob sich langsam und blickte finster auf sie herab. „Wenn du dich wie eine Prinzessin verhältst und all deine Zeit mit einem Prinzen verbringst …“

„Du hast nicht ein einziges Mal angerufen“, keifte sie. „Alles, was ich bekomme, sind sarkastische SMSen. Und übrigens, ich habe das Geld gezählt, und du hast was draufgelegt, wie eine Art Fickbonus!“

„Das waren die Zinsen! Gern geschehen.“

Sie kochte. Wieder einmal benahm er sich, als hätte er Recht und sie Unrecht, Unrecht, Unrecht.

Er ging um den Schreibtisch herum, nahm ihre Hand und legte sie auf sein Herz. „Und meine SMSen waren von Herzen."

„*Was geht!*", spie sie. „Du bist nicht in geringster Weise wie mein romantischer Traum von einem Freund und Partner."

„Und du bist nicht in geringster Weise wie mein feuchter Traum von einer Freundin."

Sie schnaubte. *Großartig, einfach großartig.* Warum hatte sie sich je auf ihn eingelassen? Sie hätte wissen sollen, dass sie als Paar eine Katastrophe sein würden.

Seine Finger wanderten unter ihre Haare, und ihr Herz begann hektisch zu pochen, da sie diese Geste bereits kannte, seine Einleitung zu einem Kuss. Sie legte ihre Hände auf seine Brust und wollte ihn gerade wegstoßen, als er sagte: „Du bist besser als jede Freundin, die ich mir erträumen könnte."

Sie starrte ihn an, sprachlos, wieder einmal geschockt von den unerwartet süßen Worten aus seinem Mund. Und dann zog die Hand in ihrem Nacken sie zu einem groben, fordernden, überwältigenden Kuss an ihn. Sie schlang ihre Arme um seinen Hals und ließ sich von einer heißen Welle des Verlangens mitreißen.

Er drehte sich um, legte sie auf seinen Schreibtisch, zog ihr Kleid hoch und schob sich zwischen ihre Beine. O Gott. Sie waren Tiere. Sie wollte ihn mehr als alles andere. Sie schlang ihre Beine um ihn, die Hände auf seinem Po, und zog ihn näher. Er rieb sich an ihr, doch das reichte nicht.

Sie riss den Mund von ihm los. „Josh", flehte sie.

Er wandte sich ihrem Hals zu, biss und saugte und schob sie weiter auf den Schreibtisch. Sie dachte schon, dass er zurücktreten wollte, doch dann schob er ihren Tanga beiseite und drang mit zwei Fingern in sie hinein. Sie stöhnte und schob ihm die Hüfte entgegen. Mit der freien Hand drückte er sie wieder auf den Schreibtisch, während er weiter mit den Fingern der anderen Hand in sie hinein stieß und sie gleichzeitig mit dem Daumenballen massierte. Sie sah Sterne. Die Lust wuchs und wuchs und wuchs. Lodernd heiß. Intensiv.

Sie wand sich unter ihm und stöhnte. Er beschleunigte den Rhythmus, mehr Druck – zu viel – und alles in ihr spannte sich an. Er presste seinen Mund auf ihren und schluckte ihren spitzen Schrei, und dann kam sie, und der Orgasmus wollte gar nicht enden. *Fuck, ja.*

Er hob den Kopf, die Finger immer noch in ihr, sein lodernder Blick auf sie gerichtet. Sie keuchte, sprachlos, und starrte ihn halb geschockt an. In der einen Minute stritten sie, in der nächsten …

Ein lautes Klopfen ließ Josh zurückzucken, und er zog so schnell ihr Kleid herunter, und richtete sie auf, dass ihr schwindelig wurde. Sie saß auf dem Schreibtisch und bemühte sich, normal zu atmen.

Er ging zur Tür und öffnete sie einen Spalt weit. „Ja?"

„Die Sonderlieferung ist da. Du hast gesagt, dass ich dich informieren soll."

„Danke. Gib mir noch ein paar Minuten." Er schloss die Tür und wandte sich ihr mit bedauernder Miene zu, die Lippen aufeinandergepresst. Er war nicht der einzige, der etwas bereute. Sie konnte nicht fassen, dass sie ihn das in seinem Büro hatte tun lassen. Sie waren im Hinterzimmer eines gut besuchten Restaurants gleich neben der Küche.

Sie stand auf zittrigen Beinen und strich ihr Kleid glatt, immer noch nicht sicher, wo sie mit ihm stand. Alles, was sie wusste, war, dass der Sex außer Kontrolle war. „Wir hätten das nicht tun sollen."

Er legte einen Arm um ihre Taille, zog sie an sich und streichelte ihre Wange, während er ihr in die Augen sah. „Wahrscheinlich nicht, aber wenn Pete nicht angeklopft hätte, hätte ich dich wahrscheinlich noch über den Schreibtisch gebeugt." Er biss zärtlich in ihre Unterlippe, und ihr Magen machte einen Sprung. „Und du hättest meinen Namen geschrien und um mehr gebettelt."

Sie bebte bei seinen Worten, und als sie seine Erektion an ihrem Bauch spürte, sehnte sie sich nach dem Versprochenen. *Konzentration!* „Josh, ich bin gekommen–"

„Und ob du das bist", schmunzelte er und streichelte ihre Wange.

„Um mit dir zu reden." Sie starrte seinen Mund an. „Es ist schwer, mit dir zu reden."

Er hob ihr Kinn. „Nur, weil ich nicht die Rolle spiele, die du von mir erwartest, bedeutet das nicht, dass wir nicht zusammengehören."

Sie schluckte. Vielleicht waren ihre Erwartungen durch ihre Liebe zu allem, was romantisch war, verzerrt. Sie legte die Arme um seine Taille und drückte ihn. Dann holte sie tief Luft und sah ihm in die Augen. „Okay, jetzt werde nicht gleich wieder wütend, aber Phillip hat mich und meine Freundinnen morgen Abend in einen Club in der Stadt eingeladen."

Seine Miene spannte sich an, seine Augen verdunkelten sich.

Sie erschauerte, als seine Kriegerseite aus dem Schatten trat – stark, kalkulierend, tödlich. Nicht, dass er ihr wehtun würde, Phillip war das Ziel seiner Wut.

„Ich wollte nur, dass du es weißt, da ich einen Eifersuchtsanfall vermeiden will."

Er legte besitzergreifend eine Hand auf ihren Po und sprach gegen ihre Lippen: „Wie kann ich eifersüchtig sein, wenn du jedes Mal kommst, wenn du mich siehst?"

Plötzlich war sie atemlos. „Vielleicht sollte ich dich öfter sehen."

Er ließ sie los. „Ich komme morgen mit, da deine Freunde ja eingeladen sind. Du würdest mich doch jetzt als Freund bezeichnen, oder? Als Liebhaber offensichtlich auch."

Ihre Gedanken kreisten um alles, was womöglich schiefgehen könnte. Auseinandersetzungspotential. Die Wahrscheinlichkeit, die US-Hochzeit der Prinzessin zu verlieren, ihren Platz bei der königlichen Hochzeit auf

Villroy Island zu verlieren und all die Kontakte zu verlieren, die sie zu knüpfen hoffte. Die Tatsache, dass sie und Josh als Paar noch nicht offiziell waren, und dass Mad oder eine ihrer Freundinnen es ihren Eltern zutragen würden. Ihre Eltern waren gegen diese Verbindung. Vielleicht aus gutem Grund.

Josh schob seine Hand unter ihr Kleid zwischen ihre Beine, und ihr Kopf war leer. „Kann es sein, dass du mich nicht dahaben willst?", fragte er mit seidiger Stimme.

Sie öffnete den Mund. „Josh." Sie konnte keinen zusammenhängenden Gedanken formulieren. Verlangen benebelte ihren Verstand.

„So heiß und feucht", knurrte er. „Scheint, dass du mich überall willst." Er küsste sie kurz, dann verließ er das Büro.

Sie stand kurz benebelt da. Etwas streifte ihren Knöchel, und sie stieß einen erschrockenen Schrei aus. Oh! Es war Rose mit ihrem Kauspielzeug im Maul. Sie wollte spielen. Guter Gott, was Rose gerade alles gesehen hatte. Sie hob sie auf und eilte aus Joshs Büro, wobei sie den Blickkontakt mit seinen Angestellten vermied und den Hinterausgang nahm, um Josh nicht noch einmal über den Weg zu laufen.

Die kühle Nachtluft brachte sie wieder zur Besinnung. Eines war sicher – morgen Abend hatte das Potential für einen königlichen Showdown. Sie hoffte nur, dass Phillip dabei nicht verletzt werden würde.

15

Josh nahm sich die Zeit, eine entspannende Atemübung zu machen, die Clarissa ihm gezeigt hatte. Nicht einmal, nicht zweimal, sondern dreimal, bevor er am Samstagabend in die Stadt fuhr. Er konnte sich nicht so früh, wie er gehofft hatte, von der Arbeit loseisen, darum war Hailey mit ihren Freundinnen vorausgefahren. Eine Nacht in einem Club war nicht gerade das, was er sich unter Spaß vorstellte – zu viele Leute viel zu dicht beieinander, schnelles Tanzen, der dumme Prinz – doch er musste hingehen, um allen und ganz besonders dem Prinzen zu zeigen, dass er und Hailey jetzt ein Paar waren. Er hatte es nicht so schnell nach der Warnung seines Vaters öffentlich machen wollen, doch das waren verzweifelte Umstände. Irgendwie hatte er es nicht geschafft, Hailey ein paar Dinge klarzumachen, sonst würde sie keinen solchen Mist machen. Das schmerzte wirklich nach all der Mühe, die er sich mit dem Abendessen gemacht hatte, wie er sich bei ihrem Hund eingeschleimt hatte und sie in den siebten Himmel gefickt hatte. Er hatte sogar daran gedacht, ihre gewünschten Ausrufezeichen zu benutzen. Er war ihren Anweisungen aufs Wort gefolgt, und was bekam er dafür?

Nichts als Kummer. Von jetzt an würde sie diejenige sein, die Anweisungen von ihm entgegennahm.

Er nannte dem Mann an der Tür seinen Namen, und ein Sicherheitsmann eskortierte ihn in den Club, in dem Wände und Boden von den lauten Bässen der Musik vibrierten. Das untere Stockwerk bestand weitestgehend aus einer Tanzfläche, auf der die Leute sich zum Beat wiegten und aneinander rieben. Stroboskope, eine Diskokugel und verschiedene bunte Strahler tauchten die Körper der Schönen, der Bekifften, der sexuell Erregten in grell blitzendes Licht. Er erschauderte. Er konnte nur hoffen, dass er Hailey nicht so mit dem Playboy-Prinzen sehen würde. Nischen an den Wänden mit runden Tischen waren mit noch mehr Partywütigen gefüllt. Ein rotes Samtseil und ein muskelbepackter Bodyguard versperrten den Zugang zur Treppe. Der Wachmann, der Josh begleitet hatte, sprach mit dem Bodyguard, und das Seil wurde für ihn geöffnet.

Danach wurde er sich selbst überlassen. *Sei cool. Zeig, dass du zu Hailey gehörst, dann werden alle anderen wissen, was die Stunde geschlagen hat.* Er sah sich nach ihr um. Das obere Stockwerk hatte ebenfalls Sitznischen an den Wänden, jede Menge Platz, die Tanzfläche unten vom „Balkon" aus zu beobachten, und weiter hinten eine kleinere Tanzfläche. Die Musik war natürlich dieselbe wie unten. Auch hier war sie so laut, dass der Boden vibrierte.

Er sah einen hochgewachsenen Mann mit dunkelbraunen Haaren, der von ihm abgewandt mit mehreren Frauen tanzte. Er ging hinüber und er kannte Haileys blonde Freundinnen Carrie und Ally. Natürlich tanzten sie mit Prinz Phillip. Der Prinz beugte sich hinunter, um etwas zu jemand Kleinerem zu sagen, und er sah Haileys unverkennbaren roten Schopf. Er ging an den Rand der Tanzfläche, wo seine Freunde Zach und Ethan standen. Ihre Frauen – Carrie und Ally – hatten sie offensichtlich mitgeschleift.

„Josh!", rief Ethan. „Hätte nie gedacht, dich an einem Ort wie diesem hier zu sehen!"

Josh versetzte ihm einen Klaps. „Dich auch nicht, Mann." Ethan war ein tougher Cop. „Und der Professor hier drüben macht sich wahrscheinlich Notizen über Tanzrituale in der amerikanischen Kultur." Zach war Professor der Anthropologie. Seine längeren braunen Haare und sein Vollbart ließen ihn aussehen wie eine Kreuzung zwischen Alm-Öhi und Hipster-Professor.

„Ha-ha", sagte Zach. „Tanzen spielt eine bedeutende Rolle im Liebeswerben. Wenn ich du wäre, würde ich meinen Arsch auf die Tanzfläche bewegen."

Hailey hatte ihn noch nicht gesehen und tanzte immer noch in einem engen Kreis mit Carrie, Ally und dem Prinzen. Der Fokus des Prinzen lag voll und ganz auf Hailey, deren enganliegendem, oberschenkellangem Kleid und ihren straffen Beinen in schwarzen Stilettos. Jede süße Kurve von ihren Brüsten bis zum Po wurde von diesem Kleid betont und brannte sich in sein Gehirn ein.

Josh mochte diese Art Tanz nicht. Er konnte verdammt gut Walzer tanzen, aber das war's dann auch schon. Und selbst das hatte er nur zum Zweck der Verführung gelernt. Hailey hatte er bereits verführt. Jetzt musste er ihr nur klarmachen, was Sache war. Dass sie ein Paar waren. Exklusiv. Es war so verdammt offensichtlich, dass er nicht fassen konnte, dass sie es nicht zu wissen schien. Es sei denn, sie hielt sich ihre Optionen offen, weil der Prinz ihr alles bieten konnte, was Josh nicht konnte. Er ballte seine Hände zu Fäusten.

„Was geht da mit euch beiden?", fragte Ethan. „Ally sagt, du hast Hailey Abendessen gekocht. Seid ihr jetzt zusammen?" Ally arbeitete Teilzeit für Hailey, und es schien, dass Hailey über das ein oder andere gesprochen hatte. Okay. Er würde sich später mit der Reaktion seines Vaters befassen.

„Ja", sagte er.

Ethan blickte hinüber zu Hailey, die über etwas lachte,

was der Prinz gesagt hatte. „Bist du dir sicher, dass sie das weiß?"

Er ging auf die Tanzfläche und ergriff Haileys Handgelenk. Sie erschrak und schlug nach seinem Arm. „Josh! Du hast mich erschreckt, einfach so aus dem Nichts aufzutauchen!"

„Sorry." Er warf einen Blick in Richtung Phillip und sah, dass dieser ihn beobachtete. Er wandte sich Hailey zu und schob sie ein Stück von dem Eindringling weg. „Ich bin da."

Sie lachte. „Das sehe ich. Komm, lass uns tanzen. Ich liebe diesen Song!"

„Ich tanze nur auf langsame Musik."

Sie hob die Arme und begann, vor ihm zu tanzen und suggestiv mit den Hüften zu wiegen. Er riss sie an sich und wiegte sie langsam.

„Josh! Ich will mich bewegen, nicht gewiegt werden. Komm, lass uns zurückgehen und mit den anderen tanzen."

„Ich bin deinetwegen hier."

Sie drehte sich um und winkte Carrie, Ally und Phillip herüber. Im nächsten Moment tanzten sie um ihn herum. Ally gestikulierte immer wieder in Ethans Richtung, doch er schüttelte den Kopf. Zach mischte sich jedoch begeistert unter die Tanzenden.

Phillip baute sich vor Hailey auf. Er berührte sie nicht, doch seine Bewegungen waren suggestiv, und seine Hände imitierten Streichelbewegungen ihren Körper hinauf und hinunter.

„Hailey." Josh machte eine lockende Bewegung und zwang sich, sich zu bewegen. *Hüfte bewegen, Arm bewegen. Ich tanze, verdammt.*

Hailey tanzte auf ihn zu und wiegte sich sinnlich vor ihm. So war es besser.

„Wo ist Rose?", fragte er.

„Hundesitter! Ist zu laut hier für ihre Ohren." Als sie begann, um ihn herum zu tanzen, drehte er sich, damit sie nicht hinter seinem Rücken war. Sie strich sich mit den Fingern durchs Haar, hob die Strähnen und ließ sie fallen. Phillip ergriff ihre Hand und wirbelte sie herum. Josh verspannte sich. Hailey drehte sich und lachte, und dann nahm sie Carries Hand und wirbelte sie herum.

Phillip grinste ihn an.

Josh wandte sich ihm zu und starrte ihn nieder, bis Phillip beiseite trat und weiter tanzte, die Augen auf Haileys kurvigen Po gerichtet.

Josh schob sich in den Weg, um Phillip den Blick auf Hailey zu versperren. Dem Prinzen den Rücken zugewandt, stellten sich ihm die Nackenhaare auf und signalisierten Gefahr, darum schob er Hailey vor sich und drehte sich so, dass Philipp zu seiner Linken war. Zu viele Leute hier. Zu nah. Jedes einzelne seiner Nervenenden schrie *Gefahr, Gefahr, Gefahr*. Er zählte langsam rückwärts und erinnerte sich daran, wo er war und warum.

„Lass uns was trinken gehen", sagte er zu Hailey, nahm ihre Hand und zog sie mit sich von der Tanzfläche.

„Josh, ich will tanzen."

Phillip tauchte auf. „Sie sagt, sie will tanzen. Zerr sie nicht gegen ihren Willen rum."

„Es ist nicht gegen ihren Willen", knurrte Josh. „Verschwinde."

Phillips Nasenflügel blähten sich. „Das werde ich nicht. Hailey ist eine gute Freundin von mir."

„Hailey gehört mir", blaffte er.

„Josh!", entfuhr es Hailey.

„Wie erfrischend. Ein Höhlenmensch", sagte Phillip. „Geh einen Knochen abnagen. Komm, Hailey."

„Hailey, lass uns gehen."

Hailey warf ihre Hände in die Höhe und ging zu ihren Freundinnen zurück.

Phillip sah ihn böse an. „Lass uns das draußen klären."

„Nach dir."

Phillip ging in Richtung der Treppe. Josh folgte ihm und freute sich, dem Typen die allzu hübsche Fresse zu polieren. Zwei Sicherheitsmänner erschienen neben Phillip, und Josh blieb stehen. Drei gegen einen, besonders, da er nicht wusste, welche Waffen die anderen Männer trugen, war kein fairer Kampf.

Er kehrte auf die Tanzfläche zurück. Ein paar Minuten später gesellte sich auch Phillip wieder zu den Tanzenden. Der Prinz war locker und tanzte, als täte er es die ganze Nacht, jede Nacht. Josh war angespannt und wütend, doch er weigerte sich, diesem Clown das Feld zu überlassen, während seine Frau tanzte, sexy und umwerfend. Es wurde ein ganz eigener Kampf.

Tanzen. Böse Blicke.

Hüftstoß. Fick dich.

Tanzen. Böse Blicke. Tanzen.

Das ging so lange weiter, bis Josh das Kampftanzen leid war.

Dann fiel ihm auf, dass Hailey gegangen war. Verdammt!

～

Am Sonntag erwachte Hailey von Rose' Gebell. Sie öffnete die Schlafzimmertür, und Rose rannte hinaus. Sie musste wohl dringend Gassi gehen. Sie nahm Rose an die Leine und öffnete die Tür. Ein riesiges Rosenbouquet lag zu ihren Füßen. Oh wow! Nach dem verrückten Hahnenkampf auf der Tanzfläche gestern Nacht – Josh und Phillip hatten wie Pfauen ausgesehen, die eine Art von ritualisiertem Kampf ausfochten – war das eine willkommene Entschuldigung von Josh. Sie hatte die Nase von der Testosteronschlacht dermaßen voll gehabt, dass sie und Mad früh gegangen waren, denn sie war auch der Meinung gewesen, dass die beiden Männer sich lächerlich aufgeführt hatten.

Sie hob die Rosen auf und ging mit Rose die Treppe zum Garten hinauf. Rose schnupperte herum und suchte nach der perfekten Stelle. Hailey fand eine kleine Karte im

Strauß. *Bitte, lass was Romantisches drinstehen.* Sie wollte wirklich nicht mehr böse auf Josh sein. Er musste tatsächlich etwas für sie empfinden, um andere Männer verscheuchen zu wollen; er schien nur nicht zu wissen, wie er es ihr zeigen sollte. Vielleicht hatte er mit Jake oder mit einem anderen seiner erleuchteteren Freunde gesprochen und es endlich begriffen.

Sobald sie Rose wieder ins Haus gebracht hatte, legte Hailey die Rosen auf den Tisch und zog die Karte aus dem Plastikhalter. Während sie langsam den Umschlag öffnete, lief ein Schauer der Erregung durch sie hindurch.

Für eine entzückende Frau,
   tut mir leid, dass es gestern Nacht aus dem Ruder gelaufen ist.
   Phillip

Nichts von Josh. Ihre Augen brannten. Sie schüttelte den Kopf über ihre Reaktion, nahm die Blumen und stellte sie in eine Vase auf ihrem kleinen Küchentisch. Phillip hatte sie nie zu Hause besucht, doch sie hatte ihm während eines Spaziergangs im Vorbeigehen gezeigt, wo sie wohnte. Die Blumen waren eine so aufmerksame Geste. Sie verdrängte die Gedanken an Josh, zog sich an, schminkte sich und ging zu ihrem Morgentermin in ihrem Büro. Sie hatte oft Termine mit potentiellen Kunden am Wochenende.

Am Nachmittag kehrte sie nach Hause zurück, machte sich etwas zu essen und aß vor ihren schönen Rosen. Sie las die Karte noch einmal. *Für eine entzückende Frau.* Und eine Entschuldigung. Das machte sie wütend auf Josh. Wo war seine Entschuldigung? Er benahm sich, als wäre sie sein Eigentum. Er hatte nicht einmal mit ihr tanzen wollen und nur nicht ausstehen können, dass Phillip mit ihr tanzte. Wo war er? Es war Sonntag Nachmittag – wahrscheinlich zu Hause.

Sie würde zu Fuß hingehen. Der zwanzigminütige Spaziergang würde Rose den benötigten Auslauf bieten und Hailey helfen, einen klaren Kopf für eine rationale Konversation zu bekommen.

Als sie ankam, wusste sie genau, was sie sagen wollte. Sie klingelte, und er ließ sie eine Minute später ein.

Als sie das Foyer betrat, stand er lässig in der offenen Tür seiner Wohnung, barfuß, in Jeans und schwarzem T-Shirt, die Haare zerzaust, als wäre er gerade erst aus dem Bett gekrochen, Stoppelbart auf seinem kantigen Kinn. Warum sie sein ungepflegtes Aussehen sexy fand, konnte sie nicht verstehen. Er trat nicht beiseite, um sie hereinzubitten, und sie konnte die Anspannung spüren, die trotz seiner lässigen Haltung von ihm ausstrahlte. Seine Miene war hart.

„Wohin bist du gestern Nacht noch gegangen?", fragte er betont beiläufig, konnte sie jedoch nicht über sein Interesse hinwegtäuschen.

„Phillip hat sich bei mir für sein Verhalten gestern Nacht entschuldigt." *Und wo ist deine Entschuldigung?*

„Gut, er hat sich auch wie ein Arsch aufgeführt."

Sie presste die Lippen aufeinander und bemühte sich, sich zu beherrschen. „Ihr beiden habt wie zwei Pfauen gewirkt, die gleich aufeinander losgehen wollten."

„Hahnenkampf."

Sie winkte ab. „Der Punkt ist, dass ihr beide euch bescheiden benommen habt, weswegen ich früh mit Mad gegangen bin. Es war peinlich." Sie sah ihn erwartungsvoll an.

Er senkte den Blick, Gesichtsausdruck neutral, was bedeutete, dass er etwas verbarg. „Wenn du auf eine Entschuldigung wartest, kannst du lange warten. Ich habe dir schon einmal gesagt: er oder ich. Und ich habe dir auch gesagt, dass er dich will. Warum sonst würde er sich mit mir anlegen? Warum würde er dauernd mit diesen billigen Ausreden bei dir aufkreuzen?"

Sie marschierte auf ihn zu, wütend, dass er so tat, als wäre alles ihre Schuld. Schon wieder! Und er hatte nicht einmal den Anstand, sie hereinzubitten. „Du hast es auf diese Auseinandersetzung angelegt. Du hast es nicht abwarten können, dich mit ihm anzulegen."

„Blödsinn. Ich beschütze nur, was mir gehört."

Sie sah rot. „Erstens gehöre ich nicht dir. Zweitens gibt es nichts, wovor du mich beschützen musst. Phillip ist ein Freund."

„Was sind *wir* dann?"

„Ich weiß nicht."

„Dann sag Bescheid, wenn du es herausgefunden hast." Er schloss die Tür.

Sie schlug gegen die Tür. „Flegel!", schrie sie, und Rose bellte wütend.

Sie machte auf dem Absatz kehrt und ging. Er war eifersüchtig, doch er bot ihr nichts. Keinen Anstand und nicht einmal eine Entschuldigung. Nichts.

Joshs Nichts wurde zu einem Schlund des Nichts, als Phillip ihr eine Woche lang jeden Tag einen Rosenstrauß schickte. Keine Nachrichten. Nur Rosen, Rosen, Rosen. Offensichtlich bettelte der Prinz um ihre Vergebung, auch wenn sie sich bereits bei ihm bedankt und ihm gesagt hatte, dass alles okay war. Vielleicht hatte sie sich so niedergeschlagen angehört, dass er ihr nicht geglaubt hatte. Denn trotz all der Aufmerksamkeit, die Phillip ihr entgegenbrachte, schmerzte ihr Herz. Sie konnte das mit Josh nicht fortsetzen, wenn sie nichts zurückbekam. Vielleicht war es das natürliche Ende ihrer Beziehung. Sie hatten hell und heiß gebrannt, und dann waren sie ausgebrannt.

Sie schleppte sich durch den Freitag und war froh,

endlich mit der Arbeit fertig zu sein. Sie seufzte und packte ihren Laptop ein. Es klingelte am Eingang. Sie erwartete niemanden. War es möglich, dass Josh endlich mit einem Friedensangebot auftauchte?

Sie ließ Rose in ihrem Büro und eilte zur Tür. Als sie die Tür öffnete, sackte ihr ihr Magen in die Kniekehlen. „Mom! Ist alles okay?"

Ihre Mom trug Kleider, die sie nur anzog, wenn sie krank war – ein weites rosa Baumwollshirt und graue Jogginghosen. Ein blauer Schal bedeckte ihre Haare, und sie trug eine große Sonnenbrille. „Ich muss hier raus", sagte ihre Mutter eindringlich. „Meine Hochzeit ist in zwei Wochen, und ich kann einfach nicht mehr. Sag Joe, dass ich meine kranke Tante Jane besuche oder sowas, okay?" Es gab keine Tante Jane.

Ihre Mom wandte sich zum Gehen.

Hailey rannte auf die Veranda. „Mom, warte!"

Ihre Mutter ging weiter.

Verdammt! Sie hatte gewusst, dass das passieren würde. Ihre Mutter machte einen Rückzieher, wie Hailey es die ganze Zeit vorhergesagt hatte. Sie rannte die Treppen hinunter und packte ihre Mutter am Arm. „Kalte Füße sind vollkommen normal. Das heißt nicht, dass ihr nicht zusammen sein sollt. Ich weiß, dass du ein langes und glückliches Leben mit Joe führen wirst."

Ihre Mom starrte zu Boden. „Erzähl ihm einfach von Tante Jill, okay?" Es gab auch keine Tante Jill. Ihre Mutter war ein Einzelkind wie Hailey.

„Tante Jane. Schau, dass wenigstens der Name derselbe bleibt. Wann kommst du zurück?"

„Ich weiß nicht." Sie machte sich von Hailey los und ging schnell auf ihren Wagen zu, der schräg in der Auffahrt geparkt stand. Der Motor lief, und die Fahrertür stand offen.

„Mom, tu ihm das nicht an. Bitte. Er wird sich Sorgen machen."

Ihre Mutter ignorierte sie. Sie stieg in ihren Wagen und fuhr davon.

Hailey überlegte, was zu tun war. Sie wollte sich nicht einmischen, und sie wollte definitiv nicht diejenige sein, die Joe beibrachte, dass ihre Mutter die Flatter gemacht hatte. Wie konnte ihre Mom nicht sehen, was sie mit Joe hatte? Es war so offensichtlich, dass Joe sie liebte. Wenn er sie ansah, war es voller Wärme und Zärtlichkeit. Er nannte sie Sweetheart. Wenn Hailey hätte, was ihre Mom hatte …

Sie schluckte und ging zurück ins Haus. Vielleicht würde ihre Mom ja zur Vernunft kommen. Oder vielleicht würde Joe ihr folgen, nur, dass Hailey nicht wusste, wo ihre Mom hinwollte. Sie erschauderte. Es war schlimm genug, dass sie gegen Joes Wunsch etwas mit Josh angefangen hatte, doch wenn ihre Mom nicht zurückkam, würde sich die ganze Campbell-Familie gegen sie wenden. Sie deckte ihrer Mutter auf die einzige Weise, die ihr einfiel, den Rücken – sie schrieb Josh. Er arbeitete immer Freitag- und Samstagabend. Außer, wenn er sich auf einer Tanzfläche mit einem Prinzen anlegte.

Hailey: *Familiennotfall. Meine Mom musste zu meiner Tante Jane fliegen. Kannst du es deinem Dad sagen? Ich will nicht, dass er sich Sorgen macht. Ich lasse dich wissen, sobald ich was Neues weiß.*

Josh: *Sicher. Alles okay? Gehst du mit?*

Hailey: *Nur sie. Ich kenne diese Tante nicht gut. Sie ist in Kalifornien.*

Und einer Lüge folgte die nächste. Sie hasste es, dass ihre Mutter sie in diese Lage gebracht hatte. Sie sah drei blinkende Punkte auf ihrem Display die ihr verrieten, dass Josh etwas schrieb, und sie wartete. Die Punkte verschwanden.

Sie legte das Handy auf ihren Schreibtisch, setzte sich und ließ den Kopf in ihre Hände sinken. Sie und Josh waren offensichtlich in einer Sackgasse gelandet. Vielleicht waren sie sich zu ähnlich. Sie waren zwei willensstarke strategische Krieger, die einander umkreisten, und keiner war bereit, auch nur einen Zentimeter nachzugeben. Doch, nein, das stimmte nicht wirklich. Sie hatte mehr als einen Zentimeter nachgegeben. Sie hatte versucht, auf jede erdenkliche Weise eine Verbindung zu ihm aufzubauen. Warum war es so schwer? Warum war Josh so schwierig?

Aufgewühlt hob sie die schlafende Rose von ihrem Hundebettchen auf, setzte sich an den Schreibtisch und streichelte sie zärtlich. Ein paar Minuten später klingelte es erneut, und ihr Herz begann zu pochen. Vielleicht hatte Josh sich entschieden, auf weitere SMSen zu verzichten, und war hergekommen. Sie würde ihm alles vergeben, wenn er ihr nur auf halbem Weg entgegenkam.

Sie ging mit Rose auf dem Arm zur Tür und ließ die Schultern sinken, als sie Phillips lächelndes Gesicht sah. Sie öffnete die Tür. „Hi Phillip." Er trug einen schwarzen Anzug, der aussah wie maßgeschneidert, und eine rote Krawatte. Seine Bodyguards standen in diskretem Abstand auf der Veranda.

„Hallo", sagte er herzlich und nickte hinter sich.

Eine Reihe von Leuten kam um die Ecke und erklomm die Treppe zur Veranda. Eine Frau gab ihr ein Rosenbouquet, während drei Männer Violine spielten und eine weitere Frau mit einer Kamera ein Stück weit hinter ihnen folgte. War das Teil der Medieninitiative, die Phillip brauchte, um seinen Ruf wiederherzustellen?

„Hailey."

Als sie Phillip ansah, war er auf ein Knie gegangen und hielt ihr einen riesigen, glitzernden Diamantring entgegen. Heilige Scheiße!

„Würdest du mir die Ehre erweisen, meine Braut zu sein?"

Sie starrte ihn geschockt an. Die Violinen spielten, die Kamera klickte, alle Augen waren auf sie gerichtet.

„Du würdest eine wunderbare Prinzessin für Villroy

werden", sagte Phillip. „Und du würdest eine integrale Rolle bei unserem neuen Vorstoß in den Tourismus spielen. Du bist in so vielen Aspekten genau, was Villroy braucht. Und was ich brauche. Komm mit mir und verliebe dich in Villroy Island mit der Person, die du dort sein kannst. Du könntest der Schlüssel zur Revitalisierung unserer Wirtschaft sein, unsere jungen Arbeitskräfte dort halten und das Land am Leben erhalten. Du könntest so viel tun, nicht nur für mich, sondern für ein ganzes Land."

Ihre Knie wurden weich. *Whoa.* Eine Prinzessin? Einem ganzen Königreich zur Blüte verhelfen durch ihre Fähigkeiten als Geschäftsfrau? Sie begann zu träumen. Sie stellte sich Schlösser und Ballkleider vor, Blumengärten, Partys, Hochzeiten, Wirtschaftsgipfel.

Schließlich fand sie ihre Stimme, wurde sich all der Zeugen bewusst und sagte herzlich: „Phillip, das kommt so plötzlich. Kann ich darüber nachdenken?"

Er erhob sich in einer flüssigen Bewegung und scheuchte die Fotografin mit einer Geste weg. „Ich brauche eine Antwort, bevor ich in fünf Tagen wieder nach Villroy zurückkehre. Ich muss Vorkehrungen treffen. Es stehen eine Menge öffentlicher Auftritte an, und ich hätte dich wirklich gerne an meiner Seite – als meine Verlobte."

„Okay, danke für dein Verständnis."

Er küsste sie auf beide Wangen, lächelte zärtlich und ging.

Sie eilte zurück ins Haus, zitternd nach dieser bizarren Szene. Ihr erster Heiratsantrag hatte sie geschockt. Sie rannte zurück in die Sicherheit ihres Büros, schloss die Tür und setzte Rose am Boden ab. Die Rosen fielen ihr aus den Händen, als sie einfach nur dastand und ins Nichts starrte. Sie hatte Phillip noch nicht einmal geküsst. Warum hatte er ihr einen Antrag gemacht? Benutzte er sie nur für gute Presse? Würde er sie in ein Schloss wegsperren und sich eine Geliebte nehmen?

Warum waren Männer so verdammt verwirrend?

16

—————

Josh war schlechter Laune. Es war fast eine Woche her, seit er Hailey gesagt hatte, dass sie ihn wissen lassen sollte, wenn sie sich bewusst geworden war, wer der bessere Mann für sie war – *ich, verdammt nochmal!* – und bis heute hatte er keinen Pieps von ihr gehört. Und dann war es um ihre Mom gegangen! Was für eine Beziehung war das? Sollte er sie weiter daten, als wäre alles vollkommen normal, während sie ihm weiter den Playboy-Prinzen unter die Nase rieb? Er glaubte ihr, als sie gesagt hatte, dass sie nur Freunde waren, und interpretierte es so, dass sie nicht miteinander geschlafen hatte, doch er war sich auch sicher, dass der Prinz ihr mit seinem glamourösen Jetset-Lebensstil den Kopf verdrehte. Josh hatte kein Interesse an einem Wettstreit, besonders in Anbetracht der Tatsache, dass er ihr nicht einmal annähernd den Lifestyle des Prinzen bieten konnte. Er wollte, dass sie definitiv und ein für alle Mal ihn wählte.

Wenn man vom Teufel sprach.

Hailey betrat das Garner's. Sie redete ernst auf Rose ein und hielt den Hund dabei wie ein Baby an ihre Brust. Sie sah aus wie eine Verrückte, die mit ihrem Hund sprach, als würde sie eine Antwort erwarten. Vielleicht war sie ja verrückt. Das würde vieles erklären.

Sie ging zum Tresen und schob sich durch die Menge. „Josh, kannst du Pause machen?"

Vielleicht war sie endlich bereit zuzugeben, dass sie zu ihm gehörte und zu niemandem sonst. „Gib mir ein paar Minuten."

Sie nickte ernst, die Stirn gerunzelt. Scheiße. Vielleicht hatte sie schlechte Nachrichten. Vielleicht war ihre Tante Jane gestorben.

Er holte sein Handy aus der Tasche und rief jemanden, um ihn für eine halbe Stunde zu vertreten. Vielleicht war Hailey so aufgewühlt, dass sie weinen würde, und das konnte eine Weile dauern. Er wappnete sich für die Qual, sie leiden zu sehen. Er wollte sie unter allen Umständen beschützen, doch manchmal obsiegten die Umstände. Wenig später bedeutete er ihr mit einer Geste, ihr in sein Büro zu folgen. Er holte das Tauspielzeug mit dem Rindergeruch hervor, das er Rose beim letzten Besuch geschenkt hatte, und warf es in die Ecke. Rose sprang hinterher und kaute glücklich darauf herum.

Hailey stand steif vor seinem Schreibtisch, die Augen glänzend, die Lippen zu einer dünnen Linie zusammengepresst, als versuchte sie, nicht zu weinen.

Er ging um den Schreibtisch herum und zog sie in seine Arme. Sie drückte ihn kurz und trat dann zurück. Tränen stiegen ihr in die Augen, als sie zu ihm aufblickte.

„Was ist passiert?", brachte er heraus. Falls ihre Tante gestorben war, würde er mit ihr auf die Beerdigung gehen, auch wenn er Beerdigungen hasste.

„Ich muss einfach wissen, wo ich stehe ..." Ihre Stimme versagte, und sie räusperte sich. „Denn Phillip hat mir einen Antrag gemacht, und er will, dass ich ihm helfe, das Königreich zu retten."

Ihm wurde eiskalt. „Du hast nein gesagt."

„Er hat Violinisten, eine Fotografin und seine Bodyguards mitgebracht. Ich habe gesagt, dass ich darüber nachdenken würde. Ich konnte ihn nicht so demütigen."

„Fuck, Hailey! Ich kann's nicht fassen. Das ist so was von Bullshit. Weißt du was? Geht zu ihm. Hab ein tolles Leben."

„N-nein." Ihre Stimme bebte, als würde sie gleich anfangen zu weinen. Sein Herz schmerzte. Scheiße. Er war zu grob gewesen.

Er hob die Hand und streichelte ihre Haare. Sie zuckte zurück, und als sie ihn mit blitzenden Augen ansah, schoss eine animalische Lust durch ihn hindurch. Er musste der Verrückte sein, angetörnt von ihren Schlachten. Tief im Inneren wusste er, was das Problem war – ihre Streitereien waren genau das, was überhaupt erst sein Interesse geweckt hatte. Hier war eine Frau, die ihm ebenbürtig war und sich mit ihm stritt. Doch wer würde diesen Krieg gewinnen? Und wie konnten sie Frieden schließen?

Sie sah ihn böse an. „Ich bin hier bei dir, Josh. Was glaubst du, warum?"

„Ich weiß nicht. Alles, was ich höre, ist Prinz hier, Prinz da."

„Ich versuche herauszufinden, was dieses verstrickte Chaos zwischen uns ist." Sie schüttelte traurig den Kopf. „Vielleicht ist es ja nur Sex", sagte sie leise.

„Nur Sex", echote er.

Sie warf die Hände in die Höhe. „Ich weiß es nicht! Mit Phillip sind es Rosen und Diamanten und mit dir ist es Streit und Sex!"

„Fuck Phillip! Ich arbeite! Ich versuche, hier etwas aufzubauen, etwas, das von Dauer ist."

Sie hob eine Hand. „Ich kann nicht weiter mit dir streiten. Es tut zu sehr weh." Sie blickte finster drein, und das gab ihm Hoffnung, denn das tat sie sonst nie. Mit ihm war sie auf eine Art und Weise aufrichtig, wie sie es mit niemand anderem war.

Er nahm ihre ausgestreckte Hand und verflocht seine

Finger mit ihren. „Hailey." Er zog ihre Hand an seine Brust. Sie wehrte sich nicht, sondern starrte lediglich seine Brust an.

Ihre Stimme wurde sanft. „Und jetzt das mit meiner Mom. Ich mache mir solche Sorgen."

Er küsste sie zärtlich, um sie zu trösten. Sie wandte den Kopf ab. Er legte eine Hand an ihre Wange, zog sie wieder zu sich und blickte ihr in die Augen, eine direkte Botschaft, dass sie ihm wichtig war.

„Ich kann das nicht mehr!", schniefte sie und machte sich los, dann hob sie Rose auf.

Er fuhr sich mit der Hand durchs Haar. „Wir *haben* mehr als Sex. Wenn du nur deine Augen aufmachen und diese Fantasie durchschauen könntest, die der Prinz dir unterzujubeln versucht, würdest du das sehen."

„Niemand versucht mir etwas unterzujubeln, Josh", schnauzte sie ihn an. Dann marschierte sie zur Tür hinaus.

Er fluchte leise und ging zurück an die Arbeit. Wenn er wüsste, wie er es wieder geradebiegen konnte, würde er es tun. Doch eines wusste er: er würde nicht versuchen, Rosen, Diamanten, Herrenhäuser, Schlösser und was der Prinz Hailey sonst noch hinterherwarf zu übertrumpfen. Sie musste ihn um seiner selbst willen wollen oder gar nicht.

Er lehnte sich an den Tresen, plötzlich erschöpft. Hailey hatte recht. Sie musste aufhören zu kämpfen, nur, dass er mit ihr nie Frieden erlebt hatte. Wie konnte er ihr vertrauen, wenn sie immer bereit war, den nächsten Angriff zu starten?

~

Für den darauffolgenden Abend hatte Hailey einen Mädelsabend in ihrer Wohnung organisiert. Sie brauchte dringend Perspektive. Sie hatte in der vergangenen Nacht kaum geschlafen und überlegt, wie sie die Sache mit Josh lösen sollte oder ob sie es für immer aufgeben sollte. Das Problem war nur, dass ihre Leben so verflochten waren, dass es unmöglich war, sie zu entflechten. Ihre Eltern würden heiraten (vielleicht), sie hatten jede Menge gemeinsame Freunde, seine Schwester war ihre beste Freundin, und sie lebten beide im selben Ort und waren Unternehmer. Eine Trennung wäre bestenfalls unbehaglich, schlimmstenfalls furchtbar schmerzhaft.

Alle waren hier, selbst Claire. Sie hatte ihren Bodyguard Frank an der Tür postiert, und ihr Fahrer wartete draußen. Haileys SMS an ihre Freundinnen musste bemitleidenswert und verzweifelt geklungen haben. *Notfallmeeting, um aus meinem Leben schlau zu werden!* hatte eine größere Wirkung gehabt, als ihr bewusst gewesen war.

Sie stellte die Schokoladenkekse, die sie gebacken hatte, und eine Platte mit frischem Gemüse und Dip und Chips mit Salsa auf den Tisch. Alle hatten volle Weingläser in der Hand, abgesehen von Claire, die sich wegen ihrer Schwangerschaft auf Mineralwasser beschränkte.

Hailey setzte sich auf ihr geblümtes Sofa, und Sabrina ließ sich sofort neben ihr nieder, wahrscheinlich, weil sie Beziehungstherapeutin war und vorhatte, ihr den einen oder anderen Rat zukommen zu lassen. Hailey hatte ganz offensichtlich Beziehungsprobleme.

Mad setzte sich neben Sabrina, wahrscheinlich bereit, sich einzumischen und ihren großen Bruder zu verteidigen. Plötzlich wurde ihr bewusst, dass Mad nichts davon erzählt hatte, dass ihr Vater unglücklich war, dass sie und Josh etwas miteinander angefangen hatten. War es möglich, dass Mad es für sich behalten hatte? Vielleicht hatte sie zu viel für die Uni zu tun, um mit ihrem Dad zu reden. Hatten es alle für sich behalten? Sie war sich sicher gewesen, dass sich die Nachricht wie ein Lauffeuer verbreiten würde, nachdem Josh im Club aufgetaucht war. Wusste Joe etwa immer noch nichts? Vielleicht hatte er Josh die Hölle heiß gemacht und ignorierte Hailey einfach.

Sie hatte nichts von Joe gehört. Und Josh hatte es ihr vielleicht nicht gesagt, weil er sie nicht damit belasten wollte.
Gott. Es wäre ihr viel lieber, alle Fakten zu kennen.

Sie streichelte Rose' Köpfchen und wandte ihre
Aufmerksamkeit wieder ihren Freundinnen zu. Die
meisten saßen auf dem Boden um den Sofatisch herum.
„Soll ich die Küchenstühle reinbringen?"

Ihre Freundinnen lehnten ab.

„Haben alle genug zu trinken?", fragte sie. „Oder zu
essen? Ich kann noch einen Käseteller machen. Ich bin mir
ziemlich sicher, dass ich Cracker habe, oder ich könnte ein
paar Crostini toasten?"

„Schluss mit der Verzögerungstaktik. Raus mit der
Sprache", blaffte Mad.

Hailey strich ihre Haare zurück und trank einen
Schluck Wein. Mad durchschaute sie immer, wenn Hailey
herumflatterte, um schweren Themen aus dem Weg
zu gehen.

„Benimmt sich Josh wie ein Arsch?", fragte Mad
unverblümt.

Die Frauen sahen sie erwartungsvoll an.

Wie sollte sie darauf antworten? So gesehen tat er ja
nichts Schlimmes. Er tat einfach gar nichts. Null Aufwand.
Der Kontrast zu Phillips romantischen Bemühungen war
ziemlich krass.

„Männer sind dämlich", sagte sie schließlich.

Mad biss von einem Keks ab und sagte: „Lass mich
dich nur darauf hinweisen, dass alle meine Brüder planlos
sind, was Romantik angeht. Keiner von ihnen hat die
Anleitung dazu gelesen." Sie deutete mit dem Finger auf
die Frauen, die ihre Brüder am besten kannten. „Nicht
wahr, Lauren? Charlotte? Sabrina? Claire? Ihr wisst, dass
es so ist." Lauren und Charlotte hatten ihre Brüder Alex
und Ty geheiratet. Sabrina war mit ihrem Bruder Logan
verlobt, doch Hailey glaubte nicht, dass das zählte, da eine
Beziehungstherapeutin von Natur aus gut in Beziehungs-
sachen war.

Hailey sah Claire an. Sie war die Frau, die es am besten erklären konnte. Sie hätte mit dieser unmöglichen Situation direkt zu Claire gehen sollen. Claire hatte Joshs eineiigen Zwilling geheiratet, und die beiden waren sich wahrscheinlich ziemlich ähnlich, was Beziehungen anging, nur dass sie sich sicher war, dass Josh eine Million Mal schlimmer war als Jake.

Lauren erhob auf ihre ganz eigene, süße Art Einwand und strich sich ihre langen, hellbraunen Haare hinter die Ohren. „Alex hat seine Verlobte betrauert. Er hat mir gezeigt, dass er mich liebt, als er soweit war."

„Ty hatte keinen Plan", verkündete Charlotte mit strahlenden Augen. „Zweifellos." Sie lächelte. „Doch manchmal haut er irgendwelche ganz süßen Sachen raus, und ich schmelze dahin."

Josh hatte Hailey einmal als Kriegerin bezeichnet. Das war beinahe süß.

„Ich habe keine Beschwerden", sagte Sabrina diplomatisch.

„Jake war nicht romantisch", sagte Claire. „Er war dickköpfig, arrogant, aggressiv und fordernd."

Hailey holte scharf Luft. Das klang genau wie Josh! Beide waren Tiere!

Claire lächelte Hailey an. „Klingt vertraut?"

„Oh ja."

Claire zwinkerte. „Und ich bin genauso."

Hailey schwieg. Es schien fast so, als sollte das Zwinkern andeuten, dass Hailey auch so war. War sie das? War das der Grund, warum sie immer wieder aneinander gerieten?

Claire fuhr fort. „Am Anfang lief es nicht so gut. Es war Küssen, Streiten, Küssen, Streiten. Nur, dass Küssen und Ficken beliebig austauschbar waren."

Alle lachten. Hailey jedoch saß auf der Sofakante und sehnte sich nach der Antwort auf die unmögliche Josh-Frage.

Claire schüttelte den Kopf und lächelte. „Da ist viel

Energie in alle möglichen Richtungen gefunkt." Sie machte eine dramatische Pause und alle verstummten. Selbst Rose, die auf Haileys Schoß saß, spitzte die Ohren. „Bis er getan hat, was wir in der Filmbranche als große romantische Geste bezeichnen."

„Ich hätte Jake nie für einen Romantiker gehalten", sagte Mad. „Was hat er gemacht?"

Claire schien einen Moment in der Erinnerung zu schwelgen. „Es war vielleicht nicht romantisch im klassischen Sinne des Wortes, doch, was er getan hat, war etwas, das mir viel bedeutet hat. Er hat angeboten, Blakes Vertrag für die Fierce Trilogie auszukaufen, als Blake mir das Leben schwer gemacht hat, und als ich abgelehnt habe, hat er mir gesagt, er würde in die Marketingkampagne meines Films investieren. Ihr müsst wissen, dass ich damals dauergestresst war. Mein ganzes Geld war in die Produktion des ersten Films investiert, und ich hatte nicht mehr viel für das Marketing. Alles, was ich hatte, war die gute Presse, und die fing an, sich gegen mich zu wenden. Er hat praktisch meinen Ritter in glänzender Rüstung gespielt."

„Josh hat nicht so viel Geld", stellte Mad fest.

Claire warf einen Chip nach Mad. „Du bist so unromantisch wie deine Brüder. Es war die Geste, das Opfer, das er für mich zu erbringen bereit war, nicht das Geld. Ich habe weder das eine noch das andere Angebot angenommen. Und wartet! Da war mehr. Er hat angeboten, seine Firma zu verkaufen und mit mir überall hinzureisen, wo ich filme, um mit mir zusammen zu sein."

Die Frauen murmelten erstaunt. Das war neu für sie. Jakes Firma war Milliarden wert.

„Das hast du auch nicht akzeptiert", sagte Hailey. „Es war die Geste."

„Genau!" Claire trank einen Schluck von ihrem Wasser und sah Hailey herzlich an. „Josh hat eine Geste für dich gemacht."

„Nein, hat er nicht."

„Er ist zum Buchclub gekommen."

Das war wahr. Es hatte sich allerdings nicht wie eine romantische Geste angefühlt. Es war ziemlich seltsam gewesen, wenn auch ein bisschen süß. Er hatte ihr diesen Liebesroman geschenkt. Das einzige Geschenk, das er ihr je gemacht hatte.

„Uuund", sagte Claire gedehnt. „Er hat sich den Abend freigenommen, um mit dir in den Club zu gehen."

Hailey schnaubte. „Das war nur, um es Phillip zu zeigen. Unglaublich, was zwischen diesen beiden Kampfhähnen abgelaufen ist."

Alle lachten. Hailey lachte auch, doch dann erzählte sie ihnen alles – angefangen von Joshs Mangel an Initiative über ihre Streitereien bis zum heißen Sex. Sie beendete ihren Bericht mit Phillips prinzlichem Verhalten mit all den Rosen, seinem Interesse, in sie zu investieren, und seinem traumhaften Antrag.

„Heilige Scheiße!", entfuhr es Mad.

„Beide führen sich auf wie Idioten", sage Claire.

„Vielleicht lieben sie sie beide", schlug Sabrina mit ihrer ruhigen Therapeutenstimme vor.

Das war seltsam. Sie glaubte nicht, dass Phillip so schnell Liebe für sie empfinden könnte. Josh schon. Sie kannten einander lange genug, dass es durchaus möglich war. Doch Josh hatte es nie gesagt. Er hatte nie viel gesagt. Liebte sie ihn? Sie hatte gedacht, dass Liebe etwas schön Romantisches war, und das war definitiv nicht, was sie mit Josh hatte. Er machte sie wütend, er brachte sie dazu, die Selbstkontrolle zu verlieren. Das Problem war nur, dass sie, ganz egal, wie wütend sie wurde, nicht aufhören konnte, an ihn zu denken und sich nicht von ihm fernhalten konnte.

„Phillip benutzt sie, um seinen Ruf zu sanieren", sagte Mad stirnrunzelnd. Sie schlug sich immer auf Joshs Seite, ganz gleich, was war. Blut war eben dicker als Wasser. Genau deswegen hatte Hailey ihren Freundinnen nichts davon erzählt, dass ihre Mutter kalte Füße bekommen hatte. Sie wusste, dass Mad sich auf die Seite ihres Vaters stellen und Hailey die Freundschaft kündigen würde. Sie brauchte Mad in ihrem Leben. Niemand sonst durchschaute jeden Bullshit und sprach die Wahrheit wie Mad. Das hatte Hailey immer immens geholfen, nur bei Josh nicht. Sie hoffte nur, dass ihre Mom ihr das nicht verderben würde. Wenn ihre Mom einfach mit Joe gesprochen hätte, anstatt Gott-weiß-wohin wegzulaufen, wäre es Joe sicher gelungen, sie zu beruhigen und ihr zu versichern, dass er sie liebte. Denn er war einfach ein wunderbarer Mann.

„Liebst du Josh?", fragte Claire.

Hailey zuckte zusammen. Alle starrten sie an. Sie atmete zittrig aus. „Ich weiß nicht. Ich bin so verwirrt. Er hat mir Liebeswerben versprochen, doch alles, was ich bekommen habe, war ein Abendessen und jede Menge nichts."

„Sag ihm das", riet Claire. „Sag ihm genau, was du willst und warum. Glaub mir, wenn du nicht direkt bist, wird er nicht zwischen den Zeilen lesen. Er ist vielleicht intelligent, doch er spricht die Sprache der Männer und ist mit den subtilen Nuancen der Sprache der Frauen nicht vertraut. Jake ist genauso. Ich für meinen Teil habe in der Filmbranche gelernt, direkt zu sein. Du bist immer noch recht ..."

„Mädchenhaft", beendete Mad den Satz für sie.

„Subtil." Claire lächelte. „Ich versteh es. Frauen werden dazu erzogen, keinen Wirbel zu machen, die Wogen zu glätten, höflich und taktvoll zu sein. Vielleicht hat deine Zeit bei Schönheitswettbewerben dazu beigetragen, doch das Leben ist kein Schönheitswettbewerb, und du musst ihm nicht zu Gefallen sein. Was du musst, ist für dich und was du willst einstehen."

Sabrina meldete sich zu Wort. „Ich weiß nicht, ob das in diesem Fall die richtige Taktik ist. Es könnte leicht zur Eskalation zwischen ihr und Josh führen. Ich denke, sie sollte sich aus dieser eigenartigen Dynamik zurückziehen.

Lass die Männer sie vermissen und sich über die Tiefe ihrer Gefühle bewusst werden. Was sie danach tun, wird ihr sagen, was sie wissen muss."

Aber was, wenn Josh nichts tat? Was, wenn Phillip sie dann wieder bat, Villroy und seinen Ruf zu retten und eine echte Prinzessin zu werden?

„Ihr gebt mir jede Menge, worüber ich nachdenken muss", sagte Hailey. „Danke."

„Wir sind für dich da, Schwester!", sagte Mad und hob die Hand zum High Five. Hailey schlug ein. „In zwei Wochen werden wir wirklich Schwestern sein. Der Hammer, oder?"

Haileys Magen rebellierte. In diesem Moment schwor sie sich, dass sie, wenn es sein musste, ihre Mutter finden und sie an den Haaren vor den Altar schleifen würde. O Gott. Vielleicht war sie wie Josh – aggressiv mit einem ausgeprägten Beschützerinstinkt, wenn auch nicht dickköpfig und arrogant. Sie konnte sich nicht erinnern, zuvor so empfunden zu haben. Vielleicht färbte Josh ab, oder vielleicht war es eine verborgene Stärke, die unter schwierigen Umständen ans Licht kam.

„Der Hammer", bestätigte sie Mad und drückte ihr Rose in die Hand. „Ich gehe mehr Wein holen."

Mad nahm die Ablenkung – Rose – und kuschelte sie.

Als ihre Freundinnen gegen Mitternacht gingen, war Hailey angenehm beschwipst von Wein und Freundschaft. Ihre Freundinnen waren alle der Meinung, dass sie sich für eine Weile der Situation mit den verrückten Männern entziehen sollte. Die Theorie war, dass die Männer sie vermissen würden und jeder auf seine ganz eigene Weise darauf reagieren würde. Nur Claire drängte weiter darauf, dass sie direkt sein sollte.

Und nur Claire blieb, um Hailey davon zu überzeugen, sich von ihr zu Joshs Wohnung bringen zu lassen. Claires Fahrer und ihr Bodyguard warteten.

„Claire, wirklich, es ist spät. Ich bin beschwipst. Ich sollte besser schlafen gehen."

„Dann morgen, okay? Ich sage dir, ich weiß, wie Josh tickt. Ich weiß, dass du ihn mit der Nase darauf stoßen musst. Es geht ums Ganze."

„Okay, okay", sagte sie, um Claire zufriedenzustellen.

Claire umarmte sie. „Ruf mich danach an und erzähl mir, wie es gelaufen ist."

„Mach ich."

Dann ging Claire endlich.

Hailey brachte Rose für ihre nächtliche Gassirunde nach draußen und machte sich anschließend bettfertig. Als sie im Badezimmer fertig war, schlief Rose friedlich auf Haileys Kissen. Vielleicht hatte Claire recht und sie würde sich besser fühlen, wenn sie reinen Tisch gemacht hatte. Sie war es so leid, nicht zu wissen, wo sie mit Josh stand. Sie zog Jeans und ein Sweatshirt an, legte die schlafende Rose in ihre Hundetragetasche, nahm eine Taschenlampe und ging.

Clover Park war sicher genug, um mitten in der Nacht spazieren zu gehen. Die Gehsteige waren leer, die Häuser dunkel, und außer dem Grillen der Zirpen und den Rufen einer Eule war nichts zu hören. Als es im Gebüsch raschelte, ging sie schneller.

Kurz darauf kam sie etwas außer Atem und gerötet vor dem Haus im viktorianischen Stil, in dem Josh lebte, an. Sie drückte die Klingel in der Hoffnung, dass er noch wach war. Nichts. Sie schrieb ihm eine SMS. Keine Antwort. Klingelte wieder und wieder. *Komm schon. Wach auf! Verdammt seist du, Josh Campbell! Ich will die Karten auf den Tisch legen.*

„Hailey?"

Sie schrie auf und wirbelte herum. Josh stand direkt hinter ihr. „Gott, hast du mich erschreckt."

„Ich komme gerade von der Arbeit."

Natürlich, sie hätte es wissen sollen. Es war Samstagnacht, und er war derjenige, der abschloss, nachdem die Gäste gegangen waren. Sie war zu beschäftigt damit gewesen, zu klingeln und ihn im Geiste anzuschreien.

Adrenalin schoss durch sie hindurch, und sie platzte sofort mit allem heraus. „Ich will das Liebeswerben, das du mir versprochen hast. Ich habe nur ein Abendessen bekommen, und das war vor zwölf Tagen. Ich will mehr. Wir sind über das langsame Feuer hinaus, aber ich mag, was du vorgeschlagen hast. Es hat sich romantisch angefühlt."

Er trat auf sie zu, seine Stimme ein Grollen in ihrem Ohr. „Hailey, es ist nach Mitternacht, wir beide wissen, warum du hier bist." Er nahm ihre Hand und führte sie ins Haus und dann in seine Wohnung.

„Ich weiß. Ich habe gerade gesagt, warum ich hier bin", sagte sie, als er sie in sein Schlafzimmer zog.

Er nahm ihr die Tragetasche ab und stellte sie vor der Schlafzimmertür ab, schloss sie leise und schaltete das Licht auf dem Nachttisch ein. Dann nahm er ihre Hand, führte sie zum Bett und versetzte ihr einen Stoß.

Sie sprach die Wahrheit auf die direkteste Art aus: „Claire hat Jake sehr gut erklärt, und ich verstehe endlich …" Sie verstummte, als er sich neben sie setzte und seine Lippen auf ihren Hals presste, bevor er empor wanderte und gleichzeitig eine Hand unter ihr Sweatshirt schob. „Josh."

Er sah sie fragend an.

„Ich habe dich so vermisst." Seine eine Hand wanderte zu ihrer Flanke und mit der anderen strich er ihr die Haare aus dem Gesicht und hielt sie fest, der Ausdruck in seinen Augen besitzergreifend, bevor er seinen Mund auf ihren senkte. Ein Funken purer Freude ließ sie innerlich erleuchten, denn er hatte sie auch vermisst.

Josh lag auf der Seite und betrachtete die entspannte und glückliche Hailey, nackt und in seinem Bett, wo sie hingehörte. Er strich ihr die Haare aus dem strahlenden Gesicht. Er hatte sich nicht zurückgehalten, war aggressiv und besitzergreifend gewesen, und sie war nicht anders gewesen, genau, wie er es die ganze Zeit vermutet hatte. Er hatte nicht einmal schlecht reagiert, selbst, während ihre Hände ihn überall berührten, sie ihn bestieg, ihn auf die Laken presste und seinen Körper erkundete. Er vertraute ihr. Oder vielleicht wusste er einfach, dass er sie leicht bändigen konnte und es ihr nichts ausmachen würde. Sie schien es zu genießen, wenn er die Führung übernahm, sie auf den Bauch warf und sie in die Position drängte, nach der ihm gerade war. Ah, sie passten gut zueinander im Bett.

Sie hat mich vermisst.

Gott sei Dank. Er schaltete das Licht auf dem Nachttisch aus. Rose schlief immer noch vor der Schlafzimmertür. Sie würde sie wahrscheinlich früh aus dem Bett kläffen, doch das war egal. Er wollte nicht die Ablenkung eines Hundes, der bettelte, ins Bett kommen zu dürfen.

Hailey lag auf dem Rücken, er rollte sich ebenfalls auf den Rücken und starrte an die Decke. „Nächsten Donnerstag bin ich der offizielle Eigentümer des Garner's. Ein wichtiger Tag für mich, auf den ich lange gewartet habe. Ich schreibe dir, sobald es offiziell ist, damit du vorbeikommen und mit mir feiern kannst."

Sie rollte sich auf die Seite und schob einen Arm und ein Bein auf ihn. „Ich freue mich so für dich. Dein Traum wird wahr."

Das hoffte er. Der andere Teil seines Traumes – der, in dem sie eine Rolle spielte – würde zur gleichen Zeit passieren. Wahrscheinlich der wichtigste Tag seines Lebens. Er setzte alles auf eine Karte. Sein Puls begann schneller zu schlagen, da er wusste, dass es keine sichere Sache war und so schlimm nach hinten losgehen konnte, dass er sich nie davon erholen würde. Er ertappte sich dabei, wie er den Atem anhielt, und holte tief Luft. „Kommst du?"

„Sicher." Sie strich mit der Hand seinen Arm empor und über seine Schulter. „Glaubst du, es ist Liebe?"

Er überlegte, was er antworten sollte. Ja, auf dieser Seite schon. Doch Hailey hatte noch nie Liebe empfunden, und er wollte, dass es ihr selbst bewusst wurde. Wenn sie ihn liebte, sollte sie es spüren. „Was denkst du?"

Sie legte den Kopf auf seine Brust. „Ich weiß es ehrlich gesagt nicht. Die Hälfte der Zeit machst du mich wütend, doch ich scheine nicht wegbleiben zu können."

Er legte seinen Arm um ihre Schultern und zog sie an sich. „Du solltest mehr bleiben. Vielleicht gewöhnst du dich ja an mich und hörst auf, dich über jede Kleinigkeit aufzuregen."

Sie hob den Kopf. „Dann ist es also meine Schuld."

„Siehst du, du fängst schon wieder an. Ich habe nur gesagt, wie es ist."

Sie schnaubte.

Er drückte ihren Kopf wieder an seine Brust und hielt ihn fest. „Du nimmst dir immer gleich alles zu Herzen."

„Entschuldige, dass ich ein Herz habe. Ich bin in der Liebesindustrie."

Er wartete schweigend darauf, dass sie sich beruhigte. Er wollte sich nicht streiten. Er hatte sie vermisst und fühlte sich gerade so gut, zufrieden und hoffnungsvoll, dass es sich endlich in die richtige Richtung entwickelte.

„Hast du je jemandem einen Antrag gemacht?", fragte sie.

Er schlang ihre Haare um seine Faust und liebte, wie es sich anfühlte. „Nein."

„Das war mein erster Antrag."

Er hielt inne. Sie musste wissen, dass es nicht echt gewesen war, oder? Er hatte gedacht, dass sie es nur benutzt hatte, um eine Reaktion von ihm zu bekommen. „Er benutzt dich. Bitte sag mir, dass du das weißt."

„Vielleicht."

Er zog sie an den Haaren zurück, um ihr ins Gesicht zu blicken. „Definitiv. Sag nein. Sag ihm, dass du mit mir zusammen bist."

„Ich bin verwirrt", flüsterte sie.

„Dazu gibt es keinen Grund", brummte er. „Du gehörst mir."

„Ich bin kein Besitz."

„Du gehörst mir, basta. Und jetzt schlaf." Er presste ihren Kopf wieder an seine Brust, und seine Anspannung wuchs. Er hatte bereits all seine Emotionen in ihre gemeinsame Zukunft investiert, und sie hatte es … nicht.

Sie kletterte auf ihn, den Kopf ganz dicht über seinem. „Ich werde nicht schlafen! Du kannst nicht einfach etwas sagen und erwarten, dass ich damit einverstanden bin. Ich bin ein menschliches Wesen, kein Gegenstand, den du besitzen kannst."

Er unterdrückte ein Lächeln, denn ihm gefiel diese Seite an hier, seine Kriegerprinzessin. „Du bist erstklassiges Fleisch, und ich habe zuerst abgebissen." Er schnappte mit den Zähnen nach ihr.

„Fleisch!" Sie versuchte, von ihm wegzukommen, doch er hielt sie fest. Sie wand sich, um sich zu befreien, was ihn viel zu sehr anmachte.

„Entspann dich. Das war ein Witz."

Sie hielt inne. „Ich glaube nicht, dass das ein Witz war. Du glaubst das wirklich, weil ich zuerst mit dir geschlafen habe."

„Du hast mit ihm geschlafen?"

„Nein."

Er knirschte mit den Zähnen. „Hat er dich angefasst?"

„Nein", sagte sie leise.

Er schloss die Augen und bemühte sich um Kontrolle. Sie musste ihn einfach immer wieder provozieren.

Sie versuchte, sich aus seiner Umarmung zu befreien, doch er hielt sie weiter fest. „Ich gehe."

Er stöhnte und streichelte ihren Rücken. „Bleib, okay?" Er runzelte die Stirn. „Hör auf, so schwierig zu sein."

Sie stützte sich auf seiner Brust ab. „Aber ich bin nicht müde. Du weißt, dass Mittzwanziger wie ich erst um–" Sie warf einen Blick auf die Digitaluhr auf dem Nachttisch, „ –halb zwei losziehen. Du bist fünfunddreißig, quasi schon im mittleren Alter – ah!"

Er rollte sich auf sie. „Herausforderung angenommen."

Dann zeigte er ihr überaus detailliert, welche Vorteile es hatte, mit einem erfahrenen Mann zusammen zu sein.

17

Hailey verbrachte den ganzen darauffolgenden Tag mit Josh. Es war Sonntag, sie hatte keine Kundentermine, und er hatte jemanden gebeten, seine Morgenschicht zu übernehmen. Sie redete sich ein, dass es eine romantische Geste war, wann immer Josh sie der Arbeit vorzog. Oder vielleicht wollte sie nur glauben, dass er sie liebte, weil sie langsam anfing zu glauben, dass sie in ihn verliebt war. Es war nicht annähernd so, wie sie gedacht hatte. Nicht süß oder hübsch, es war einfach da. Es fühlte sich so viel besser mit ihm an als ohne ihn. Und wenn sie nicht miteinander stritten, war alles schön. Sie hatte sich ein bisschen Sorgen gemacht, dass sie nach dem Morgensex nicht wissen würden, was sie für den Rest des Tages miteinander anfangen sollten, doch der Sex hatte beide entspannt, und sie genossen einen faulen Sonntag. Josh machte Waffeln und dazu Rühreier und Speck. Sie frühstückten zusammen, gingen zu ihrer Wohnung, um ihr frische Klamotten zu holen, und dann zeigte sie ihm, wie man ihre Brownies machte, nach denen er schon immer verrückt gewesen war. Die geheime Zutat war Nutella. Nachdem sie ihm erlaubt hatte, sie im Garner's anzubieten, lächelte er den ganzen Nachmittag über mehr, als sie es je bei ihm gesehen hatte. Er war einfach umwerfend, wenn er lächelte.

Jetzt waren sie wieder in seiner Wohnung und sahen sich eine Sendung auf HGTV an, während der er sie ausfragte, welche der Häuser sie mochte und warum. Es freute sie, dass er sich für ihre Meinung interessierte, denn vielleicht stellte er sich vor, sie könnten ein Haus zusammen haben. Sie hatte noch nie in einem eigenen Haus gewohnt, immer nur in Wohnungen, und der Gedanke, etwas Permanentes zu haben, gab ihr ein tiefes Gefühl der Befriedigung. Das einzig Schlechte am ganzen Tag war, dass Mad ihr geschrieben und sie gefragt hatte, wo ihre Mom war, denn ihr Dad war das ganze Wochenende weg gewesen und ging nicht an sein Telefon. Hailey nahm an, dass Joe nach ihrer Mom suchte, doch sie wusste nicht, wo sie war. In dem Moment, in dem die anderen mitbekommen würden, dass ihre Mom einen Rückzieher gemacht hatte, würde zwischen ihr und den Campbells nichts mehr so sein wie zuvor. Sie würden ihr die kalte Schulter zeigen, denn sie würde immer eine lebende Erinnerung an den Verrat ihrer Mutter sein.

Sie hatte ihr Handy abgestellt, nachdem sie sich entschlossen hatte, sich am Montag mit der Situation auseinanderzusetzen. Vielleicht würde ihre Mom dann ja wieder zurück sein. Sie betete inbrünstig darum, dass sie zur Besinnung kommen würde.

Am Abend nach einem köstlichen Hühnchen mit Zitronenbutter, dessen Zubereitung Josh ihr gezeigt hatte, bekam Josh einen Anruf von Mad. Er und Jake waren die ältesten Brüder, doch er war derjenige, der hier vor Ort war, und sie wusste, dass seine jüngeren Geschwister sich im Krisenfall an ihn wenden würden. Alle standen ihrem Vater nahe, und dass er das ganze Wochenende verschwunden und nicht erreichbar war, musste sie nervös machen.

Sie stand auf und räumte das Geschirr ab. „Ich mach das."

Er nickte, dann sprach er in sein Handy. „Was meinst du mit: Er ist verschwunden?"

Hailey ließ nur langsam Wasser ins Spülbecken laufen, damit sie lauschen konnte, während sie das Geschirr abspülte.

„Du warst drüben?", fragte Josh. „Vielleicht hat er eine Extraschicht übernommen und vergessen, sein Handy zu laden." Er schwieg einen Moment lang. „Moment." Er nahm sein Handy von seinem Ohr. „Hailey, Mad sagt, dass Dad das ganze Wochenende weg war und sich nicht gemeldet hat. Könntest du deine Mom anrufen, um zu sehen, ob er bei ihr ist?"

„Klar, mach ich."

Er wandte sich wieder Mad zu. „Hast du? Ich habe den ganzen Tag mit ihr verbracht, und ihr Handy hat nicht geklingelt. Vielleicht hat sie es in ihrer Wohnung gelassen. Ich sag's ihr. Ja, ja, Klugscheißer. Ich melde mich, aber ich bin mir sicher, dass alles in Ordnung ist."

Josh ging zu ihr ans Spülbecken. „Wo ist dein Handy? Mad sagt, sie hat den ganzen Tag versucht, dich zu erreichen."

Sie konzentrierte sich auf das Geschirr. „Ich habe es abgestellt, weil ich nicht wollte, dass mich irgendetwas von unserem ersten gemeinsamen Wochenende ablenkt."

„Sieh mich an, wenn du das sagst."

Sie blickte ihm in die Augen. „Ich wollte keine Ablenkungen."

Seine dunklen Augen durchbohrten sie. „Was verschweigst du mir?"

Sie schluckte. „Nichts."

Er kniff die Augen zusammen. „Ruf deine Mom an. Mad macht sich Sorgen, dass ihm irgendwas passiert ist."

„Sicher." Auf zittrigen Beinen und mit rebellierendem Magen verließ sie die Küche. Hier würde also alles enden. Sie hätte es wissen müssen, dass sie nichts von Dauer mit Josh haben konnte. Nichts in ihrem Leben war je von Dauer gewesen. Alles wurde ihr immer unter den Füßen weggerissen – ihre Familie, ihr Zuhause und jetzt ihre Chance auf Liebe.

Sie schaltete ihr Handy ein und sah drei SMSen und fünf verpasste Anrufe von Mad. Sie rief ihre Mom an, wurde jedoch direkt zur Voicemail weitergeleitet. Sie schrieb ihr eine SMS, rechnete jedoch nicht damit, eine Antwort zu bekommen. Wenn ihre Mutter die Flatter machte, brach sie jegliche Kommunikation ab. Normalerweise setzte sie sich einfach ins Auto und fuhr eine lange Strecke, als könnte sie ihren Problemen davonfahren.

Josh kam zu ihr. „Und?"

„Voicemail. Und bisher auch noch keine Antwort auf meine SMS."

„Kannst du bei deiner Tante Jane zu Hause oder im Krankenhaus anrufen?"

Sie biss sich auf die Lippe. Sie wollte nicht lügen, doch die Wahrheit würde nicht gerade für Begeisterung sorgen.

Josh starrte sie an. „Es ist nicht so, als würde mein Dad wegfahren, ohne jemandem zu sagen, wohin er geht oder sich zumindest von unterwegs zu melden. Ich bin mir sicher, er ist bei deiner Mom. Bitte sag mir, wo deine Tante ist."

„Ich bin mir nicht sicher. Sie zieht oft um. Ich versuche es später nochmal bei meiner Mom." Sie wollte an ihm vorbei zurück in die Küche gehen, doch er hielt sie am Handgelenk fest. Ihr Hals schnürte sich zu. Josh würde nicht lockerlassen. Das war der Moment, vor dem sie sich gefürchtet hatte, seit ihre Mom und sein Dad angefangen hatten zu daten.

Sie drehte sich zu ihm um und gestand alles in einem einzigen Wortschwall. „Es gibt keine Tante Jane. Meine Mom hat kalte Füße bekommen, genau wie ich es prophezeit habe, und ich habe mich an dem Hauch einer Hoffnung festgeklammert, dass sie sich wieder einkriegen würde, bevor jemand etwas mitbekommt."

Er blickte finster drein. „Dann hast du dein Handy nicht meinetwegen ausgeschaltet. Du wolltest nicht mit

Mad reden. Warum hast du ihr nicht einfach die Wahrheit gesagt, damit sie sich keine Sorgen macht?"

Sie rang sich die Hände. „Sie hätte sich so oder so Sorgen gemacht! Dein Dad sucht wahrscheinlich nach meiner Mom und verschwendet Zeit und Geld. Ich weiß ja, dass dein Dad schon früher verlassen wurde und dass ihn das furchtbar verletzen muss. Ich weiß nicht, ob meine Mom je zu ihm zurückkommen wird. Sie ist immer schon so gewesen. Mad würde es nie verstehen. Sie würde so wütend werden, dass sie ihren Dad verletzt hat, dass sie mir die Freundschaft kündigen würde." Sie schluckte und kämpfte gegen die Tränen an. „Ich will sie nicht verlieren. Sie hat mir das Gefühl gegeben, zu einer Familie zu gehören. Einer von der Sorte, wie ich sie mir immer gewünscht habe."

Seine Stimme wurde sanft. „Mad liebt dich. Du bist die Schwester, die sie sich immer gewünscht hat. Vertraust du ihr so wenig, dass du wirklich glaubst, sie würde dir die Freundschaft kündigen wegen etwas, das deine Mom getan hat?"

„Für Mad steht die Familie immer an erster Stelle." Sie rieb sich die Schläfe, denn sie spürte den Anflug einer Migräne. „Ich wusste, dass meine Mom alles kaputtmachen würde."

„Niemand wird dir die Schuld geben."

„Noch nie was von Sippenhaft gehört? Besonders, da wir uns so ähneln. Ich bin eine permanente Erinnerung daran, dass sie deinem Dad wehgetan hat."

„So funktioniert das nicht."

„Und ob! Du verstehst das nicht, so, wie deine Familie ist. Niemand hat sich je für mich eingesetzt!" Ihre Augen brannten. „Nichts war je von Dauer, niemand ist je lange geblieben!"

Er nahm sie in die Arme. „Beruhige dich."

Sie wollte sich befreien, doch er hielt sie fest. „Josh, lass mich los. Ich muss das irgendwie wieder geradebiegen.

Ich hätte es früher versuchen sollen, doch ich habe die Zeit mit dir so genossen und die Augen davor verschlossen."

Er ließ sie los. „Okay, sieh, was du tun kannst."

Als sie ihr Handy in die Hand nahm, klingelte es. „Hi, Mad, tut mir leid, dass ich mich nicht früher gemeldet habe. Ich weiß nicht, wo meine Mom ist, aber ich rufe ein paar ihrer Freunde an, vielleicht hat sie jemandem etwas gesagt."

Mad klang panisch. „Ich habe Angst, dass Dad einen Unfall hatte. Ich wollte schon anfangen, Krankenhäuser anzurufen. Es ist so untypisch für ihn, sich nicht zu melden."

Nun stieg auch in Hailey Panik auf. Sie umklammerte das Handy mit einem Todesgriff. Wenn Joe einen Unfall gehabt hatte, während er nach ihrer Mutter suchte, wusste sie nicht, wie sie den Campbells je wieder unter die Augen treten sollte. Sie zwang sich, ruhig zu klingen. „Ich bin mir sicher, dass er okay ist. Hat wahrscheinlich sein Handy irgendwo liegen lassen oder es ausgeschaltet. Okay? Ich melde mich, sobald ich was weiß."

„Hailey, ich hab solche Angst. Er ist immer der Starke gewesen, immer da. Für mich ist er Dad und Mom in einer Person." Ihre Stimme versagte. „Er ist alles für mich."

„Ich liebe ihn auch. Lass uns einfach ruhig bleiben und nicht gleich das Schlimmste annehmen. Er ist ein intelligenter Mann. Ein Cop. Ich bin mir sicher, ihm geht's gut." Sie verabschiedete sich, legte auf und drehte sich zu Josh um, der sie besorgt ansah. „Ich muss zur Wohnung meiner Mom und ihr Adressbuch finden. Da stehen die Nummern ihrer Freunde drin."

„Soll ich mitkommen?"

Sie schüttelte den Kopf. „Ich mach das schon."

Sie ging, begleitet von einer Todesangst, dass das das Ende jeglicher guten Beziehung mit ihm oder irgendeinem der Campbells war.

～

Mit dem Montagmorgen kam wenig Hoffnung. Hailey hatte jeden angerufen, der ihr eingefallen war, um einen Hinweis darauf zu finden, wo ihre Mutter hin verschwunden war. Sie hatte sogar ein paar Krankenhäuser in der Gegend angerufen, für den Fall, dass etwas Schlimmes passiert war. Bisher aber nichts Neues, worüber sie auch Mad informiert hatte. Joe war immer noch nicht zurück.

Natürlich musste das der Tag sein, an dem sie mehrere Kunden vor kleineren Katastrophen retten musste, darum war sie bereits um elf Uhr am Vormittag erschöpft und mit den Nerven am Ende. Es klingelte am Haupteingang von Ludbury House, und sie rannte aus ihrem Büro in der Hoffnung, dass es ihre Mom war.

Es war jedoch ein Mann, den sie noch nie gesehen hatte, groß und muskulös. Dicke schwarze Haare, die er länger trug, stechende blaue Augen und ein sorgfältig getrimmter Bart. Er war lässig gekleidet mit einem weißen T-Shirt, Jeans und schwarzen Stiefeln. Eine Tätowierung spitzte unter einem Ärmel seines T-Shirts hervor. Er war allein, darum war es wohl kein potentieller Kunde. Vielleicht eine Lieferung.

„Hallo, kann ich Ihnen helfen?", fragte sie.

Er reichte ihr die Hand und schüttelte sie mit festem Griff. „Dylan Rourke." Seine Stimme war tief. „Ich bin hier wegen meines Cousins Phillip."

O mein Gott, Phillip. Sie hatte ganz vergessen, sich wegen seines Antrags vor drei Tagen bei ihm zu melden. Er musste jemanden geschickt haben, für den Fall, dass sie ihm einen Korb gab.

Sie trat hinaus auf die Veranda, da sie annahm, dass es nur ein kurzes Gespräch werden würde. Außerdem war er ein bisschen furchteinflößend, und sie wollte nicht allein mit ihm in ihrem Büro sein. „Hat er Sie geschickt? Tut mir leid, dass ich ihm noch keine Rückmeldung gegeben habe."

Dylan verschränkte die Arme, was seine trainierten

Bizepse vortreten ließ. „Die Familie wird Sie nicht akzeptieren. Er braucht jemanden von Adel, keine Amerikanerin."

Sie neigte den Kopf, irritiert von der seltsamen Information. „Das kann nicht sein. Was ist mit Silvia und ihrem amerikanischen Verlobten?"

Er machte eine vage Geste. „Das ist anders. Sie ist dem Thron nicht so nah. Phillip ist nach Gabriel der nächste in der Thronfolge."

Sie setzte ein Lächeln auf. „Ich habe es sowieso nicht ernst genommen. Er liebt mich nicht."

Dylan riss die Augen auf. „Machen Sie Witze? Er redet nur noch von Ihnen. Er hat Silvia vorgeschwärmt, wie perfekt Sie seien, und sie hat mich geschickt, damit ich mich darum kümmere."

Perfekt? Ich?

Dylan fuhr mit leiser Stimme fort. „Ich sage das nur um Ihretwillen. Mein Teil der Familie … wir sind die Ausgestoßenen. Mein Dad war der Thronerbe. Er hat ein Mädchen aus Brooklyn geheiratet, und hier sind wir, ein ganzer Zweig der königlichen Familie, dem der Reichtum des Königreichs und jegliche Privilegien versagt sind."

Er klang furchtbar bitter.

Dylan machte eine Geste ihren Körper hinauf und hinab. „Ich verstehe es schon. Sie sehen jetzt schon aus wie eine schöne Prinzessin, und beherrscht sind Sie auch. Nicht wie jemand, der unter dem grellen Scheinwerferlicht zusammenbrechen würde."

„Dylan!", rief eine Stimme. „Was zum Teufel glaubst du, was du da tust?"

Sie holte scharf Luft. Phillip! Seine zwei Bodyguards folgten dicht hinter ihm.

Die beiden Männer nahmen auf der Veranda Angriffspositionen ein. Dylan war massiger als Phillip, doch beide blickten ähnlich finster drein. Sie wich zur Tür zurück.

„Silvia hat gesagt, du hast sie nicht mehr alle", knurrte Dylan.

„Und sie hat mir gesagt, dass du darauf bestanden hast, dich darum zu kümmern. Geh zurück nach Brooklyn, wo du hingehörst!"

Dylan stieß Phillip gegen die Brust. „Warum gehst du nicht zurück in deinen goldenen Käfig, den du so liebst?"

Phillip schlug Dylans Hand weg. „Fass mich nicht an, du Prolet."

„Fick dich!"

„Fick du dich. Du versuchst es auch auf jede erdenkliche Art und Weise. Jetzt benutzt du auch noch Silvia als Vorwand?"

„Sie hat mich gebraucht. Du bist vollkommen außer Kontrolle."

Dylan packte Phillip an seinem Hemd und hob ihn hoch. Phillips Hemd riss, und er hob ein Knie und versuchte, es Dylan zwischen die Beine zu rammen. Dylan wehrte den Stoß jedoch ab und warf Phillip von sich. Die Bodyguards sprangen dazwischen.

„Verschwindet! Und ich meine alle!", schrie Hailey. Gott, alle Männer waren Tiere.

Phillip wandte sich ihr zu. „Ich warte immer noch auf deine Antwort, Hailey. Ich weiß nicht, was Dylan zu dir gesagt hat–"

Als sie antwortete, war es die Wahrheit. „Ich werde nur aus Liebe heiraten, darum ist die Antwort nein."

„Aber ich liebe dich", sagte Phillip ernst.

„Hab ich ja gesagt", brummte Dylan.

Sie starrte Phillip sprachlos an. Wie konnte er sich so schnell in sie verlieben? Sie hatten sich vor knapp drei Wochen erst kennengelernt. Sie hatten wenig Zeit miteinander verbracht, und ihre Kommunikation war hauptsächlich telefonisch oder per SMS gewesen. War sein Leben so isoliert, dass sich das bisschen Zeit, das sie miteinander verbracht hatten, intim angefühlt hatte? Sie konnte nicht sagen, dass sie dasselbe empfand.

Dylan sah Phillip böse an, als er fortfuhr. „Es ist okay, wenn du jetzt noch nicht so empfindest; mit der Zeit wird das schon noch kommen. Komm mit mir zurück. Du bist ein Diamant, der hier nicht so strahlen kann, wie er es könnte. Du gehörst nach Villroy."

Beide Männer starrten sie an. Sie versuchte, es ihm schonend beizubringen. „Es tut mir wirklich leid, Phillip, aber die Antwort ist nein. Ich kann nicht die sein, die du dir wünschst."

Phillip ergriff ihre Hand. „Bitte denk darüber nach. Ich habe einen Platz für dich im Jet."

Dylan schüttelte den Kopf und ging zu einem Motorrad, das auf der Straße geparkt war. Mit brüllendem Motor fuhr er davon, und sie blickten ihm nach.

„Pöbel", murmelte Phillip, dann verabschiedete er sich und ging ebenfalls.

Sie ging zurück ins Haus und setzte sich an ihren Schreibtisch, zutiefst aufgewühlt von den Ereignissen der letzten paar Tage. In jedem Teil ihres Lebens ging es gerade seltsam zu.

Sie versuchte es erneut bei ihrer Mutter und erhielt wieder keine Antwort. Langsam fing sie an, sich um sie Sorgen zu machen. Was, wenn ihr etwas zugestoßen war? Sie verschwand nie länger als ein Wochenende.

Als sie am Abend mit der Arbeit fertig war, wollte sie nur noch in ihre gemütliche Wohnung und sinnlos fernsehen. Als sie zur Tür kam, wartete ein Strauß Rosen auf sie. Offensichtlich akzeptierte Phillip kein Nein. Sie schloss die Tür auf, nahm die Blumen und warf sie in den Müll.

18

Hailey hatte es sich gerade mit einer Schale Popcorn vor dem Fernseher bequem gemacht, als es an der Tür klingelte. Rose kläffte und rannte hin. Hailey seufzte, stellte die Schale auf den Sofatisch und ging zur Tür. Josh stand da. Er sah besorgt aus.

„Ist alles okay?", presste sie über den Kloß in ihrem Hals hervor.

„Noch immer nichts von meinem Dad", sagte er und trat ein. Rose sprang an seinem Bein hoch, und her hob sie auf, um sie zu streicheln. „Irgendwas von deiner Mom?"

„Nein, auch nichts."

Er setzte Rose wieder ab und ließ sich auf dem Sofa nieder. Sie war sich nicht sicher, was sie davon hielt. Es kam ihr ein wenig dreist vor, doch Josh hatte sich nie viel um Anstand und Höflichkeit geschert.

Sie setzte sich zu ihm. „Bist du hergekommen, um Zeit mit mir zu verbringen, oder…"

„Brauche ich einen Grund, um bei dir zu sein?"

„Schätze nicht. Es ist nur das erste Mal, dass du so hier aufgetaucht bist."

Er griff in die Popcornschale. „Hast du die Blumen bekommen?"

Sie erschrak. „Die waren von dir?"

„Hast du die Karte nicht gelesen?"

Sie sprang auf, rannte in die Küche und zog den Müll-eimer unter der Spüle hervor.

„Du hast sie weggeworfen?", blaffte er hinter ihr.

Sie holte sie aus dem Müll, immer noch eingewickelt in das schöne Papier. „Ist okay. Das Papier hat sie beschützt."

„Warum wirfst du einen teuren Blumenstrauß in den Müll?"

„Tut mir leid. Ich dachte, er ist von Phillip!" Sie legte die Rosen auf den Küchentisch und holte eine kleine Karte aus dem Umschlag. *Ich denk an dich! Alles Liebe, Josh.* Es war süß, zum einen wegen des Ausrufezeichens, mit dem er sie wahrscheinlich auch ein bisschen aufzog, und wegen der Worte *Alles Liebe.* Vielleicht liebte Josh sie ja?

Er lehnte am Durchgang zur Küche. „Warum hast du geglaubt, dass die Rosen von ihm sind? Du hast seinen Antrag doch abgelehnt, oder? Du hast ihm gesagt, dass du mir gehörst."

Sie schüttelte den Kopf über diese besitzergreifende Seite an ihm, die sich immer noch seltsam anfühlte. Wenn er gesagt hätte, *dass du meine Freundin bist* oder sowas in der Art, hätte sie es fast romantisch gefunden. Doch *dass du mir gehörst*? Seufz.

„Warum schüttelst du den Kopf?" Er ging mit ange-spannter Miene zu ihr. „Sag mir, dass du ihm einen Korb gegeben hast."

Sie blickte in seine dunkelbraunen Augen. „Ich habe nein gesagt, aber er ist beharrlich. Er glaubt, dass er mich liebt." *Liebst du mich?*

Er sah sie finster an. *Grrr.* Nein, aus diesem Mund würde nichts Liebevolles kommen.

Sie schnaubte. „Und hör auf zu sagen *du gehörst mir.* Ich gehöre dir nicht."

„Hailey, du machst mich verrückt", presste er heraus. „Wirklich verrückt. Und doch komme ich nicht von dir los. Ich muss deine Stimme hören, selbst, wenn mich das, was du sagst, irritiert, ich muss deine Augen lodern sehen, und ich lebe dafür, dich in deinem Büro in deinem Element zu sehen." Er nahm ihre Hände in seine. „Du *besitzt* mich. Darum ist es nur fair, dass ich dich auch besitze."

„Josh", keuchte sie mit flatterndem Magen, und plötzlich wurde ihr heiß. „So funktioniert das nicht."

Er legte seine Arme um ihre Taille. „So funktionieren wir."

Ihre Hände wanderten auf seine Brust. Sie war so durcheinander, dass sie sich nicht einmal sicher war, ob sie ihn wegstoßen oder festhalten wollte. „Aber das ist nicht richtig."

Er kam ihr ganz nahe, beinahe Nase an Nase. „Warum glaubt eine Frau, die nie geliebt hat, dass sie alles darüber weiß, was in einer Beziehung richtig oder falsch ist?"

„Dann haben wir eine Beziehung?"

„Ich kann nicht einmal ..." Er biss ihr in die Unterlippe.

„Ich brauche Klarheit–"

„Hör auf zu reden", sagte er und lächelte an ihren Lippen, bevor er sie küsste.

Sie schlang ihre Arme um seinen Hals und erwiderte leidenschaftlich den Kuss. Er hob sie hoch, den Mund immer noch auf ihrem, und trug sie ins Schlafzimmer.

Sie war wild nach ihm, denn all die Angst, die sich aufgebaut hatte, seit sie einander das letzte Mal gesehen hatten, schoss durch ihre Adern. Sie küsste ihn grob, grub die Hände in seine Haare, strich über seine Schultern, seinen Rücken. Seine Hände waren an ihrem Po, und er schob sie an die Wand. Er unterbrach den Kuss, setzte sie ab, öffnete den Reißverschluss und schob ihr das Kleid von den Schultern. Seine Hände glitten über ihre Haut, als das Kleid an ihr hinunterglitt, seine warmen Lippen wanderten ihre Wirbelsäule hinunter. Sie drehte sich in seinen Armen, zerrte seinen Kopf in die Höhe und küsste ihn. Er stöhnte, riss ihren Tanga herunter und schob die Hand zwischen ihre Beine.

„So feucht", knurrte er, dann nahm er ihre Hand und schob sie ebenfalls zwischen ihre Beine. „Berühr dich."

„Josh", protestierte sie, verstummte dann jedoch, als er ein Kondom aus seiner Tasche zog, strippte und es schnell überrollte.

Dann hob er sie hoch und stieß ohne Vorwarnung in sie hinein. Sie waren wild aufeinander. Sie warf den Kopf in den Nacken und schob ihm bei jedem harten Stoß die Hüfte entgegen. Die Anspannung in ihr wuchs und nahm ihr den Atem, als er von ihr Besitz ergriff. *Ja, ja, ja.*

Er hielt ihr Kinn und sah ihr in die Augen. Ihre Pupillen waren geweitet, ihr Blick heiß und animalisch. Er schob seine Finger zwischen sie und liebkoste sie, während er ihr in die Augen blickte, sein keuchender Atem heiß auf ihren Lippen. Sie zitterte, als die tiefe Bindung sie überwältigte, ein animalisches Donnern in ihren Ohren, eine Botschaft, die sie in ihren Grundfesten erschütterte – sie gehörte ihm.

„Ja", stöhnte er.

Sie kam mit einem Schrei. Ihr Körper zuckte um ihn herum, und eine Explosion intensivster Lust ließ sie erbeben. Er presste seine Lippen an ihren Hals, während er weiter in sie hineinstieß und Schockwellen der Lust durch sie hindurch jagte, bis er selbst mit einem Brüllen kam.

Langsam kehrte die Welt in den Fokus zurück. Josh hielt sie in seinen starken Armen an die Wand gelehnt fest, sein männlicher Duft erfüllte ihre Sinne. Er hob den Kopf, strich ihr die Haare aus dem Gesicht und küsste sie so zärtlich, dass sie beinahe geweint hätte.

„Nicht weinen", sagte er an ihrem Mund.

„Tu ich ja auch nicht."

Er streichelte über ihren Hals und sah sie wissend an. „Du hast etwas Tiefes empfunden."

Sie blinzelte. „Ich erhebe Ansprüche auf *dich*. Du gehörst mir. Ich besitze dich."

Seine Lippen verzogen sich zu einem sexy Schmunzeln. „Das ist nur fair."

Sie küsste ihn erneut und schien gar nicht aufhören zu
können. Sie brauchte die Verbindung. Er ging mit ihr auf
dem Arm, immer noch in ihr in Richtung Bett. Abrupt
blieb er stehen, hob sie von sich hinunter und setzte sie
aufs Bett. Sie breitete die Arme aus.

Er beugte sich hinunter und küsste sie. „Gib mir eine
Minute."

Er ging, wahrscheinlich ins Bad, und Rose kam ins
Zimmer gerannt und bettelte, aufs Bett gehoben zu
werden. Hailey legte ein Kissen für Rose auf den Boden,
dann arrangierte sie die Kissen für sie und Josh und kroch
unter die Decke. Sie wollte Josh ganz für sich allein, ohne
dass Rose seine Aufmerksamkeit stahl.

Josh kehrte nackt ins Zimmer zurück und blickte ein
wenig selbstzufrieden drein. Hm. Glaubte er, dass Sex die
Antwort auf alles war? Er kroch zu ihr ins Bett, rollte sich
auf die Seite und schob ein Bein zwischen ihrs, wobei er
unerwarteten Druck auf ihre immer noch prickelnde
Scham ausübte und mit der Hand über ihre Hüfte
streichelte.

Ihre Stimme klang ein bisschen heiser. „Josh, du kannst
nicht jeden Streit mit Sex beenden."

Er lächelte und ließ seine Hand ihr Bein entlanggleiten.
„Für mich funktioniert es."

Sie hielt seine Hand fest, als er auf der Innenseite ihres
Oberschenkels wieder empor wanderte. „Ich bin nicht
sicher, ob es für mich funktioniert. Das Problem ist immer
noch nicht gelöst."

„Du gehörst mir, ich gehöre dir. Kein Problem."

Sie seufzte. Vielleicht hatte er recht. Vielleicht war
seine Wortwahl nicht romantisch, doch beim Sex hatte sie
es auf einer instinktiven Ebene gespürt, und war es nicht
beim Sex, wenn beide aus ihren Schneckenhäusern kamen
und am verwundbarsten waren? Nackt? Konnte es sein,

dass all die Streiterei nur eine Verteidigung gegen das verletzliche Gefühl, zueinander zu gehören, war? Es war hart, sich verletzlich zu fühlen.

Er küsste ihren Hals, zupfte mit seinen Zähnen an ihrem Ohrläppchen und flüsterte ihr ins Ohr: „Gib's zu. Sprich es für mich aus."

Sie schob die Hand in seinen Nacken und spielte mit seinen Haaren. „Ich hatte schon die ganze Zeit einen Plan, die Weltherrschaft an mich zu reißen–"

„Ha!"

„Also, die Herrschaft meines kleinen Winkels der Welt, eines extrem erfolgreichen Hochzeitsplanungsbüros, Geld auf der Bank und mein eigenes Happy End. Ich habe so hart dafür gearbeitet, du hast ja keine Ahnung wie hart–"

„Ich kann es mir vorstellen. Ich habe dich in Aktion gesehen."

Sie ließ die Hand sinken und rollte sich auf den Rücken, bevor sie den Arm über ihre Augen legte. „Und dann löse ich mich in Selbstmitleid auf." Sie erschauderte innerlich beim Gedanken daran. „Und dann, am nächsten Tag, fällt mir ein Prinz in den Schoß, und ich denke, ich sollte mich vielleicht weniger bemühen und alles würde besser klappen."

Josh zog ihr den Arm von den Augen und stützte sich auf seinen Ellbogen. „Und ich hatte vor, dich für mich zu gewinnen, und dann taucht ein verdammter Prinz auf und versucht, alles kaputtzumachen. Siehst du, das Problem ist nicht mein Plan oder dein Plan, das Problem ist der Prinz. Äußerst ungünstig, dass dieser Typ mitten in unseren Plänen aufgetaucht ist."

„Der Prinz ist nicht unser Problem. Wir sind kein normales Paar."

Er legte die Hand auf ihre Wange und streichelte sie mit dem Daumen. „Definiere normal."

Sie atmete demonstrativ aus. „Du weißt schon, daten, einander mögen ... vergiss es."

Er ließ die Hand von ihrer Wange ihren Hals hinunter über ihre Schulter gleiten. „Ich mag dich schon."

„Wow. Danke. Und nicht so viel streiten. Mehr romantischer Kram, Liebesbriefe, Geschenke, süße Worte–"

„Du schaust viel zu viele Kitschfilme an und liest zu viele Liebesromane."

Sie funkelte ihn an. „Du hast gesagt, du wolltest um mich werben. Das ist die Definition von Liebeswerben."

„Nein, Liebeswerben ist, wenn man Zeit mit jemandem verbringt, weil man ihn mag, und mit dem Sex wartet."

„Du hast nicht mit dem Sex gewartet."

Er schmunzelte. „Weil du nicht aufhören konntest, darum zu betteln. Ich habe nur deinem Leiden ein Ende gesetzt."

Sie setzte sich abrupt auf. „Josh! Genau das ist das Problem. Wir sind völlig anderer Meinung. Bei so ziemlich allem."

„Dir gefällt der Sex mit mir."

Sie wurde rot, was lächerlich war, denn sie saß nackt vor ihm. „Ja."

Er setzte sich auf. „Ich auch. Siehst, du, wir sind einer Meinung, was das angeht. Und du siehst mich gerne an, berührst mich gerne, redest mit mir und verbringst gerne Zeit mit mir."

„Manchmal."

Er grinste. „Ich auch."

Sie lachten.

Sie drückte seinen Arm. „Ich fürchte, wir sind ein ziemlich erbärmliches Paar."

„Da bin ich mir sicher. Aber wir haben einander an der Backe."

Sie schnitt eine Grimasse. „Wir haben einander an der Backe? Ich weiß nicht. Das hört sich irgendwie nicht richtig an. Um ehrlich zu sein, fühlt sich das ein bisschen seltsam an."

Er begann, sie überall zu streicheln. „Du fühlst dich ein bisschen seltsam an."

Lachend schob sie seine Hände weg. „Josh!"

Er schmunzelte, dann küsste er sie. Es war nicht perfekt zwischen ihnen, doch es fühlte sich richtig an. Der Kuss wurde schnell animalisch, und ehe sie sich versah, lag sie auf dem Rücken. Und er küsste einen Pfad ihren Körper hinab und spreizte ihre Beine. Sie streckte ihm ihre Hüfte entgegen, denn sein Mund war himmlisch.

„So seltsam", murmelte er, bevor er seinen Mund zwischen ihre Beine senkte.

„Halt die Klappe." Heiß glühende Lust schoss durch sie hindurch. „Hör nicht auf."

Er hörte nicht auf. Lust flutete ihren Körper und die Anspannung wuchs erneut, während er seine Lippen und seine Zunge auf die sündigste Art und Weise einsetzte und mit den Fingern in sie hineinstieß und genau die richtige Stelle traf. O mein Gott, sie würde sterben. Genau in dem Moment, als sie an der Schwelle eines Mörderorgasmus' stand, hielt er inne.

„Josh!" Sie packte ihn bei den Haaren und versuchte, seinen Kopf herunterzudrücken. „Bitte!"

„Sag es." Er versetzte ihr einen Stups mit der Nase, der ihre Hüfte zucken ließ. „Du gehörst mir."

Sie begegnete seinem Blick und erwartete ein verschmitztes Grinsen oder Selbstzufriedenheit, doch was sie sah, war tiefe Zärtlichkeit und Liebe, die in diesen dunklen Augen leuchtete. Zu ihr. Eine Welle der Zuneigung schwappte durch sie hindurch, und sie antwortete mit all der Liebe in ihrem Herzen. „Ich gehöre dir."

Er lächelte, und Lachfältchen tanzten in seinen Augenwinkeln. „Sehr gut."

Dann senkte er erneut den Kopf, gab ihr, was sie brauchte, und sie flog.

An diesem Abend saß Hailey mit Josh auf dem Sofa, und sie sahen sich wieder diese Renovierungsshows an, die beiden Spaß machten, als ihr Handy unerwartet klingelte. Phillip. Das Timing hätte nicht schlechter sein können. Ihre Wohnung war zu klein, um auch nur den Hauch von Privatsphäre zu haben, und Josh würde es gar nicht gefallen.

„Hi, das ist keine gute Zeit", meldete sie sich.

„Hailey, der Jet wartet. Ich muss früher nach Hause. Jetzt oder nie. Ich komme nicht mit einem zweiten Antrag zurück."

Sie senkte die Stimme, auch wenn Josh so nahe war, dass er wahrscheinlich beide Seiten der Konversation hören konnte. „Tut mir leid, aber ich habe dir meine Antwort schon gegeben. Ich hätte es dir gleich sagen sollen, doch meine ... *Situation* ist so verwirrend. Ich habe einen Fr–" Sie hielt inne, denn Josh war durch und durch Mann, und Freund hörte sich für ihn zu kindisch an. „Äh, jemanden, einen Mann, der–"

Josh nahm das Handy und blaffte. „Ich bin ihr Lover, es ist verdammt ernst, und wenn du nicht aufhörst, sie zu belästigen, werde ich dich finden, dir dein noch schlagendes Herz aus der Brust reißen und es als Snack vertilgen." Er lauschte einen Moment, nickte zufrieden und legte auf. „Er wird dich nicht noch einmal belästigen."

Zögerlich nahm sie ihr Handy und legte es auf den Sofatisch. Krieger Josh war umwerfend in seiner wilden Pracht. „Ja, das glaube ich auch nicht."

Josh grunzte und zog sie auf seinen Schoß, den Rücken seiner Brust zugewandt, schlang die Arme um ihre Taille und küsste ihren Hals. „Du hättest ihm sagen sollen, dass es ernst zwischen uns ist." Er biss zu. „Er war überrascht."

Sie neigte den Kopf, damit er sie besser küssen konnte. „Ich wusste nicht, wo wir stehen. Irgendwie schien kein Label zu passen. Du musst zugeben, dass wir kein typisches Paar sind."

Er hob den Kopf. „Dann gibst du endlich zu, dass wir ein Paar sind."

Seine Hände glitten über ihre Beine. „Was ist das für ein pinkes Ding, das du da anhast? Ein Anzug?"

Sie unterdrückte ein Lachen. „Ein Pyjama." Ein geknöpftes kurzärmeliges Hemd und eine Hose mit elastischem Bund.

„Das ist Seide."

„Ja, da habe ich mir mal was gegönnt."

Er spreizte ihre Beine und ließ die Hände die Oberschenkel empor wandern, bevor er den Stoff zwischen seinen Händen knautschte. „Ich mag Kleider lieber. Da kommt man leichter ran."

„Ich möchte glauben, dass ich mehr als nur ein Fick für dich bin."

Er packte sie bei den Haaren und drehte ihren Kopf, um sie zu küssen. „Ich liebe es, wenn du so schmutzig redest." Er schob sie herum, bis sie rittlings auf ihm saß, und schob seine Hände in den Bund, um ihren Po zu streicheln.

Ihr Handy klingelte erneut.

Er saugte an ihrem Hals. „Geh nicht ran."

„Was, wenn es meine Mom ist?"

Er stöhnte und setzte sie neben sich aufs Sofa. Sie nahm das Handy. Auf dem Display sah sie die Nummer ihrer Mutter. „Mom! Wo bist du? Bist du okay?"

„Ich bin's, Joe. Ich bin bei deiner Mom. Sie ist gerade aus dem OP gekommen."

„OP? O mein Gott. Was ist passiert?"

Josh sah sie besorgt an. Mit dem Mund formte sie: *Es ist dein Dad.*

Joe fuhr fort. „Sie hat sich das Bein gebrochen, und sie mussten den Knochen richten. Wir kommen morgen nach Hause. Wir sind in Maine." Da war ihre Mutter aufgewachsen. Die Eltern ihrer Mutter waren vor Jahren bei einem Autounfall in Maine ums Leben gekommen. Sie hatte nicht einmal daran gedacht, dass sie dahin zurückkehren würde, da es sie an ihre Eltern erinnern musste. Plötzlich wurde ihr bewusst, dass Joe ihre Mutter viel besser zu kennen schien als sie.

Haileys Augen füllten sich mit Tränen. Was, wenn Joe ihre Mom nicht gefunden hätte? Wie lang war sie allein gewesen und hatte mit gebrochenem Bein gelitten? „Ich bin so froh, dass du bei ihr bist. Tut mir so leid, dass das alles passiert ist. Ich hatte Angst, dir zu sagen, dass sie allein weggefahren ist. Ich wollte nicht, dass jemand sie hasst. Oder mich." Sie schlug sich die Hand vor den Mund und unterdrückte ein Schluchzen.

„Sweetheart, alles ist gut. Wir haben über alles gesprochen."

„Das habt ihr?", brachte sie heraus. Sie wischte die Tränen weg.

„Sie hatte die unsinnige Vorstellung, dass sie nicht mehr schön sein würde, wenn sie älter wird, und dass ich sie dann nicht mehr lieben würde. Doch echte Liebe ist nicht so. Ich will niemanden sonst. Ich habe lange auf sie gewartet, und so leicht lasse ich sie nicht wieder los."

„Sie hat immer ihre Zeit als Model vermisst. Das war die goldene Zeit ihres Lebens, und ich schätze, dass sie damals schon Angst gehabt hat, zu verlieren, was sie hatte."

„Ah, Hailey, sie ist so viel mehr als nur eine schöne Frau. Sie ist fürsorglich, sie ist stark und hat trotz allem, was sie durchgemacht hat – ihre Eltern zu verlieren, deinen Dad, dich allein großzuziehen – einen unglaublichen Lebensdurst. Seit sie sechzehn war, war sie so gut wie auf sich allein gestellt. Ich habe großen Respekt vor ihr." Ihre Mom hatte mit sechzehn angefangen zu modeln und war um die Welt gereist, kurz nachdem ihre Eltern gestorben waren. Sie hatte nicht gewusst, dass ihre Mom Haileys Dad betrauerte. Sie redete kaum über ihn.

Hailey atmete zittrig aus. „Ich war mir so sicher, dass ich euch verlieren würde, dabei habe ich endlich eine wunderbare Familie bekommen."

Josh streichelte ihren Rücken.

„Hailey", sagte Joe mit herzlicher Stimme. „Selbst, wenn es zwischen mir und deiner Mom nicht funktioniert hätte, würde ich dich immer noch als Teil meiner Familie betrachten."

„Oh." Sie sah Josh an und platzte heraus. „Ich bin mit Josh zusammen, und es ist ernst, und ich weiß, du willst nicht, dass er mit mir zusammen ist, aber–"

„Whoa, das stimmt doch gar nicht."

„Aber Josh hat gesagt, dass du verlangt hast, dass er Distanz wahrt."

„Und ich wusste, dass er genau das Gegenteil tun würde. Josh wird nie vor einer Herausforderung zurückschrecken. Ich wusste, dass er sich noch größere Mühe geben würde, eine funktionierende Beziehung mit dir zustande zu bekommen, wenn er denkt, dass ich ihm den Hintern versohlen würde, wenn er die Familienharmonie stört. Ich kenne meinen Jungen."

Vor Erleichterung wurde ihr fast schwindelig. Sie hatte sich solche Sorgen gemacht, es sich mit Joe und seiner wunderbaren Familie zu verderben. Es war ein hinterlistiger Trick, der sie an jemand anderen erinnerte. „Du kennst deinen Sohn, weil er genau wie du ist."

Joe lachte. „Nicht ganz, aber fast. Du siehst also, worauf du dich mit uns Campbells einlässt? Und wenn wir erst einmal einen Fuß in der Tür haben, wirst du uns nicht mehr los. Nein, im Ernst. Mad hat dich vor langer Zeit in unsere Familie eingeführt, und wir alle lieben dich."

„Ich euch auch", presste sie heraus. Sie blickte an die Decke und versuchte, die Tränen zurückzuhalten. „Wie hat sich meine Mom das Bein gebrochen?"

„Sie ist im Wald auf dem Weg zur alten Hütte ihrer Großeltern gestolpert. Ich habe sie nur gefunden, weil ich im Ort nach ihrer Familie herumgefragt habe. Ich hätte früher angerufen, aber ich hatte kein Ladegerät dabei. Und wo sie war, gab es keinen Handyempfang, darum hat sie auch keine Hilfe rufen können. Ich hab sie ins Krankenhaus gebracht, und es wird alles wieder gut. Kannst du Josh sagen, dass alles okay ist? Er kann es den anderen sagen."

„Ja, er ist hier. Danke, Joe."

Sie legte auf und wandte sich Josh zu. „Dein Dad hat meine Mom gefunden. Sie hat sich das Bein gebrochen und hatte gerade eine OP, um den Bruch zu richten."

Er nickte. „Mein Dad war ein verdammt guter Cop. Er kann jeden finden."

„Sie weiß ja gar nicht, was für ein Glück sie hat, ihn zu haben."

Josh zog die Augenbrauen hoch und holte sein Handy aus der Hosentasche. „Ich schreibe Mad und sage ihr, sie soll es den anderen sagen."

Hailey holte ein paarmal tief Luft, dann sagte sie ihm, dass sein Vater wollte, dass sie zusammen waren.

Josh schüttelte den Kopf und steckte sein Handy weg. „Ich hätte es wissen sollen." Er lachte. „Ich war so verrückt nach dir, dass ich nicht eins und eins zusammengezählt habe."

Sie strahlte. Es war schön zu hören, dass er verrückt nach ihr war, denn ihr ging es nicht anders.

Er schlang ihre Haare um seine Faust und schmunzelte. „Dann liebst du also meinen Dad."

Sie lächelte, das Herz immer noch geschwollen nach dem Gespräch mit Joe. „Er sagt, dass ihr alle mich liebt, da habe ich es auch gesagt."

Er zog sie an den Haaren an sich, blickte ihr in die Augen und bat sie, nein, *verlangte*, dass sie dasselbe auch zu ihm sagte.

Sie legte ihre Hand in seinen Nacken und blickte ihm in die Augen, während sie ihn wissen ließ, dass sie wusste, was er wollte, und dass sie auch wusste, dass er wusste, dass sie die Worte von ihm hören wollte.

Seine Lippen zuckten, doch sein Blick blieb auf sie

gerichtet. Zwei Krieger, die einander anstarrten, und keiner wollte auch nur einen Zentimeter nachgeben.

„Hailey."

„Josh."

„Ich liebe dich", sagten sie gleichzeitig.

Dann küssten sie sich, als hätten sie gerade das Beste in ihrem Leben entdeckt. Denn genauso war es.

EPILOG

Drei Tage später schickte Josh Hailey die Nachricht, dass es offiziell war – er war nun der stolze Besitzer seiner Traumbar. Sie packte Rose in ihre Tragetasche und verließ das Büro, um das kurze Stück zum Garner's zu gehen. Er wollte mit ihr feiern, und sie hatte dafür gesorgt, dass sie am Nachmittag keine Termine hatte, um für ihn da zu sein.

Josh stand vor dem Garner's und blickte in ihre Richtung. Rose kläffte aufgeregt. Ihr Hund hatte sich genauso in Josh verliebt wie sie.

„Ich weiß, Rose. Er ist der beste Streichler, nicht wahr?"

Rose wurde noch aufgeregter und wäre beinahe aus der Tasche gesprungen. Hailey nahm sie schnell an die Leine und setzte sie auf den Gehsteig. Rose rannte voraus, zerrte an der Leine und bellte andauernd.

Hailey musste sich beeilen, damit Rose sich nicht selbst würgte.

Schließlich sah sie, warum Rose so aufgeregt war. Josh hielt einen kleinen Hund mit rundem Gesichtchen, riesigen dunklen Augen und spitzen Ohren auf dem Arm.

„Josh! Du hast einen Hund!"

Er lächelte. „Darf ich vorstellen? Das ist Max aus der Hundeauffangstation. Sie glauben, er ist halb Shih Tzu und halb Chihuahua. Ich dachte, dass Rose sich über einen kleinen Freund freuen würde." Er setzte Max ab, damit Rose ihn beschnuppern konnte.

Hailey beobachtete begeistert, wie sie einander umkreisten und sich beschnupperten. „So süß! Ich glaube, sie sind jetzt schon Freunde." Die Schwänze der beiden wedelten.

„Rose hat einen Ebenbürtigen gebraucht", bemerkte Josh.

Hailey lächelte zu ihm auf. Das hatte er über sie gesagt. „Ja, ein Krieger braucht sein ebenbürtiges Pendant."

Er hielt sie am Kinn, hob ihr Gesicht an und küsste sie. „Und jetzt schau nach oben."

Sie folgte seinem Blick. „Oh! Josh! O mein Gott, ich kann es nicht fassen!" Auf dem Schild stand nicht mehr Garner's Sports Bar & Grill. Er hatte es mit einem neuen, tiefroten Namen ersetzt – Happy End. Er hatte seine Traumbar nach ihrem Buchclub, ihrer Mission benannt. Er hatte seine Traumbar nach ihr benannt.

Ihre Unterlippe zitterte, ihre Augen brannten. „Du … Josh … ich bin so gerührt."

Er hielt sie am Kinn. „Das Schild stand schon seit Wochen im Keller, während ich darum gekämpft habe, dich festzunageln."

„Du kannst jemanden nicht festnageln. Du kannst ihn lieben. Du kannst in einer Beziehung mit jemandem sein, aber du kannst nicht … Josh?" Sie starrte ihre Hand an, die er gerade um eine kleine schwarze Schachtel gelegt hatte.

Ihr Herz raste, ihr Mund wurde trocken.

Seine dunklen Augen auf sie gerichtet, hielt er seine Hand um ihre geschlossen. „Hailey, ich wollte dir zeigen, dass ich mit meinem eigenen Geschäft ein stabiles Fundament habe. Ich werde nie reich sein, und ich kann dir keinen Jetset-Lebensstil bieten, aber–"

„Du bist ein wunderbarer Mann mit einem großen Herzen da drin." Sie blickte kurz auf seine Brust. „Ich habe es gesehen, und es ist gut. Ich brauche keinen Schickimicki Lebensstil. Ich glaube, dass Geld nur insoweit wichtig ist, dass es verhindert, dass man Not leidet." Sie stellte sich auf die Zehenspitzen und flüsterte ihm ins Ohr: „Als ich klein war, hat meine Mom die Miete nicht zahlen können, und wir sind zweimal obdachlos gewesen. Ich mag Geld als Sicherheit, doch ich messe niemanden daran." Sie blickte ihm in die Augen. „Ich messe dich an dem, was du tust, und das …" Sie lächelte zum neuen Schild empor. „Das ist eine so wundervolle Geste. Ich bin sprachlos. Deine Traumbar nach mir zu benennen."

Seine Stimme war heiser. „Der Traum ist nicht annähernd vollständig ohne dich darin. Permanent. Ich liebe dich und will den Rest meines Lebens damit verbringen, dafür zu sorgen, dass du mit mir hinterher immer glücklich bist."

Sie wurde rot und lachte, denn selbst während er super-romantisch war, schaffte er es noch, eine erotische Anspielung zu machen.

Er lächelte. „Heirate mich."

„Ja!"

Sie fiel ihm um den Hals und küsste ihn leidenschaftlich. Etwas fiel zu Boden, doch sie ignorierte es, während er sie atemlos küsste. Als sie Knurren hörten, lösten sie sich voneinander.

Josh ging auf die Knie, holte die Ringschatulle aus Rose Maul, wischte sie an seiner Jeans ab und hielt sie ihr entgegen. *Ein Antrag auf beiden Knien?* Es war ein runder Diamantsolitär an einem goldenen Band. Sie war begeistert. Er steckte ihn an ihren Finger, blickte zu ihr auf und lächelte sie zärtlich an.

Sie quietschte, zog ihn hoch und verteilte Küsse auf seinem unrasierten Gesicht.

Josh schob die Hand unter ihre Haare und küsste sie leidenschaftlich, besitzergreifend, als gehörte sie ihm, und sie erwiderte den Kuss gleichermaßen.

Die Hunde umkreisten sie aufgeregt und fesselten sie mit ihren Leinen aneinander.

~

Die Hochzeit von Brandy und Joe war perfekt. Sie fand zwei Tage später statt, darum musste Hailey mit einer Braut auf Krücken arbeiten, doch es zeigte nur, wie sehr Joe seine Braut liebte. Ihm war egal, dass sie auf Krücken den Gang zum Altar hinunter hoppelte und während der Party in der Happy End Bar sitzen musste. Er betüddelte sie ausgiebig, die Augen voller Liebe. Und ihre Mutter strahlte ebenfalls vor Liebe.

Hailey seufzte glücklich, umgeben von Freunden und der Campbell-Familie, zu der sie jetzt auf mehr als eine Weise gehörte. Josh war ihr Verlobter, Mad war die Schwester, die sie sich immer gewünscht hatte, Joe war ihr Stiefvater und alle ihre Brüder behandelten sie wie eine Prinzessin. Ganz zu schweigen davon, dass ihre besten Freundinnen mit Campbells verlobt und verheiratet waren.

Josh verflocht seine Finger mit ihren, während sie Braut und Bräutigam bei ihrem Tanz zusahen, der in ihrem Fall eher ein Stehtanz war, bei dem sie einander in den Armen hielten. Ab und an hob Joe ihre Mutter hoch und drehte sich mit ihr in eine andere Richtung.

„So süß", murmelte Hailey.

„Als nächstes kommt der Tanz der Trauzeugen", verkündete Jake Campbell. „Und eine Runde Applaus zu ihrer Verlobung."

Hailey strahlte vor Glück, als alle ihnen zujubelten. Das war das erste Mal seit Joshs Antrag vor zwei Tagen, dass sie alle sah, auch wenn sie natürlich allen sofort danach Bescheid gesagt hatte.

„Wurde aber auch Zeit!", rief Mad.

Josh zog sie auf die Tanzfläche vor der Bar und begann, sich mit ihr zur Musik zu wiegen. Er sah unglaublich gut aus in seinem Smoking, glattrasiert, die Haare jedoch sexy zerzaust wie immer. Sie ließen sich einfach nicht zähmen, was wohl der Grund war, warum sein Zwilling sie immer kurz getrimmt trug.

„Hallo, Turteltäubchen", sagte Joe, der weiter mit ihrer Mutter tanzte. „Gern geschehen."

„Ha!", sagte Josh. „Du bekommst nicht die ganzen Lorbeeren dafür. Ich hab auch was dazu beigetragen, alter Mann."

Hailey wurde rot. „Josh."

„Was?"

Ihre Mom lachte. „Was glaubst du, warum wir euch beide zu Trauzeugen gemacht haben? Es war unser verzweifelter, letzter Versuch, euch zusammenzubringen."

Hailey sah Josh überrascht an, doch er blickte genauso erstaunt drein. Es hatte nicht ganz so funktioniert, wie sich ihre Mom und Joe das vielleicht gedacht hatten. Zu hören, dass Josh Trauzeuge war, war der Tropfen gewesen, der das Fass zum Überlaufen gebracht hatte. Danach war sie in Tränen ausgebrochen. Damals hatte sie das Gefühl gehabt, dass Josh an der Backe zu haben, das Ende der Welt bedeutete. Doch vielleicht war genau das nötig gewesen, um zu begreifen, was für ein wunderbarer Mann er war, sobald er nicht mehr das arrogante Tier heraushängen ließ.

„Wie gesagt, gern geschehen", sagte Joe mit einem selbstgefälligen Grinsen, bevor er ihre Mom von der Tanzfläche trug und sie auf einen bequemen Sessel setzte.

Josh wandte sich ihr zu. „Was denkst du? Ihre Lorbeeren oder unsere?"

Hailey schüttelte den Kopf. „Ich nehme an, dass du willst, dass ich *unsere* sage, aber ..."

Er lachte. „Ja, du hast es wirklich extrem schwierig gemacht."

„Wie bitte? Wenn es uns irgendjemand schwierig gemacht hat, dann du. Ich dachte immer, dass du mich nicht einmal magst."

Er schob seine Hand ihren Rücken empor in ihren Nacken. „Ich habe dich immer gemocht. Was denkst du, warum ich mich von dir habe bezahlen lassen, um dich zu Hochzeiten zu begleiten?"

„Weil du das Geld gebraucht hast."

Er schmunzelte, und seine Augen funkelten gut gelaunt. „Ich dachte, du wolltest mich zu einem Date einladen, und als du dann gesagt hast, dass es Teil deines Businessplans ist, habe ich so getan, als hätte ich das gewusst."

„Josh! Wir könnten schon seit Jahren zusammen sein! Ich hätte die erste sein können, die ihr Happy End findet!"

Er umarmte sie. „Ganz ehrlich? Ich glaube nicht. Ich habe mich gegen die Anziehung gewehrt, weil ich dich so falsch eingeschätzt habe."

„Und jetzt?"

Er blickte in ihre Augen. „Jetzt werde ich dich heiraten, und wir werden glücklich bis ans Ende in einem Haus in Clover Park leben – mit unseren zwei Hunden und so vielen Kindern, wie ich von dir bekommen kann."

Ihr blieb der Mund offen stehen, und dann war sie so überwältigt von Emotionen, dass sie sich abwenden musste, um die Tränen zu verstecken. „Sei still."

Er drehte sie wieder zu sich um und küsste sie. „Das gefällt dir, was?"

„Ich *liebe* es."

Jemand knuffte ihren Arm. Sie drehte sich um und sah Mad und deren Verlobten Parker neben sich tanzen. Offensichtlich hatten auch die anderen zwischenzeitlich angefangen zu tanzen, doch Hailey war so auf Josh konzentriert gewesen, dass sie es nicht bemerkt hatte. Wahre Liebe konnte das.

„Hey, Schwester", sagte Hailey fröhlich. „Da wir ja im

selben Alter sind, könnten wir Zwillinge sein. Zweieiige natürlich."

Mad lachte. „Klar, Zwillinge. Dann wärst du eine tolle Sportlerin."

„Und du perfektes Schönheitsköniginnen-Material."

Mad schnitt eine Grimasse. „Klar, wenn es doch nur so wäre … Wie auch immer, da ich deine Brautjungfer bin, sollte ich wahrscheinlich anfangen, eine Verlobungsparty und deinen Junggesellinnenabschied zu planen."

Sie hatte Mad noch nicht gefragt, doch es gab keine andere, die sie an diesem Tag lieber an ihrer Seite hätte. „Klingt gut."

„Habt ihr schon ein Datum?", fragte Mad.

Josh antwortete für sie. „Ich hoffe diesen Sommer, sobald sie mal eine Pause in ihrem Terminkalender hat. Es muss schnell gehen, weil sie in anderen Umständen ist."

Hailey keuchte.

„Ist das dein Ernst?", fragte Mad.

„Zwillinge", sagte Josh und plusterte sich auf. „Hailey hat das *Accidentally Pregnant by the Cowboy* Buch so gut gefallen, dass ich es wahrmachen musste."

Hailey starrte ihn an.

Mad legte die Hand an ihren Hals. „Du hast sie geschwängert wegen meines Buches? Josh, das war ein Witz. Du hättest nicht …" Sie wandte sich Hailey zu. „Wolltest du das?"

Hailey verdrehte die Augen. „Ich bin nicht schwanger."

Mad warf Josh einen bösen Blick zu. „Ich habe mich ehrlich für euch gefreut."

Er zerzauste ihre Haare. „Ha! Erwischt. Sei froh, dass ich dir den Streich nicht anders heimgezahlt habe."

„Da kommt noch mehr", sagte Mad mit einem verschlagenen Glitzern in den Augen.

„Kommt schon, Leute, seid nett zueinander", sagte Hailey.

Parker beugte sich vor. „So ist es, wenn man Geschwister hat. Gewöhn dich dran."

Hailey strahlte. Sie hatte jetzt Geschwister. Es war fantastisch, Teil einer so eng gestrickten Familie zu sein.

Der Song endete, und die beiden Paare verließen gemeinsam die Tanzfläche.

„Dann ist die Hochzeit im August?", fragte Mad. „Da ist es normalerweise ruhig bei dir."

„Klar", sagte Josh.

Hailey schüttelte den Kopf. „Oh nein, nein, nein. Machst du Witze? Ich brauche ein *Jahr*, um unsere Hochzeit zu planen. Es wird die perfekte Hochzeit. Die Mutter aller Hochzeiten."

Josh stöhnte.

Hailey legte eine Hand auf seine Hüfte. „Ich bin eine Hochzeitsplanerin, über die *Bride Special* ein Profil gebracht hat. Ich plane Hochzeiten für den Hochadel. Meine Hochzeit muss die Beste sein." Prinz Phillip hatte gestern angerufen und sich dafür entschuldigt, dass er zu weit gegangen war, und hatte als Zeichen guten Willens Josh zu beiden Hochzeiten von Prinzessin Silvia eingeladen. Hailey hatte beides angenommen. Josh störte es nicht. Nicht, dass er große Lust darauf hatte, Phillip wiederzusehen. Er wollte nur bei ihr sein.

Zwischenzeitlich waren sie unzertrennlich und verbrachten fast jede Nacht zusammen. Morgen würden Josh und sein süßer Hund Max in ihre Wohnung einziehen. Ihre Wohnungen waren beide klein, doch ihre war billiger und näher an ihren jeweiligen Arbeitsstellen.

Josh nahm ihre Hand von seiner Hüfte und hielt sie. „Unsere Hochzeit wird perfekt. Aber wird das nicht teuer? Ich meine, wenn du eine königliche Hochzeit übertreffen willst?"

Sie hob das Kinn. „Ich bin sehr kreativ und habe jede Menge Verbindungen. Ich stelle unsere Hochzeit pünktlich und im Budget auf die Beine, und es wird das Event des Jahrzehnts, nein, des Jahrhunderts!"

Josh starrte sie lange an und öffnete seinen Mund, schloss ihn dann jedoch wieder.

„Was?"

Er nahm ihr Gesicht in beide Hände. „Du bist unglaublich, meine Kriegerprinzessin."

Sie schlang ihre Arme um seine Taille. „Du auch, mein Kriegertier."

Er blickte ihr in die Augen und signalisierte ihr, dass er sie wollte. Sie erwiderte seinen Blick, doch sollten sie nicht noch ein bisschen bleiben, da das die Hochzeitsparty ihrer Eltern war?

Seine Hand glitt unter ihre Haare um ihren Nacken und zog sie an sich. Er küsste sie und lächelte an ihren Lippen. Wärme breitete sich in ihr aus.

Sie lächelten einander an und sonnten sich in der Wärme, der elektrischen Anziehung und so viel Liebe, dass beide wussten, dass sie waren, wo sie sein sollten.

Liebe LeserInnen,

Ich konnte der Versuchung nicht widerstehen, von der Hochzeit der Hochzeitsplanerin zu schreiben. Besuchen Sie Josh und Hailey und die Mitglieder des Happy End Buch Clubs ein Jahr später bei einer *Happy End Hochzeit*!

Eine Happy End Hochzeit (Happy End Buchclub #11)

Endlich heiraten Hailey Adams und Josh Campbell! Doch sie eröffnen mit Villroy Island nicht nur einen neuen Veranstaltungsort für Hochzeiten, zwei große Hochzeitsmagazine dokumentieren auch noch jedes Detail. Hailey, eine aufstrebende Hochzeitsplanerin, ist wild entschlossen, ihre Hochzeit zu *der* perfekten Hochzeit zu machen, einschließlich passender Outfits für ihre Fellbabys.

Nur, dass es ein winziges Problem mit dem Hochzeitskleid zu geben scheint – es gibt keins.

Und die Ringe sind verschwunden.

Und irgendwie ist der Veranstaltungsort für die Hochzeit versehentlich doppelt gebucht worden.

Von da an geht's furchtbar bergab. Während Hailey die Nerven verliert und die Hochzeit in die Binsen geht, ist es an Josh, die Situation zu retten. Doch was weiß ein bärbeißiger ehemaliger Soldat schon von Hochzeiten? Hailey wird es bald herausfinden.

Abonniere meinen Newsletter & verpasse keine meiner Neuerscheinungen: *Kyliegilmore.com/DEnewsletter*

BÜCHER VON KYLIE GILMORE

Die Clover Park Reihe

The Opposite of Wild (Buch 1)

Daisy Does It All (Buch 2)

Bad Taste in Men (Buch 3)

Kissing Santa (Buch 4)

Restless Harmony (Buch 5)

Not My Romeo (Buch 6)

Rev Me Up (Buch 7)

An Ambitious Engagement (Buch 8)

Clutch Player (Buch 9)

A Tempting Friendship (Buch 10)

Clover Park Bride (A Clover Park Short)

A Valentine's Day Gift (Buch 11)

Maggie Meets Her Match (Buch 12)

Die Clover Park STUDS Reihe

Almost Over It (Buch 1)

Almost Married (Buch 2)

Almost Fate (Buch 3)

Almost in Love (Buch 4)

Almost Romance (Buch 5)

Almost Hitched (Buch 6)

Happy End Buchclub Reihe

Hollywood Inkognito (Buch 1)

Ärger im Anzug (Buch 2)

Gewagtes Spiel (Buch 3)

Förmliche Vereinbarung (Buch 4)

Wenn der Bad Boy keiner ist (Buch 5)

Ein Störenfried zum Verlieben (Buch 6)

Schicksalsbegegnungen (Buch 7)

Eine Romantische Chance (Buch 8)

Ein sündhafter Flirt (Buch 9)

Ein unbequemer Plan (Buch 10)

Eine Happy End Hochzeit (Buch 11)

ÜBER DEN AUTOR

Kylie Gilmore ist die *USA Today* Bestsellerautorin der Happy End Buchclub Reihe, der Clover Park Reihe und der Clover Park STUDS Reihe. Sie schreibt unterhaltsame zärtliche Romanzen mit einer gesunden Prise Humor.

Kylie lebt mit ihrer Familie, zwei Katzen und einem verrückten Hund in New York. Wenn sie nicht gerade schreibt, Kinder bändigt oder bei Autorenkonferenzen pflichtbewusst Notizen macht, findet man sie beim Stretching – bis ganz nach oben ins oberste Regal, um dort ihren geheimen Schokoladenvorrat zu erreichen.

www.ingramcontent.com/pod-product-compliance
Lightning Source LLC
Chambersburg PA
CBHW071141180726
48291CB00007B/2293